司马迁
来到B大历史系

李开元 著

生活·讀書·新知 三联书店

Copyright © 2025 by SDX Joint Publishing Company.
All Rights Reserved.

本作品版权由生活·读书·新知三联书店所有。
未经许可，不得翻印。

图书在版编目（CIP）数据

司马迁来到B大历史系 / 李开元著. -- 北京：生活·
读书·新知三联书店，2025.7. -- ISBN 978-7-108
-08042-4

Ⅰ. I267.1

中国国家版本馆CIP数据核字第2025PJ6887号

策划编辑　张　龙
责任编辑　陈富余
装帧设计　薛　宇
责任校对　曹秋月
责任印制　李思佳

出版发行　生活·讀書·新知三联书店
　　　　　（北京市东城区美术馆东街22号 100010）
网　　址　www.sdxjpc.com
经　　销　新华书店
印　　刷　三河市天润建兴印务有限公司
版　　次　2025年7月北京第1版
　　　　　2025年7月北京第1次印刷
开　　本　635毫米×965毫米　1/16　印张18.75
字　　数　209千字
印　　数　0,001-5,000册
定　　价　69.00元

（印装查询：01064002715；邮购查询：01084010542）

自序

多年以来，我写了大量的笔记，历史的、文学的、哲学的、日常生活的……林林总总，包罗万象；也写了不少论文，集中在秦汉史和史学理论。

三联书店早就有意出版我的随笔集和论文集，我一直没有着手整理。原因嘛，一是我总忙于新想法、新作品，难以分心；二是我总觉得未来还长，这些东西已经在那里，等到没有新想法、新作品时，再来整理也不迟。

新冠疫情改变了我的想法。从 2020 年 1 月，到 2023 年 2 月，我被困在日本三年，不能回国。其间，全世界蒙受共同的苦难，国内传来的也都是坏消息。其中，同辈同行的生死，最是击中心底。2022 年 3 月，北京大学的段晴教授去世；12 月，上海交通大学的刘统教授去世。他们都是我的同辈人，知根知底的同道。

那时候，我的心情沉落到谷底。世界茫然，天地昏暗；看不到未来，看不到希望，只有来日不久长的预感。那时候，我开始考虑整理随笔集和论文集的事情，时不我待的紧迫感，已经袭上心来。

这本随笔集就是我精选各类笔记的结果。

第一部分《师·书·路》，包含我回忆恩师、谈论读书、回顾走过的路的文章，都是浮光掠影的片段，留下待补的空间。

第二部分《思考历史学》，也是些浮光掠影的片段，从我对史学理论的总体思考中脱落下来，先后以不同的形式呈现。能否补齐，如何补齐，是我将来的课题。

第三部分《实践与回响》，主要是对自己历史叙事写作的反省和总结。形式上，一部分是自言自语，一部分是访谈记录。我喜欢一边思考，一边实践，一边总结，力求自成一家之言。这种写作方式，还将持续下去。

第四部分《历史与艺术》，是我涉及影视舞台的一些片段。艺术家们的邀约咨询，不仅使我愉悦，还常常给我带来意想不到的启发。历史学在科学和艺术之间，其中的相通共情处，超出想象。有时候，文学比史学更可信的说法，也由此浸润开来。

我曾经有过文学梦。第五部分《文学碎片》，就是我从文学梦中打捞出来的点滴。虽然不成器，毕竟是我人生的一部分，放在最后，作为倒影回声。

黑格尔说，人类从历史中吸取的唯一教训，就是不会从历史中吸取教训。新冠大流行过去了，往事淡忘了，心情改变了，我又开始新的写作。有幸的是，随笔集已经编完交稿，论文集又遥遥无期了。

本书的书名，我自定为《司马迁来到 B 大历史系》，取自书中一篇文化寓言的篇名。编辑曾经来信说，觉得不太合适，提议叫《在科学和艺术之间》。

踌躇不定时，我问了问 DeepSeek。它回答说：

《在科学和艺术之间》，优势在于学术性与思辨性，突出历史研究的双重性，科学般的考据与艺术化的叙事，切合学术随笔的深度，吸引对方法论感兴趣的读者。

《司马迁来到B大历史系》，优势在于戏剧张力与反差感，通过"古今穿越"的荒诞设计，暗喻历史与现实的对话，易引发好奇心，尤其吸引年轻读者。

结论是：优先推荐《司马迁来到B大历史系》。

……

我将DeepSeek的意见发予编辑，彼此便不再犹豫，将书名定了下来。

又听说DeepSeek会写剧本，我还没有尝试过。本书辑五《文学碎片》中有一部舞台剧的大纲，是未被采用的原稿，也是穿越古今的设计。我在大纲后记中写道：

> 写这篇大纲时，设定的形式是舞剧和话剧的综合，以舞蹈为主，做一个有台词、有剧情的混合舞台，设想用穿越的形式，将过去和现在、历史和现实打通。如今看来，五场戏加上序幕和尾声，思路是完整的，剧情也首尾一贯，如果有新的动力推进，花些时间增补打磨，可以成为一种完本。

也许，DeepSeek就是新的动力，待我腾出手来，再与DeepSeek合作，看能整出个啥样的东西来！

2025年3月

目 录

自 序 i

辑一　师·书·路 1

恢复历史学的叙事传统——纪念邓广铭先生 3
精致而美：学术的高远境地——怀念田余庆先生 9
先立后破忆中华 16
告别就实 20
我喜欢读的书 27
大家风范——《古代中国的历史与文化》书评 32
后战国时代的英雄豪杰 37
往还在艺术的美和历史的真之间 45

辑二　思考历史学 49

自我认识之路：说历史学的多重镜像 53
考证安定思想：说历史学的五大要素 58
开源巴赫猜想：说历史学时间 66
千禧年在何年：说历史学时间的虚拟起点 73
一切历史都是推想：说史真、史料和史著 79

No-Fiction：说非虚构历史写作 85
司马迁来到B大历史系：说叙事和研究 88

辑三　实践与回响 93

《汉兴》的遗憾和看点 95
我在历史现场 101
英雄时代 109
历史侦探 128
秦楚汉之争 135
用叙事为历史学拓展空间 149
《秦崩》《楚亡》《汉兴》：三部可信可读的新型史书 166

辑四　历史与艺术 211

谁是鸿门宴的真英雄？——捎给陆川导演的短信 213
鸿门宴上，项羽为什么不杀刘邦？——事理和人情 217
为韩信选妻：女巫，如此美丽迷人 220
韩信为什么被杀？——从"共天下"到"家天下" 223

项羽为何不肯过江？ 229
塑造战神项羽：评电视专题片《西楚霸王》............................. 233
乐府钟与秦国乐舞：对话音乐家谭盾... 238

辑五　文学碎片 249

诗三首 252
圆明园问：七根残柱 255
去西藏的女人 258
法华寺之夜：历史转折时刻的袁世凯 266
阿房宫（舞台剧剧本大纲）... 284

辑 一

师·书·路

恢复历史学的叙事传统
——纪念邓广铭先生

在历史学界，邓广铭先生是我极为敬仰的一位大师，也是我时时感到亲切，一直引以为楷模的老师。他的教诲和恩德，我终身铭记，他的学术道路和学术精神，我学习继承。

我在北京大学历史学系十四年。[1] 从学生时代办学术社团"求实学社"开始，因为与（邓）小南同班的近便，我请邓先生取名题词，做顾问，听教示求帮助……大学四年下来，接触最多的老师，就是邓先生。那时候的历史学系，中国史以三位导师最为著名。邓广铭师、周一良师和田余庆师，一线传承，携手共行，将民国以来的典雅风范和优良学风，辗转传递下来，成为我等学子心中的偶像，传承的火炬。

邓先生是山东人，草根出身，直率豪爽，最好打交道。我为学社的事情，多次临时造访，登门敲打朗润园 10 公寓 3 楼的门。邓先生一点儿都不介意，看我等坐下后，开始侃侃而谈，那些沙

---

[1] 1978 年，我考入北大历史系，1982 年毕业留校，1986 年带职去日本留学，1992 年辞去北大的工作，到就实大学人文学部史学科任职，计算下来，我身为北大的学生四年，教员十年，共十四年。

滩红楼的北大逸事，那些天下唯有北大好的直言快语，听得我等流连忘返。

1982年毕业，统一分配工作，我最初打算回故乡成都。四川省的名额是公安厅，我不想去。邓先生知道我的想法后，将我留在北大中古史研究中心。

当时的中古史研究中心，是中国中世纪古代史研究中心，断代从魏晋到宋，我的毕业论文和兴趣，一直在战国秦汉。邓先生专门和我谈了断代的事情，要我重新考虑。后来，他和周一良先生商量，说田余庆先生研究魏晋上及秦汉，就安排我去给田先生当助教，中世纪古代史研究中心收留了我这个战国秦汉史的异类。这是影响我一生的大事，终生难忘的恩德，也是我师从田先生的开端。

如此的恩德，还有很多。80年代初，田先生去普林斯顿大学讲学一年，我成了无人管教的自由人。在思想解放的世风中，我与李零、唐晓峰、阎步克等青年学者一道，倡导新史学运动，要用科学的眼光，重新审视既有的史学；要在经济大潮的冲击中，寻找历史学的安身立命之处。当时，我醉心于史学理论，构筑起史学理论的层次模式，为新史学代言，高呼史学危机。

一时间，风生水起。我等不仅撰写文章，制订新史学的出版计划，而且到北京各个高校讲演串联。《历史研究》刊登，《文史知识》讨论，《人民日报》报道，《新华文摘》转载……难忘的上世纪80年代，中国历史上难得的思想自由的年代，难忘的1986年，在那个信息有限的时代，我有点儿飘飘然。

就在这一年，全国史学理论讨论会在安徽歙县召开，他们给我发来了邀请信。喜气洋洋的我，拿着邀请信去见邓先生，请他签字同意我参加。殊不知,邓先生脸一沉,冷冷说道:"李开元,不许去。这种会,开不出名堂。"我至今记得清清楚楚,这话说完,邓先生手一伸,摊开放在我眼前,不紧不慢地说道:"你给我拿成果出来。"

这一当头棒喝,当即将我打醒。我等学生办学社,邓先生题名"求实"。他的题名,是经过考虑的。新中国成立以来,在苏式教条主义的引领下,历史学成了革命理论的一部分,丧失了实事求是的精神,走入了假大空的死胡同。有鉴于三十年来的惨痛教训,邓先生等老一辈学者,对于高调指导的理论充满了戒心,致力于恢复历史学的求实传统。他寄望我等年轻学者,要求我们严格地走实证史学的道路,尽早拿出有理有据、实实在在的成果来,切忌坠入华而不实的空论。

当时的我,尽管心中有保留,还是服从了邓先生的权威,听从了老一辈的训诫。三十年后的今天,回首往事,我对邓先生的良苦用心理解益深,感激不尽。我入史学之门,由考据起家,继而写历史人物,探讨历史事件的原因,再在史学理论上出名,虽说是根正苗红,但毕竟根基不稳,路数上跌跌撞撞,如果不加以约束和规范,很可能步入天马行空的旁门左道,开花不结果,最终流于无成。以邓、周、田为首的导师,对我等学子是既有期待,也有规划的。个中详情,留待将来,一一分说。

我后来到日本留学,邓先生、周先生和田先生一致以为,日本东洋史学的坚实学术训练,正是我所需要的。得到理解和支持的我,不负所望,在东京大学读博士期间,发表了长篇论文《西汉初年军功受益阶层的成立——以"高帝五年诏"为中心》,刊载于日本最权威的历史学杂志《史学杂志》(第99编第11号,

1990年）。听说邓先生知道后，曾经高兴地说：这就对了，长文，还发在头版第一篇。田先生后来也说：不怕思想新，更要功夫深。都是教诲爱护，殷切期待。

在北大求学的日子，学得的知识，多已经淡忘了，唯有这些逸闻掌故，我一辈子记得，终身受益。这就是传统，薪火相传的学术传统，前辈学者给我们留下的最珍贵的精神财富，我们将继往开来。这些点滴，琐琐碎碎，说来话长，以后有机会再谈。今天，我想多谈谈继承邓先生的学术道路，发扬邓先生的学术精神这件事情。

邓先生的学术道路和学术精神，超凡出众。这种超凡出众，就是学跨文史，既研究历史，也书写历史。这个特点，是邓先生不同凡响的所在。对于这一点，周一良先生曾经敏锐地指出："他与一般历史学家不同的一点是，他不但研究历史，而且写历史。"

我们知道，邓先生受知于胡适先生，以《陈龙川传》作毕业论文，后来写有《北宋政治改革家王安石》《岳飞传》《辛弃疾传》等人物传记，加上《辛稼轩年谱》和《韩世忠年谱》，合称"四传二谱"，是为邓先生的代表作。他写《宋史职官志考正》，为陈寅恪先生所赞赏，尔后不断积累众多的研究成果，成为一代宋史大家。

人物传记，是历史叙事；职官志考证，是历史研究。邓先生的很多研究论文，都是围绕人物传记中的问题而作，论文写出来，又不断地将新的成果补入传记当中。一直到生命的最后时刻，邓先生还念念不忘将四部人物传记重新增补改写。邓先生的学术，是研究与叙事并举，二者相辅相成，相得益彰。这个特点，是邓氏史学的精髓所在，也是最值得我们反思和继承的精华。

经过多年来的实践和思考，我逐渐认识到历史学不是科学，也不是艺术。历史学在科学和艺术之间，是有科学基础的人文学科。历史学的科学基础，有两点含义：1. 史料的可信度；2. 解释的合理度。这两点，集中体现在历史研究中。历史学的人文性，也有两点含义：1. 历史学的本源和基干，是以人为本的历史叙事；2. 在历史学的五个基本要素——时间、空间、事情、器物和人当中，人是连接其他要素的关键。

研究与叙事并重——邓氏史学的这个特点，完整地体现了历史学是有科学基础的人文学科的基本精神，堪称模范经典，最值得我们继承和发扬。

2017年5月，我到华东政法大学，做了《补〈史记·轵侯利苍列传〉——研究、叙事和思想的交合》的报告，进一步从实践和理论上明确：研究和叙事，是承载历史学的两个车轮，缺一不可。叙事，接近于艺术，追求美；研究，接近于科学，追求真；历史叙事，是在研究基础上的叙事，在求真的基础上求美。我所选取的经典范例，就是邓广铭师。同时也讲到，陈寅恪先生的《柳如是别传》是研究和叙事的交合；田余庆先生的著作，特点是夹叙夹议，是一种精致的人文艺术史学。

历史学，是有科学基础的人文学科。就内容而言，历史学是所有人文社会学科的母体；就方法而言，历史学游走在科学和艺术之间；就未来而言，历史学包含了各种非虚构的巨大空间。有了这种认识以后，我们就可以开阔思路，改变现状中的自闭和萎缩，建立起开放和拓展的大历史学新观念。

如今，对我自己来说，在倡导这种新观念的时候，纪念邓广铭师，恢复历史学的叙事传统，就有了特别的意义。

（原文为 2017 年 5 月 18 日在北京大学人文学苑召开的邓广铭先生诞辰 110 周年纪念会上的发言，增改后刊登于 2017 年 7 月 21 日《北京青年报》）

精致而美：学术的高远境地
——怀念田余庆先生

得到先生去世的消息，我感到哀伤而又宁静。那种感怀，仿佛在大漠驿站眺望夕阳西下，光渐远，影渐长，沉落的余晖，完结得美丽自然。有一张照片，是先生杖行过桥的背影，说是先生的喜爱，辞别在潇洒间。

此时此地，在我心中，先生还在，他去了另一个世界，他等待我的来访，要与我继续交谈。

每年回国，我都去看望先生，同他谈天说地，叙古论今。如今我想，如果再去拜望，大概还和从前一样，依然是谈学术、说人生、叙行旅。人生若旅，说来话长，诸多事情，人还在事未了，看不明说不清，还得悄声存疑。

先生的学术，精致幽深。先生行文布局考究，文辞洗练精美，有一种难得的历史学之美，我曾经概括为精致的艺术性史学。先生史学之另一个特点是高瞻远瞩，能够从细微而不为人所察觉处钩沉出史实间的隐秘关系，进而刻画出贴切深邃的时代精神来。这是史家治史的至难和极致，由此而现的先生之史学，是一种基于科学精神的人文史学。先生的史学论文，索隐钩沉考证，夹叙夹议叙事，绝无庞杂的臃注，只有精当的选文，那种起伏跌宕的说理推论，娓娓道来的解释叙述，不仅可以作史学论文研读，也可以作文学作品品读。

先生治学，善于捕捉史实间的微妙关系。

2012年8月，我去拜望先生，请先生自选五篇代表作。其中，《说张楚》《论轮台诏》《王与马共天下》《"代歌""代记"和北魏国史》，都在预想中，唯独一篇《门阀政治的终场与太原王氏》，出乎我的意料，成为我再拜读深思的课题。

五篇先生自选的代表作中，《说张楚》《论轮台诏》两篇属于秦汉时代，是秦汉政治史研究中的扛鼎之作。在《说张楚》一文中，先生独辟蹊径，着眼于长沙马王堆汉墓的历史遗留，从出土历书上的张楚年号入手，究明西汉初年陈胜张楚法统的存在，进而钩沉考证，再现秦汉间被抹消的楚国楚人；又索隐推断，连接战国，指出秦楚汉间的历史特点，是战国末年以秦楚关系为主的列国关系的重演和发展。这篇论文，改变了两千年来统一的汉帝国直接继承统一的秦帝国的历史认识模式，提示了秦末汉初近百年间的历史，曲折地继承了战国末年，是一个后战国时代。这种认识，复活了一个被遗忘的时代，开拓了一个历史认识的新方向，影响了一代学人。

秦皇汉武，是中国历史上两位异常的皇帝。他们前半生励精图治，开疆拓土，一统天下，建功立业，开创了历史的新时代，堪称雄主伟人；到了晚年，穷奢极欲，求仙信鬼，严刑峻法，扰民乱国，将国家置于内外交困的毁灭边缘，堪称王朝衰亡的祸根、历史审判台上的被告。吊诡的是，秦始皇一死，天下大乱，一时强盛无比的秦帝国，二世而亡；而汉武帝死去，汉帝国却迎来了昭宣中兴，又延续了一百多年。前因类似，后果不同，千百年来，历史学家为此困惑不已。先生撰写《论轮台诏》一文，就是为了破解这个历史之谜。《轮台诏》，是汉武帝死前两年发布的一道诏书。在这份诏书中，汉武帝悔恨兴事扰民的既往所为，停止开边用兵，宣布"禁苛暴，止擅赋，立本农"，鲜明地提出要与民休息，养民富民，做出了重大的政策调整。《轮台诏》被史家称为"哀痛之诏"，"仁圣之所悔"。

先生以善于捕捉史实间微妙关系的独特眼光，将《轮台诏》所代表的政策转变与昭宣中兴的出现连接起来，提出武帝晚年的汉帝国之所以能够避免秦二世而亡的覆辙，度过亡国的危机，中兴后延续一百余年，正是在于武帝死前的这场政策转变。

汉武帝的晚年，施政严酷操切，生活荒唐错乱。对内横征暴敛，严刑滥杀，民不聊生，官不安生；对外无度扩张，兵败将降，国家财政濒临破产，统治机构面临崩溃，可谓险象丛生。征和年间，发生"巫蛊之乱"，受诬不安的皇太子与久病无常的老皇帝间，在都城长安爆发大规模内战。结果是皇太子及大批大臣被诛杀，数万长安市民血流成河，政局一片血雨腥风。

司马迁死于武帝晚年，来不及记叙这段历史。一百多年以后，班固将这段历史写入《汉书》，分散在本纪列传中，头绪纷繁。班固家族是汉朝的外戚皇亲，对皇室内的色衰宠变格外敏感。班固家族出身于楚国，班固的思想极为正统，他对秦始皇极尽攻击之能事，对汉武帝的祸过则回避含糊，无力也不能将这一段历史清理出合理的脉络来。千百年来，治史者读到这一段历史，一方面为大灾大难震动，感觉到背后有"看不见的手"；一方面又如坠云山雾海，看不清历史的方位运转。到了北宋，《资治通鉴》重新整理了这一段历史,以高人一筹的史识,把许多看来孤立分散的问题集中在一起,探索其间的关系,提示了将"巫蛊之乱"与汉武帝的政策转换联系起来的脉络和方向,堪称卓见。先生在《论轮台诏》中阐述"巫蛊之乱"的政治意义,正是基于《通鉴》卓见的延伸和发展。先生以为,历史人物之理性与非理性不时重叠,政治人物之亲情与政情随时交错,先生由此出发,在汉武帝与皇太子的复杂而微妙的关系中探寻政策转换的过程和时点,大大地推进了《通鉴》给出的提示,可谓站在巨人肩上的进一步展望。

先生著文,对于史料之选用谨慎而精细。《通鉴》叙巫蛊之乱,使用了《史记》《汉书》以外的史料,先生查不到出处,信其有而有所不安。最近,有学者考证这些史料可能出自《汉武故事》,先生的不安庶几可以尘埃落定。至少自司马迁以来,用历史故事作史料编撰史书,已经成为中国史学的一种传统。新的发掘和研究表明,战国秦汉以来,大量的历史故事广为流传,成为一种公用的资料库,外交家用其作为游说的谈资,思想家用其作为论说的插话,历史学家则用其作为编撰史书的材料。这些历史故事,年代不清,真假混杂,又掺杂变形夸张,改写创作,作为史料来使用的时候须做编年的排比和真伪虚实的鉴别,最是考验史家的见识能力。

《汉武故事》,是魏晋时期编撰的历史故事集,其中既有非常可靠的历史记录,也有荒诞无稽的杜撰故事。《通鉴》编写"巫蛊之乱"的历史,选取了《汉武故事》中严肃而关系政局的言谈故事以连接和丰富历史,正是《通鉴》的主编司马光和该部分的撰写者刘攽的高明得体之处。《通鉴》是历史叙事,寓理于事。

先生分析这一段历史，剥茧抽丝，力图在经过《通鉴》整理的史事后面清理出历史运转的脉络来，二者是红花绿叶，相得益彰。重温《通鉴》，再读《论轮台诏》之下，钦佩钦佩，顿首顿首，更感先学留下的宏大空间，尚待开拓。

先生之学术，多从宏观大局着眼，从微观细处入手，结论在史实关系间的中观层面。我曾经当面称先生的史学为中观史学的精品。先生自谦说，太大的题目，他把握不住。然而，通观先生之论著，自有其宏观大局的着眼点。先生主治政治史，其一以贯之的关注点，在于皇权。

从秦始皇统一中国建立秦帝国以来，皇权官僚集权体制，成为两千年来中国历史的基本特色，左右中国社会的最强要素，此外的经济、文化、民族、外交，乃至于家族、家庭和个人的生存演变，都不得不从属之。在这个体制中，皇权、官僚制和权力之集中分散，乃三个基本的构成要素。这三个要素，随时代变迁而有不同的变形变态；这三个要素，互相关联、制衡、演变、分合、重组，以稳定连续的结构主导中华帝国两千年王朝循环的大历史。

在这个体制中，皇权有种种变形。简略言之，秦始皇开创了皇权，从一开始就将皇权推到了集权的极端，建立起一人独天下的绝对皇权，成为秦帝国二世而亡的最重要原因。刘邦建立汉帝国，惩秦之弊，建立与功臣将士共天下的有限皇权，继而再演变为刘氏一族之家天下的有限皇权，将动荡不安的新政权稳定下来，迎来文景之治的盛世。到了汉武帝，回返秦始皇的独天下绝对皇权，重演历史，又将汉帝国置于毁灭的边缘。先生之《说张楚》一文，着眼于秦始皇的绝对皇权如何转化成刘邦的有限皇权;《论轮台诏》一文,着眼于汉武帝的绝对皇权之害为何没有带来王朝的崩溃,反而迎来了中兴。皇权的变型及其带来的历史演变,正是先生这两篇经典论文的宏观大局之着眼点。

在尔后的研究中,先生继续秉持考察皇权演变的着眼点,将时段转移到东晋南朝,系统而精致地考察皇权与(成为门阀世族的)宗族之关系,倾注最多精力,完成了成就最高的论著《东晋门阀政治》。先生在该书的结论中说:"从宏观考察东晋南朝近三百年总的政治体制,主流是皇权政治而非门阀政治。门阀政治只是皇权政治在东晋百年间的变态,是政治体制演变的回流。"可谓前后相连,首尾一贯,始终把握着中国历史和中国社会演变的节点。

老话说,以古知今,讲的是当代必须借助历史方能认清自己。新语道,以今知古,是说不懂当代也无法读懂历史,特别是在一个连续的文明中。司马光曾经身在皇权官僚体制的中枢,他对这个体制的利弊运行,有切身的体验。司马光有幸离开政治舞台,以不远不近的距离,专注历史,成就《通鉴》。他对历代政治之种种认识,自有独到而深入的眼光,往往是非常人所能道言。先生之人生,经历现代中国几多时代变局,曾经被卷入政治的风口浪尖,也有幸远离政治舞台,潜心学术著书育人,他的诸多见解,常是久思深虑、深刻反思的结晶,也多是非常人所能道言。

如今,先生的人生,已同他所经历的时代一道逝去。今后,先生之学术,将同他的著作一道留存。叔本华说,立言者的天空,有流星、行星和恒星。流星闪烁,转瞬即逝;行星借光,与时并行;唯有恒星,矢志不渝地放射自身的光芒,因其高远,需要多年才能抵达地球人间。

先生以手写心，将生命倾注于学术。先生的学术，将垂于不朽。

2015 年 1 月 1 日定稿

（原文初载于 2015 年 1 月 5 日《21 世纪经济报道》读书版）

先立后破忆中华

中华国学第一门户,这是我对中华书局的赞辞,也是我心中的中华书局。

未上大学前,在家父的耳提面命下读《史记》《汉书》,标点本,书脊上中华书局四个字,与史记汉书四个字一起刻在我心上。

家父好文史,大学看重北大,出版看重中华,他的心愿,托付给了我。

进北大后,因为学的是中国史,又选了古代,读的书大部分是中华出的;先生们嘴上叨念得最多的书籍版本,也是中华的。在国学圈子里,中华成了中华书局的代名词。

大学一二年级,中华是高不可及的殿堂。骑车进城,琉璃厂、王府井、灯市口、北京人艺、考古所……路过中华时,总感觉那栋楼好神秘,又与商务印书馆相邻,都是读书人心仪的地方。

我大二时写了一篇小文章,《司马迁下吏受刑年考》,斗胆寄与《文史》投稿,竟然有了回信,说是刊用。中华书局的信封信笺，让我激动了好久。为此我还去过中华，见过编辑吴树平先生，算是第一次踏入文史殿堂。暑假回成都，说与家父听，家父说："你那豆腐块文章，半通不通，算是中华给你脸了。"话虽带嘲讽，脸上却带笑，我心里乐滋滋。

《司马迁下吏受刑年考》，成了我公开发表的第一篇文章，也是我写的第一篇纯考据的文章。以后的路子就走开了，人物评论、史学理论、专论通论、高层论、中层论，又追求历史叙事，甚至走到历史推理……顺着自己的心思，探寻自己的路。跌跌撞撞，歪歪斜斜，不时旁门左道，常常叛道离经。欣慰的是，师友们还一直认可我，据说种种理由中有这样一条，我治学由考据入门起家，被认为是正途。好像学术界与政界相通，也讲究根正苗红，北大、中华、考据，从此成了我的护身符？

毕业留校后，就与中华常来常往了。1985年年中，我在《文史知识》上发了一篇小文《浅谈蜀汉统治集团的社会构成》，开始有些新派了。承蒙中华包容，在名师大家执笔的缝隙间，开辟了一块"青年园地"，刊登我类年轻助教和学生的文章，算是"网开一面"。

80年代中期，是难得的人心振奋、思想自由的时代，在改革浪潮的刺激下，北京高校的一批年轻教师，奔走往来，串联讲演，力图挣脱旧教条的束缚，走新的学术道路，开拓新的文化时代。这个时候的中华，稳健地追随着时代的步伐，调和新旧，举行了老中青学者分别参加的三次座谈会，从不同方向探讨文史领域的开拓和更新。记得老一辈学者有李泽厚、金开诚、林甘泉等先生参加，中年一辈有葛晓音等，年轻一辈的有文学所的靳大成和人大的杨念群，北大除了我，还有世界史的彭小瑜。我那时醉心史学理论的探讨，倡导史学理论的层次模式，大声疾呼"史学危机"，成了完完全全的新派，至今还被朋友们戏称为"老革命"。

老革命，我自己有解释，老是干革命。不过，我不喜欢革命，负面的创痛太多，进一步退一步的事例比比皆是。我们当初提倡新史学，基本的思路是不拆旧房子，只修新房子，宛若保留北京老城，在郊外原野上另外修一座新城。毁灭旧都，断绝传统的人，都短命暴虐。历史上有项羽、赤眉、董卓、朱温……

往事不堪回首，只希望今后的中国不要再上演类似的悲剧。

我赞赏先立后破，不立不破。立是创造，破是破坏，应当首先致力于创新，破旧只是回应的流程。新的东西建立起来了，旧的东西比不过，自然就会衰落。不过，旧事物有旧事物的价值，昨日的新是今日的旧，今日的新是明日的旧，都是承前启后的一环。本是同根生，相煎何太急。要在同病相怜，不要仇恶相因，今日摧折昨日太急，难免明日摧折今日更逼。况且，衰落有衰落的美，时来运转，并非没有复兴的可能。

世界没有直线的进步，那不过是基督教的错觉。不断改进，不断革新的循环，最能持续发展。早晚有一天，人类和地球都会回到初始，正如人有生老病死，这才是历史的必然。人如何美满地走完一生，减少苦痛，避免人为的灾难引发突然的毁灭，是迫在眼前的课题。相同的道理，贯通个人、组织、社会和国家，贯通历史。

……

1986年我出了国，断了与中华书局的直接往来。不过，中华出的书，特别是那一套《二十四史》，伴我周流蓬转。在他乡异国，那是我的根。

我重回中华，已经是二十年后。2006年底，我完成了新形式的历史叙事作品《秦帝国的崩溃》（后改名为《秦崩：从秦始皇到刘邦》，由三联书店出版），意外得到中华书局的认同，于2007年出版。2009年又出版了历史推理作品《秦始皇的秘密》（后改名为《秦谜：重新认识秦始皇》，由上海人民出版社出版），更是中华书局主动给我"生的事"，是"迫上梁山"之作。两本书与中华的牵连，大部分都写入书的后记中了。

岁月如流，新浪卷起千堆雪，京城繁华王府井，已无中华书局。六里桥新址，弯弯曲曲，宛若国学传统的今日流变。

值中华书局创建百年大庆，期待新的时代到来。

（原载于2012年4月4日《中华读书报》）

告别就实

1992年4月,我从东京来冈山,到就实女子大学文学部史学科任教,讲授中国古代史。2016年3月,我将从就实大学人文科学部综合历史学科退休,[1]从此获得自由,往来于中日之间,继续追随先师司马迁,足行天下,笔写古今,"成一家之言"。

辞旧迎新好心情,正是我当下的心境。

很有些出乎预料,我在冈山整整生活了二十四年。二十四年间,我与就实大学和大学的教职员休戚与共,一起经历了种种艰难困苦,迎来了今天的小康局面,成就一段集体和个人的历史。其中的酸甜苦辣,曲折是非,留待将来再细说。因为人还在,事未了,要可信地书写历史,需要时间拉开距离。

俗话说,人生百年。去年,我满六十五岁,已经度过大半生。简单回顾六十五年的人生,虽然起伏波折,经历了种种磨炼,终归是缓步上行,不断抵达新的高点。

---

[1] 2003年,就实女子大学改名为就实大学,文学部史学科改名为人文科学部综合历史学科。

二十八岁以前，我一直生活在故乡成都。读小学，上中学，经历"文化大革命"的祸乱。1972年进入医药公司参加工作，当工人，做采购，用手用脚，忙碌奔波。1978年参加高考，被北京大学历史学系录取，从此开始学习和研究中国古代史。1982年留校任教，做田余庆先生的助教，也给北大文史哲专业以外的本科生上中国通史。1986年得到日本文部省国费奖学金，来日本留学，先到信州大学人文科学研究科读硕士，师从东京大学名誉教授田中正俊先生。1989年考入东京大学人文科学研究科读博士，师从尾形勇先生，同时，得到西嶋定生先生的直接指导。

西嶋先生是冈山人，东京大学名誉教授，国际知名的中国古代史大家，生前是日本东洋史学东京学派的掌门人。西嶋先生从东京大学退休后，先到新潟大学任教，1985年就实女子大学文学部史学科开办时，应邀回到故乡执教协力。1991年11月，西嶋先生生病入院，我去医院看望，他嘱托我为他代课。

到就实女子大学为西嶋先生代课，是我第一次到冈山，大约有三个月，我每周往返于东京和冈山之间。当时，我住在千叶县新松户市，早上5点起床，6点多抵达东京车站，乘新干线12点出头到冈山，乘宇野公交车下午1点10分前到就实，上第三、四节课。当晚住在天满屋百货店附近的饭店（ビューホテル）。第二天一早去上第一、二节课，然后再乘宇野公交车到冈山车站，乘新干线回东京，到家已经是晚上。1992年3月，西嶋先生从就实女子大学退休，我修完学分，从东大博士课程满期退学，举家西迁到冈山，正式接替了先生的教席，出任史学科的副教授。

我至今还记得，大学的迎新会上，与我一同坐在新人席上的还有一个瘦瘦的年轻人，毕业于早稻田大学研究生院西洋史专业的樱田美津夫先生，他是个风趣温厚的冈山人，也是刚到史学科，当年唯一与我同期的新教员。如今谈笑论资历，在就实，我比樱田先生多三个月非常勤的光荣历史，可以自负是先辈了。

1998年，我在教学之余完成了博士论文《汉帝国的形成及其权力结构：军功受益阶层研究》，提交东京大学审查合格，获得文学博士学位。2000年，我将博士论文增订改写成书，题名《汉帝国的建立与刘邦集团：军功受益阶层研究》，同时在日本和中国出版。日文版由东京汲古书院刊行，收在"汲古丛书"系列中，中文版由生活·读书·新知三联书店出版，收在"三联·哈佛燕京学术丛书"中。书出版后，颇得历史学界的好评。特别是在我的母校北京大学以及中国史学界，口碑甚好，成为古代史专业学生的推荐阅读书目。

该书的中文版早已售罄。2013年10月，我在复旦大学做讲演，有年轻的教员拿书来要我签名，签完才知道，那是扫描复印本，从封面到内容，同原书完全一样。

多年来，中国的几家出版社希望再版《汉帝国的建立与刘邦集团》，我一直没有同意。一个理由是我希望再版时做增补，特别是新出土的《张家山汉墓竹简》及其相关研究，直接关系到我立论的基础。[1] 还有一个理由，是我对历史学的认识发生了变化，不再满足于仅仅做历史研究，而是尝试重新认识和重新定义历史学，希望扩大历史学的领域，开拓新的天地。

我入历史学之门，司马迁和《史记》是领路人。师法司马

---

[1]《汉帝国的建立与刘邦集团：军功受益阶层研究》之增订版书稿，于2016年5月交与生活·读书·新知三联书店，终于在2023年得以出版。

迁,如同《史记》一样写历史,是我的憧憬和梦想。进大学入历史专业后,我发现这里只研究历史写论文,《史记》是研究的对象,如同司马迁一样的历史学家在历史学界根本活不下去,别说教授,连讲师也评不上,因为他没有写过一篇论文。我非常失望,多次想出逃,最终没有逃出去,不得不适应环境,改造自己,教书读书写论文,成为一名职业的历史教师和历史研究学者。从上北大历史学系的1978年,到拿到东京大学博士学位的1998年,我读书搞研究,教书写论文整整二十年,《汉帝国的建立与刘邦集团》可以说是我二十年学术生涯的总结。

此后的人生,宛若航道已定的船行。沿着既定的道路前进,大学教书为生,继续读书研究写论文,将会写出第二本第三本论著,有幸可能成为中国古代史某一领域的名家,如同我大学的一些同学一样。我也曾经如此努力,总是不能安心,因为心中有梦想,不甘心总是迁就环境,隐忍委屈自己。

大概从2003年起,内情外境的变动迫使我破釜沉舟,中止读书研究写论文的生活,将既有的一切置之度外,尝试用哲学的思维思考历史,用文学的笔法书写历史,明确"打通文史哲,师法司马迁"的新理念,埋头做历史再叙事。2005年,写成《新战国时代的英雄豪杰》初稿,自己拿不准算是什么东西,一时也找不到接受的出版社,借助互联网时代的恩惠,我将部分内容放到北大历史学系的一位后辈、社科院历史所陈爽先生个人开办的历史学网站——"象牙塔"上。五天以后,中华书局的编辑徐卫东先生看到了,来信表示愿意出版。2007年,以书名《复活的历史:秦帝国的崩溃》出版,一时成为中国出版界和媒体的话题,也触动了中国历史学界,引发"历史还可以这样写"的思考。2010年,修订增改后，改名《秦崩：从秦始皇到刘邦》，由联经出版公司在台湾出版，受到台湾文化界的好评。

写《秦崩》时，我对秦始皇做了比较系统的研究，书中未能展开。2008年，接受上海东方卫视的邀请，我以秦始皇为题材做了为期两周的电视讲座，事后根据讲稿整理成《秦始皇的秘密：李开元教授历史推理讲座》，由中华书局于2009年出版。这本书，基于历史考证与侦探推理之思维形式相同的道理，将论文的内容用一种破案解密的形式写了出来，结果不但得到专家和大众的好评，也更深入地促进了我对秦始皇和秦帝国的研究。针对该书提出的问题，我连续写了多篇研究论文发表，站在了该研究领域的前沿。

该书得到广泛的认同，继中华书局的简体字版后，繁体字版、韩文版和泰文版也先后推出。2015年，由北京联合出版公司在大陆再出增订版，题名《秦谜：重新发现秦始皇》，经过"罗辑思维"网络平台的传播，影响从文化界扩展到工商界的精英。2017年，中信出版社推出了第六个版本。最新的版本，也是第七个版本，由活字文化策划，世纪文景出品，增添了大量的文物图片，我也专门写了新的序言，增加了新的附录，成为更好的典藏版。

写作中的历史再叙事是系列作品，2013年，《秦崩》的续集《楚亡：从项羽到韩信》由联经出版公司在台湾刊行，再次引起学术文化界的关注。[1] 2014年，大陆多家出版社希望出版该书。

---

[1] 2021年7月，《秦崩》《楚亡》的终结篇《汉兴》由生活·读书·新知三联书店出版，笔者的复活型历史叙事三部曲完成。

我的第一本书《汉帝国的建立与刘邦集团》是在生活·读书·新知三联书店出版的。三联书店是中国著名的出版社，他们的学术品位和文化范儿在中国出版界独领风骚，别具一格。在与三联的商谈中，他们提出不迎合大众，以学术界和文化人为阅读对象，加注释和附录，用学术书的形式，成系列地出版我的著作。这个建议打动了我，促使我在多家出版社中选定了三联书店。

2015年5月，《秦崩》《楚亡》两本一套由三联书店刊行，修改补充内容之外，增加了注释、附录和地图。三联版的两本书，封面古朴典雅，排版精巧简练，特别是大量的实地考察照片，用彩色和黑白两种风格，横竖长短排列，将变化的历史空间巧妙地镶嵌在书中，增色不少。我自己喜欢，赠送朋友也拿得出手。

三联书店的这次学术改版，获得了意想不到的成功。不仅学术界和文化界好评如潮，在一般的读书爱好者中也颇受欢迎。大陆各种报纸杂志的报道书评，因为数量太多我没有统计，比较大型的有《北京青年报》《深圳商报》《东方早报》，都是几张大版面，附照片和画像。

2015年5月，北京电视台《书香北京》读书栏目，邀请我做嘉宾，专门为《秦崩》《楚亡》和《秦谜》做了一期节目。中国大陆出版界和媒体，每年年底要做一次推荐年度好书的评选活动，2015年，《楚亡》入选中国出版集团年度好书、《青阅读》（《北京青年报》之读书版）2015年度十大好书、三联书店2015年度十大好书，《秦崩》也入选《三联生活周刊》2015年度十大好书。不久前，中央电视台读书栏目与我联系，要用《楚亡》与另外两本书（《晚明大变局》和《琅琊榜》）做一期节目，希望作者去做嘉宾访谈……

世人都说，学术是天下公器，自有普世的价值。我补充说，学术也是个人生命，无处不是学者的人生经历。2015年，是我自然生命六十五岁的节点；2015年，也是我学术生涯的又一高点。在这样一个时间，我有幸退休，离开任教二十四年的大学，辞别旧的经历，开始新的人生，感觉心情很好。

退休是劳作人生的完满结束，从此获得人生的自由，不再谋生计求稻粱，不再为五斗米折腰，生活俭朴健康，行事随心任性，只为自己的心仪喜好而生存，是一种难得的逍遥境界。六十五年的人生，三十八年的学术生涯，多少知识的积累，多少人生的体验，潜流汩汩，激荡冲突，都在渴求宣泄的出口，争相求现于笔端纸上。我希望可以一年一本书，著述与年龄共生，学术生涯与自然寿命同长。

人生如行路登山，终点就是顶点。完美的人生，登上巅峰之时就是人生结束之日。追求如此人生，要在不急不缓不停，一步一步上行，步步都有好心情。人生在世，就活一个心情好。当下，我带着好心情，告别就实，迎接新的人生。感谢所有应当感谢的人，怀念所有值得怀念的事，祝愿福降天地万物。

（原文为日文，初载于就实大学2016年3月《综合历史学科报》，是我离开就实大学前应邀写的告别文。中文稿稍有改订）

我喜欢读的书

我喜欢广泛地阅读。文史哲不用说了，我也喜欢浏览经济书和科普书，对这些很感兴趣，都是说来话长的事。今天还是只谈对我写作《复活的历史》[1]有大影响的几本书。

《史记》

我喜欢《史记》。《史记》是伴随我一生的读物，我已经记不清读过多少遍了。我手边的一部《史记》，已经封面脱落，断线掉页，可以说是读破了。《史记》，堪称中国历史叙事的顶峰，精彩动人的叙事，有根有据的史实，深藏微露的思想，是《史记》魅力无穷的所在。

近代以来，由于科学主义的兴起，中外不少历史学家以怀疑的眼光审视《史记》，怀疑司马迁是没有根据地编写古代历史。然而，越来越多的考古发掘和史学研究表明，司马迁编写古代史

---

[1]《复活的历史：秦帝国的崩溃》，中华书局，2007年。其学术注释版《秦崩：从秦始皇到刘邦》，2015年由生活·读书·新知三联书店出版。

有充分的根据。这种再一次回到司马迁的过程，就是中国古代史由疑古到考古的心路历程。此外，一部分文人对《史记》的怀疑，出于他们有感于《史记》的某些篇章过于优美精彩和富于文学性，认为那不是信史而是司马迁的创作，甚至得出司马迁不是严谨的历史学家，而是编故事的文人之感慨。

不久前，我为写《复活的历史》重读《史记》，特别仔细地阅读了《史记》中最为精彩的篇章《鸿门宴》和《项羽之死》。我感慨万端地发现，《鸿门宴》和《项羽之死》之所以感人而流传千古，不是出于司马迁编造故事的虚构魅力，而是出于他忠实于历史的表现定力。《鸿门宴》和《项羽之死》，分别出于当事人樊哙和杨喜的口述家传。司马迁与樊哙的孙子樊他广有交往，杨喜的第五代孙杨敞是司马迁的女婿。《鸿门宴》和《项羽之死》是司马迁根据樊他广和杨敞的家传口述写成的，这种口述传承的背景，正是其如此生动感人，如此细微传神，真实得使人怀疑的原因。

我重读《史记》到这里，豁然开朗：真实才是力量，真实才能长久，真实可以魅力无穷，真实可以美丽动人，历史可以比小说更精彩。我概括这种认识的心路，称其为由虚美（虚构之美）到实美（真实之美）的历程。这种心路历程，或许正可以解释当今中国文化界虚构文学衰落、纪实文学兴起的现象，也可以从一个侧面理解历史热兴起的缘由。不过，我个人的收获在于，我由此生发开去，获得"打通文史哲，师法司马迁"的感悟。这种感悟，激发了我做复活型历史叙事的新尝试，成为我写作《复活的历史》的原动力。

《福尔摩斯探案集》

我喜欢侦探推理，柯南·道尔笔下的福尔摩斯从小就活在我心中，是我景仰的偶像。深入史学之门以来，我常常感叹，古代史研究，宛如在黑暗的汪洋大海中孤舟夜行，视线所及，只能见到灯光照亮的起落浪花。以数字比喻而言，我们所能知道的古史，不过万分之零点零零一，万分之九千九百九十九点九九九是未知的迷茫。以极为有限的史料复活无穷无尽的远古，需要发散式的推理和点触式的联想，这使我自然地想到古史考证和推理小说之间的内在联系。感情和理性，热烈的激情和冷静的算计，须明确区分、鲜明对照，才能显示其美。严谨的逻辑思维之美，贯通于数学推理、法理推理、侦探推理和历史推理，是一种共通的美，一种天蓝色的冷艳美。

我的老师周一良先生曾经谈及乾嘉考证学与侦探推理间的关联，我读恩师田余庆先生的文章，那种索隐钩沉的无尽趣味，如同读推理小说。当我自己推敲史料，查询地图，深入现场去探索历史之秘，去复活已经消失的远古时，那种美的感受，既宛如柯南·道尔，也宛若福尔摩斯。

《万历十五年》

我也喜欢黄仁宇先生的《万历十五年》。80年代，我初读《万历十五年》时，惊异于历史还可以这样表现，俯心低首引之为模范表率，与诸位致力于新史学的同道相互激励，有意一起开创新的史学未来。不久以前，我为写《复活的历史》重温《万历十五年》，通盘审视黄先生的著作和人生，方才体会到黄先生心路的曲折艰难。

黄先生多年遭受美国史学界主流的压抑排斥，黄氏史学的著作，多是幽而发奋之作，长期不被认可。然而，经过时间的冲刷，《万历十五年》已经成为一部史学经典著作，其影响力之深广，远远超过当年打压黄氏的那些主流名家的著作。可以说，《万历十五年》是当代史学中一朵光彩异放的奇葩，该书用一种崭新的文类，融通史学、文学和思想，开启了一代新风。黄氏史学的影响，将久远地持续下去。

历史地看，边缘和中心，庙堂和江湖，主流和支流，总是在不断地转换。变革的新风，创造的活力，常常是在边缘、江湖和支流上。我对黄仁宇先生心路历程的体验，为我写作《复活的历史》找到了新的动力。

《秦汉魏晋史探微》

在当今史学家的论著中，我最喜欢田余庆先生的著作。他有两篇论文，均收在《秦汉魏晋史探微》中，一篇是《说张楚》，一篇是《论轮台诏》，堪称当代史学的经典论文，不但百读不厌，而且越读越有味道。这两篇论文，我已经不知道读过多少遍，仍然是回味无穷。那种无穷的回味，不仅有内容上的，还有风格、形式和方法上的。由于造化过于深沉，我至今无法对田氏史学做恰当的概括，眼下只能暂且称其为精致的艺术性史学。

田氏史学的一大特点是高瞻远瞩，能够从细微而不为人所察觉处勾画出高远辽阔的时代精神来，这是史家治史的至难和极致。《说张楚》一文，改变了普遍认为的两千年来统一的汉帝国直接继承了统一的秦帝国的历史认识模式，提示秦末汉初近百年间的历史曲折地继承了战国末年，是一个后战国时代。这种认识，复活了一个被遗忘的时代，开拓了一个历史认识的新方向，影响了一代学人。

田氏史学的另一大特点是索隐探微，能够在高远的背景之下，考证史料入微，出人意料地补充连接历史的缺环，将已经消失的人物和事件复原出来。那种功夫，是穷尽史料的细致功夫；那种悟性，是吟味入神的深邃悟性。在这种索隐探微中，可以体会到一种精致的美感。

历史学的美，是被我们遗忘了的一种记忆。在历史中探索未知，发现新知，是一桩激荡人心的美事，是生命之美和游戏之美。完美地表现历史的新知，传神地转达对历史的体验，是一种多样的至上的美的追求。我读名家名章，追求一种美丽时新的历史学。

（原载于 2007 年 5 月 31 日《南方周末》之《我的秘密书架》专栏，后收入《我书架上的神明：72 位学者谈影响他们人生的书》，山西人民出版社，2015 年）

大家风范
——《古代中国的历史与文化》书评

秦汉史无大家，是史学界多年以来的流行话。然而，劳榦先生是秦汉史名副其实的大家，只是因为他的学术活动集中在中国大陆、中国台湾和美国，聚焦分散，未能热炙成形而已。

劳榦先生的大著《古代中国的历史与文化》（中华书局，2006年，上下），内容精湛丰富，处处流露出大家风范。

劳榦先生的学术研究，几乎涵盖了历史学的各个分野，包括政治与历史、制度、思想、社会、地理与边疆、历法、考古与文字学、文学与古籍。如此博大的领域，非大家不能兼顾。

劳榦先生不仅研究领域宽广，他的学术关注所体现的思维厚度，从高层到基层，涵盖了历史学的各个层面，这也是非大家不能企及的事情。

从秦帝国的建立到清王朝的灭亡，在中华帝国时代的两千年中，王朝国家的治乱兴亡，呈现出一种不断反复的震荡循环，这就是中国历史的周期问题，或者叫作王朝循环问题。中国历史的周期问题，是中国历史的常态，世界历史的特异，不仅成为中国史家的关注点，也吸引了世界史学界的注目。《中国历史的周期及中国历史的分期问题》，就是劳榦先生对这个至难的高层次的史学问题所做的一个大家风范的回答。

国家组织宛若生命有机体，其自身的结构决定了它的天寿。除去暴病突变，中国王朝国家的天寿在三百年。人体的发令中心在大脑，王朝国家的核心在帝王家族。王朝的兴亡，就是某一家族统治的兴亡，"一个朝代的兴衰完全和一个家族的兴衰合而为一"。劳榦先生所论，单刀直入，一下子就切入了问题的核心。

皇子皇孙都是"生于深宫之中，长于妇人之手"，与民间社会毫无接触，成为不通人情世故，缺乏正常的处事应变的"云中人"，国家权力的顶点由这样的人来世袭掌控，一代不如一代几乎就是必然。不仅智力如此，身体也是如此。缺乏野外生活的宫中皇族，宛如笼中圈养的宠物，数代繁衍下来，不仅个个身体孱弱，很多连儿女都生不出来。王朝的周期循环，首先要到皇族的生活环境、生理病理中去搜寻。人治国家的兴衰，首先要考察治国之人的体能和智能。看似淡淡道来的常识，正是大家方能有的返璞归真。

这些年来，各种舶来的理论在学界流行，常常使人眼花缭乱。我始终以为，理论只是用来分析事实的工具，滥用繁杂的理论，反而会把问题复杂化，使我们远离事实。常态的历史中，常识往往是健全的认识工具。

考察皇族宛若考察大脑，大脑诊断完毕再检查肢体。王朝国家的政治组织与王朝兴亡相关联，是自不待言的事情，中国政治制度和政治思想的最大欠缺是管臣管民不管君。制君、限君，将最高权力置于制度化的有效限制之下，才是长治久安之道。制君、限君，分散政治权力以减少政治风险，才是民主的起点。历

辑一　师·书·路

史研究的最终关怀，还是要回到当今来。

　　文字是生命的寄语。书如其人，著作的内容，正是作者精神关注的体现。"近代政治制度大多始于秦汉，至今虽有若干受西方影响，但中国传统还是存在的。……我过去之所以研究汉代历史，就是想研究中国历代制度与汉的关系。"入手在汉代，视野连接历代数千年一直到当今，这是大家的又一种风范。

　　在中国历史上，恪守臣下之位而代行君王之事，有三位备受推崇的典范人物，一位是周公，一位是诸葛亮，还有一位是霍光。劳榦先生在《霍光当政时的政治问题》中，对这位历史人物做了平和易懂而又深入的论述。霍光是"根据事实，不尚理论"的政治家。他成功地收束了汉武帝晚年以来的濒危政局，安定国本，休养生息，开创了昭宣中兴的稳健发展局面。班固说霍光"不学无术"，批评他不通儒家经书，殊不知"出于客观的需要，并非有一个理论在后面指导"，这种实事求是的政风人物，正是维持汉代国运昌盛的中流砥柱。

　　事业的终极，在于实践。处理事情，要在务实。汉代务实政风的基点，在基层组织的建设。汉代的亭，一直是秦汉史学者关注的问题。这个问题，看起来微小，那些纵论天下，臧否人物的说客可以忽略，然而，在严谨的历史学看来，这个问题不但非常务实，而且非常重要，是汉代社会和行政结构的基础问题，可以说是无处不在。劳榦先生是汉简研究的开山者，1930年发现的居延汉简，最早就是由劳榦先生整理研究的。他早年结合出土汉简，对汉代的亭做过研究，写成《汉代的亭制》一文，本书中又收入他《再论汉代的亭制》，结合新出土的简牍材料，对此问题再做微观基层的研究。他的结论，亭"负治安警备的责任，但也监管道路邮驿"，应是实在而中肯的结论。

思想与政治，特别是儒家与中国政治社会的关系，一直是学者们关心的问题。这个问题，开始于汉代。劳榦先生是精通汉代各个领域的大家，他的思想之论，自有一种与史实相连的启示性。

劳榦先生指出，儒家的成功，主要是在教育上，这就使从学校出来的人，大都有亲儒的倾向。想来确是如此，孔子开学校，教授弟子，整理古代文献，规范伦理道德，是他对中国文化最重要的贡献。孔子是教育之祖，是伟大的教育家和伦理学者，这应当算是对他最基本的评价。孔子在政治上是非常不成功的人，后来将他塑造成政治导师般的圣人，处处都是当代政治意识的掺入和利用，实在是偏离了历史的真相。

考察汉代社会，其思想的主流经历了初期的黄老道家，中期的儒法并用和后期的儒家独尊，国势也经历了有活力的上升弱势，开始僵化的下降强势和脱离现实的亡势。思想僵化的起因，正是在于罢黜百家，独尊儒术。

罢黜百家，是政治直接介入学术、思想和文化，由此丧失了创造力和活力；独尊儒术，是学术和政治联姻，儒家思想由此僵化，政治也由此步入脱离现实的迷途。到了王莽将儒家的空想模式直接导入政治和社会制度后，其结果就是天下大乱，王朝倾覆。

大体而言，中国历史上凡是强盛而生气勃勃的时代，都不是儒术独尊的时代。从政治上尊儒，就是从思想发展上断送儒家思想的活力。同时，将儒家思想引入政治思想中，其结果就是使政治思想走上迂腐僵化之路。

中国的传统文化，是以诸子百家为基础的博大文化。诸子百家并存互补，文化思想才能充满创造的活力，才可以基于丰富多彩的思想基因，嫁接现代世界的思想成果，应对人类社会千变万化的现实。

回到结尾来，我与劳榦先生，隐隐约约有些因缘，对劳榦先生和他的著作，我想要说的话还很多，限于篇幅，只有留待将来。今天用一句话收场：

劳榦先生是我极为钦佩的一位大家学者，我读大家的书，仰慕大家的风范。

（本文是为劳榦先生的论文集《古代中国的历史与文化》写的书评，刊载于2007年12月《南方都市报》）

后战国时代的英雄豪杰

秦末汉初,是中国历史上一个难得的特殊时代,史家称为后战国时代。

后战国时代,大致从秦末乱起开始,结束于汉武帝初年,前后持续了将近七十年。七十年间的历史,混合了战国和秦帝国两个时代的特点,呈现出少见的时代风貌。

后战国时代,是一个联合帝国的时代。这个时期的汉帝国与秦帝国不同,不是中央集权的统一帝国,而是分权制的王国联盟。在这个分权制的联合帝国中,汉朝一强主导天下,与多个王国和众多的侯国并立共存。

后战国时代,是一个英雄辈出、论功行赏、"排排坐吃果果"的时代。这本书的英雄人物中,大英雄刘邦联合众多英雄一道,打败了另一位大英雄项羽,以最高的功劳,被大家推举做了汉朝皇帝,分得最大最美的一个果子,直接统治旧秦国地区,成为主导天下的唯一与最强。

做了皇帝的刘邦,再根据诸位英雄功劳的大小,分配剩下的果果。仅次于皇帝的大果子,就是国王。在本书的英雄人物中，韩信被刘邦封为楚王，英布被封为淮南王，吴芮被封为长沙王，他们分割统治了旧楚国地区。刘邦又分封张耳为赵王，统治旧赵国地区；分封臧荼为燕王，统治旧燕国地区；分封彭越为梁王，统治旧魏国地区；分封另一位韩信为韩王，继承了旧韩国的统治。

如此排排坐下来，联合帝国的地图，就大体按照战国后期的形势画了出来。汉朝与各国之间，自有边界，各自派兵把守，人员不得随意往来，各国自行其政，自任其官。当然，各个诸侯国王，得定期到长安朝见皇帝，皇帝有征战，大家都有领兵前去支援的种种义务，很有众兄弟拥戴大哥、众行星围绕太阳转的景象。

大兄弟下有二兄弟，二兄弟下有三兄弟，太阳行星之外，也还有众多的群星闪耀天空。沿着排排坐吃果果的顺序，在皇帝和国王之下，汉朝还分封有一百多位列侯，分别统治一百多个大小不同的侯国，也是治国治民，自成一统。

本书的英雄人物中，军师张良被封为留侯，战将曹参被封为平阳侯，分别统治留国和平阳国，国民的数量，都在一万户以上。大管家萧何被封为酂侯，阴谋家陈平被封为曲逆侯，鸿门宴救驾的樊哙被封为舞阳侯，分别统治酂国、曲逆国和舞阳国，国民的数量，都在五千户以上……如此这般的一百多个侯国，分散在汉朝和诸侯各国的领地之中，在一百多位英雄人物的统治之下，可谓群星灿烂。

后战国时代的风土人情，多是战国时代的延续。其间最值得注意的，是养士之风又来，游侠再次兴盛。

所谓游侠，就是任侠的游民。而任侠，就是任气节行侠义，个人与个人之间，基于知遇相互结托，行武用剑，轻生死重然诺，以感恩图报相往来。用我们今天的话来说，任侠就是哥们儿义气，男儿间的友谊，大丈夫间的情义。任侠者之间，并无严密的组织，合则留，不合则去；也无固定的章程约束，只是凭借人和人之间的交谊，形成广泛的社会关系，构筑起网状的民间社会势力。

战国时代的游侠风气，从上层社会一直渗透到民间下层，既包括许多亡命之徒，也不乏王公贵人。游侠们在各国间奔走往来，纷纷寄托于贵族门下，促成了各国的养士之风。楚国的春申君，赵国的平原君，齐国的孟尝君，魏国的信陵君，是名重当时的四大公子，以养士著名，他们的门下府邸，是游侠们集聚的去处。

本书中的英雄人物，几乎都受到游侠风气的熏染，其中的很多人，本来就是游侠。最典型的代表，就是被刘邦封为赵王的张耳。

张耳是魏国首都大梁人，信陵君在世时，他入其门下做了宾客。信陵君去世后，他流落民间成为游侠，以英雄后人自任，疏财仗义，网罗游士，摇身变为门主，成为游侠社会的大佬。秦始皇统一天下，游侠被严禁，张耳被通缉，被迫逃亡潜伏下来。陈胜吴广起义，张耳复出，再次登上历史舞台，成为称霸一方的英雄。

与张耳经历类似的游侠中，最值得一提的是刘邦。千百年来，世人对刘邦早年的行迹有种种误解，有的说他是流氓，有的说他是无赖，有的说他是农民，有的说他是贫民，都是含糊而皮相的看法。早年的刘邦，是不折不扣的游侠。

辑一　师·书·路

战国末年，刘邦纠结一帮少年浪荡故里，是称霸一乡的乡侠。本书中的英雄人物，被刘邦封为燕王的卢绾，就是他手下的小兄弟之一。本书中的另一位英雄，吕后时代的右丞相王陵，当年是刘邦的大哥，在沛县为呼风唤雨的一县之侠。

在乡侠刘邦的心目中，信陵君是光辉灿烂的偶像，可望而不可即。当张耳继承了信陵君的遗风，在魏国延揽天下游侠时，他多次前去谒见膜拜，辗转习染信陵君的流风遗韵。

以张耳、王陵、刘邦、卢绾等人为代表的这批游侠英雄，从战国末年一直活动到西汉初年，都是那一时代巨变的历史见证人。

后战国时代的另一历史特点，则是在黄老之学的主导之下，诸子百家再次复活。

秦始皇统一天下，教育上以吏为师，文化上焚书禁学，诸子百家销声匿迹。秦末乱起，后战国时代开始，诸子百家复活，道、法、儒、墨、名以及阴阳诸家并立，争艳夺目。在复活的诸子百家中，黄老之学脱颖而出，成为后战国时代思想文化的主流。

黄老之学，兴起于战国时代，假托黄帝和老子为始祖，是源于道家思想的政治文化学派。黄老思想，以道为思想本源，以法为制度架构，以平衡为施行方针，以知变为改进方法，以无为为目标境界。黄老思想，以其刚柔兼济、宽严有度的活力，契合了秦末汉初休养生息的需要，主导政治和思想几近百年，意义非同寻常。

本书中的众多英雄人物，都是黄老思想的信奉者。著名者，有军师张良、阴谋家陈平等。其中，特别值得一提的是相国曹参。

曹参，秦帝国时代是沛县的狱掾，也就是司法局局长，本是典型的以吏为师的文法之吏。随刘邦起兵后，成为刘邦集团的著名战将。汉帝国建立，他出任齐国丞相，拜黄老学派的传人盖公为师，用黄老思想治理齐国，获得成功。曹参升任汉朝丞相后，将黄老思想推行到汉王朝的政治治理中，获得更大的成功。因此，黄老思想为汉初统治阶层所信奉，成就了中国历史上的一个黄金时代——文景之治。

思想界有一种说法，治世用道，衰世崇儒，乱世奉佛。用来治理天下，求得治世的道，就是源于道家的黄老之学。黄老之学以为"治国无法则乱，守法而弗变则悖"，以道变法，才是与时俱进的治国之道。汉帝国建立后，汉朝君臣基于黄老思想的柔软节度，修正了秦帝国僵硬的世界观，建立起新的天下秩序。

秦始皇灭六国统一中国后，马不停蹄，派遣三十万大军北上攻击匈奴，将匈奴驱赶到长城以外。又两次派遣大军攻击南方的越人，在岭南地区建立起郡县制的统治。此时的秦始皇，自以为征服了地上世界；此时的秦帝国，成为天下唯一没有外交的国家，内外陷入狂妄僵硬，失去了进退的空间和变化的活力。

后战国时代来临，列国外交复活。汉帝国诞生，汉朝与多个诸侯王国、众多的侯国并存，建立起汉朝主导天下的政治秩序。在帝国内的这个政治秩序之外，进退有度，既能屈身供奉强大的匈奴游牧帝国为兄长之国，也能昂首怀柔僻远的南越、闽越、东越为外属之国，一种柔软灵活的新世界体系——册封体制，由此开启。

本书中的英雄人物，冒顿单于、南越王赵佗、闽越王无诸、东越王摇，都先后活跃于这个新世界体系中。其中，特别值得一提的南越王赵佗。

赵佗，秦恒山郡东垣县（汉初改名为真定县，今河北石家庄市东）人，本是秦帝国征伐南越的南部军将领。秦末之乱，统领南部军独立建国，构筑起新的统治秩序，成为称霸一方的英雄，国祚持续了一百多年。

史真是时间中过去了的往事，史料是往事遗留的信息载体。历史学家根据史料构筑史实和史释以推想史真，写成种种史书。记载秦汉历史的史书，主要是《史记》和《汉书》，作者司马迁和班固，都是汉朝人，他们对于本朝的历史和英雄，自然是浓墨重彩，赞誉有加，而对于秦帝国和西楚霸国的历史和英雄，难免轻描淡叙，多成见而有不实。

秦帝国的英雄人物中，秦始皇历来受攻击最多，被涂抹得最黑，是暴君恶人的形象，流传了两千年。经过重新整理史料史实，我们可以看到的是，秦始皇结束了贵族参政，完成了统一天下的伟业，又统一文字、度量衡和货币，奠定了统一帝国的根基；另外，他集权专制，焚书禁学，禁锢思想，毁灭文化，又南北用兵不断，土木工程兴修不已，好大喜功直到晚年，最终将秦帝国带到了崩溃的边缘。不过，秦始皇时代，吏治稳定，他从不诛杀功臣，也未曾坑儒，平和公正而论，他是那个非常时代的一位明察的强君。

秦帝国的人物中，赵高也是一位被抹黑多年的人物。他并不是阉人，而是武功高强、长于车马、精通法律和书法的全才。至于他耍阴谋玩权术，害大臣杀君主，勾结叛军发动政变，成为毁灭秦帝国的主要罪魁祸首，确实毫无道德底线。不过，赵高的所作所为，从他身处的那个时代来看，也许并非异样而是平常？

唯利无耻的英雄时代，可以说是后战国时代的又一个历史特点。在那个时代，人人唯利是图，个个急功近利，周围都是生死搏斗，到处尔虞我诈，成者为王败者寇，建功立业的英雄豪杰们，何曾有暇于道德伦理！

本书的英雄人物之一李斯，入秦先投靠吕不韦，吕不韦败亡，他紧跟秦王嬴政。为了投上所好，李斯向秦王嬴政推荐同学韩非；当韩非有可能威胁到自己的地位时，他又进谗言毒杀了这位旧日同窗。沙丘之谋，李斯与赵高联手伪造遗诏，消灭政敌扶苏和蒙恬、蒙毅兄弟。当赵高与二世亲近而自己被疏远时，他又与老臣们联手欲诛赵高，结果反被赵高设圈套陷害。一切的一切，只有唯利是图，没有丝毫仁义道德。

灭秦战争中，联军统帅项羽与秦军大将章邯在安阳结盟起誓，接受二十万秦军投降。三个月后，项羽又与本书中的另外两位英雄人物，冷面杀手英布和蒲将军合谋，在新安将投降的秦军坑杀了个干净。有何信义可言，只是为了眼前的打算。

至于刘邦与赵高合谋，约定杀秦二世共王关中，攻入关中后，他在蓝田先与秦军约降成功，然后突然进攻。同样的手法伎俩，他又用来对付项羽。楚汉相争中，荥阳议和成功，以鸿沟为界，两分天下。被项羽释放的太公、吕后等人质刚刚回到汉军营中，刘邦军就毁约对撤退的楚军展开攻击……有何信义可言，都是阴谋诡计。

在那个时代，角逐于历史舞台上的政治人物质朴势利，不受道德伦理的约束。他们以为人生的根本在于利益，利益的所在，就是行动的所在；利益与道德无缘，当利益与道德不合的时候，抛弃道德。而道德伦理的规范建设，要迟到汉王朝建立近百年之后。

前事不忘，后事之师。今天，我们重新阅读和了解这一段历史，自然有众多的看点，也有不少的教训。无数先民前仆后继，创造了历史；无数的英雄风云际会，引领了时代，他们留下的遗产，是我们继承至今的财富。

这一段历史的教训中，有两点最值得注意：其一，一味地追求进取发展，可能会导致社会的不稳，引发国家的崩溃。其二，完全奉行功利主义，忽视道德伦理的规范和人文教育体系的建设，难免会走极端到道德底线沦丧，导致上上下下人心离散，成为国家崩溃的诱因。

历史的后来者，不可不以史为镜，虚怀自省，谦虚谨慎。

（本文为《楚汉争霸——二十四史人物图志》之序言，纪彭、熊崧策编著，程亮绘，北京联合出版公司，2018年）

往还在艺术的美和历史的真之间

导演陆川是艺术家,他对于艺术的美,自有独特的感悟。喜好历史题材的他,对于历史的真,也自有独特的理解。

想起一段往事逸闻。1663年,伽利略接受宗教裁判,正式宣布放弃地球围绕太阳转动的日心说。据说,他当时嘀咕道:"但它(地球)确实转动。"

这句话,至今找不到证据加以证明。这个故事,作为历史事实或许是假的,但是,它真实地刻画了伽利略在被迫放弃自己的观点时的主观立场,具有逻辑的真实性。

我由此想到亚里士多德的一句名言:诗比历史更可信。他这里所说的诗,就是文学。因为历史所记叙的,是已经发生了的事情;文学所描述的,是可能发生的事情。可能发生的事情,比已经发生了的事情更本质,更富有哲学意义,也就更可信。

连接影片,在《王的盛宴》里,秦王宫有一套高度复杂而精密的文件储存和查询系统,只要念出某人的名字,工作人员就可以在浩瀚如海的资料库中找到这个人的档案,通过漫长的滑轮管道,一卷精确记载相关信息的竹简会自动掉落。

秦宫档案机，是艺术的构筑。这个构筑，作为历史事实肯定不是真的，但是，它真实地反映了秦帝国通过严密的档案文书制度，将国家权力伸张到帝国的每一个角落，落实到每一个人头的恐怖，不但具有逻辑的真实性，而且有艺术的美感。

我多年研究历史，秦宫档案机，使我联想到近年来出土的秦简，特别是湘西里耶古井里出土的那三万支档案文书，严密的帝国行政，宛若蜘蛛网。我喜欢观察人性，秦宫档案机，使我联想到陆川的经历，特别是他学习军事情报专业的经历，网络控制的冷酷，体现在金属机械的转动声中。

《王的盛宴》是一部历史片，不仅用历史做题材，还让我辈历史学家登场受调侃。刘邦身边的史官谄媚地对刘邦说："您说什么，我就记什么。"据说，这正是陆川对历史的看法，他认为，历史是胜利者的记录，完全没有真实性可言。因此，他重新演绎了"鸿门宴"，刘邦是怎样躲过项庄舞剑的，项伯是从哪里弄到剑的，樊哙是怎样冲进营帐的，他都有自己的想法，按照自己的想法去表现。

毕竟是年轻气盛。历史的真实性，在于正确的解读。对于训练有素的历史学家来说，即使是胜利者的自言自语，也可以解读出真实的历史。况且，胜利者的自言自语只是自传，不是历史。两千年来，本朝不修本朝的历史，本朝知道本朝必有完结的时候，明智地只留下记录，历史让下一个王朝来评说编撰。至于鸿门宴的场景，出于当事人樊哙的口述，太史公写《史记》时，樊哙的孙子樊他广还在，他把家传的故事讲给太史公。鸿门宴栩栩如生，众英雄的声容笑貌，宛若就在眼前的原因，就在这里，你不得不服太史公。

陆川有历史感和使命感。强烈的时代感，是陆川电影的特点。他曾经感慨说，任何历史如果没有当下的关怀，就没有价值。正因如此，陆川的电影常常要经历更多的曲折磨炼。

确实，古往今来，人性不变。古往今来，在结构类似的舞台上，出演着类似的戏。不过，古今中外，任何历史都有自己独立的价值，如果再加上当下的关怀，就有了双重的价值。

在《王的盛宴》中，萧何对着一群史官吼道："修史的人要对得起历史，否则后人会在你们写的历史中看到什么？"

看完《王的盛宴》样片后，我戏语陆川说：下次再拍，给我一个小角色，戴头盔穿铠甲，手持长戟，守门的小卒即可。

陆川笑答：那哪儿成，李老师起码要有个一官半职。

我想，也许史官正好。

如果我登场，如何写历史？

怕也要在历史的真和艺术的美之间求索。

（此文为《王的盛宴》序言，陆川编著，河北教育出版社，2012年）

辑 二

思考历史学

史学理论，一直是我关注的课题。建立汉字系统的史学理论，是我多年以来的梦想。曾经想以罗素的《数学原理》为榜样，写一部《历史学原理》，以痛苦的失败告终。悟得历史学不是科学，而是有科学基础的人文学科，不可盲目追求规律原理；也悟得论文这种形式，适合于严谨的问题论证，不适合表现活泼的思想。于是突发奇想，尝试用最不正经的调侃语调，表现最深沉严肃的思考，写成一批有关史学理论的随笔杂文，始于2000年初。因为话题冷僻，想法怪奇，语言轻佻，投稿被退回，说是文章不能这样写，只好自我冷藏。

这次，我从冷藏的旧文中选出四篇：《自我认识之路：说历史学的多重镜像》《考证安定思想：说历史学的五大要素》《开源巴赫猜想：说历史学时间》《千禧年在何年：说历史学时间的虚拟起点》，完全是当年的模样。又新写了三篇：《一切历史都是推想：说史真、史料和史著》《No-Fiction：说非虚构历史写作》

《司马迁来到B大历史系：说叙事和研究》。

  同是史学理论的内容，相近思考的延续，不过，形式再也回不到从前。随着年龄的增长，我不仅失去了往日的轻狂，也失去了欢快的活泼，又是一段人生的写照。

自我认识之路：说历史学的多重镜像

历史学是什么？何谓史学，乃史学开天辟地以来的基本问题。唯其地老天荒，从古至今混沌模糊。史学圈子里的人说不清楚，更知道说了也白说，清不清与手边的本家活计无关，大家绕开来走。来说的多是哲学门的论客，西文洋说，巧说强说，死说活说，说得你史家的人羞愧无言，不得不服来客的睿思铁嘴。然而，史家的人鲁钝实在，终归是被说得不疼不痒，总感隔了一层。

开源截流先生多年沉浮于史学圈内，且属老实巴交的中国史，今天，也斗胆粉墨登场作戏言，反其道而行之，中学为体，西学为用，从中国史学里的常识开说，看能不能说出个中国式的"何谓史学"来。

在中国的思想宝库中，有一个几乎是人人皆知的史学思想——以史为镜，即将历史视为一种镜像。对于该思想的一种明晰的表达，见于唐代的那位盛世明君李世民。他说："以铜为镜，可以正衣冠，以古为镜，可以知兴替，以人为镜，可以明得失。"

(《旧唐书·魏徵传》)

该思想的源流，起码可以追溯到诸子百家。那位苦行的哲学家墨子说过："君子不镜于水而镜于人。镜于水见面之容，镜于人则知吉与凶。"(《墨子·非攻中》)此语甚古，当时尚未有铜镜的发明，个人借助容器（鉴）中的清水，获得一种感知自我的镜像。其实，更古更远的源流，当在西周，"殷鉴不远，在夏后之世"的名句，见于《诗经·大雅·荡》。殷是商朝，鉴是镜鉴，就是墨子拿来盛水以为镜的容器。意思是说，商灭夏这面镜子并不远，就在夏桀王的时候。此语当是以史为镜之思想的源流本山，早早便超出自我镜像的感知，一步跨到历史镜像感知的高度了。

《晋史》题为唐太宗御撰，他亲自为宣（司马懿）、武（司马炎）二纪及陆（机）、王（羲之）两传作史论四篇。他将中国古来的以史为镜的思想做了总结性的表述。铜为铜镜，由铜镜所反映出来的镜像，可以感知自我形象；古即历史，由历史所反映出来的镜像，可以查知历史如何由古至今的变迁。人为他人，通过观察他人构筑出来的一种心理的镜像，可以得到一种自我意象。

我们知道，自我不能直接认识自我。这个道理，简单说来，就是你的眼睛不能直接看见你自己。然而，没有人不想看看自己的样子，自我认识是人类的基本欲望，人类最伟大的发明之一的镜子，就源于满足此种欲望的追求。英国的分析主义历史哲学家柯林武德以为，自我认识是人类永恒的主题，他说：自我认识不仅是人类的愿望，而且是人类认识的条件，没有这个条件就没有其他的知识能批判地被证明是正确的，并且牢固地被建立起来。

(《历史的观念》)

此话含义深刻，首先将自我认识的愿望，由人类个体提升到了人类的群体，进而将自我认识视为知识赖以确立的条件。那么，自我如何才能认识自我，人类如何才能实现自我认识的愿望呢？

德国大哲学家黑格尔在论及"自我意识"时说："自我是自我本身与一个对方相对立，并且统摄这对方，这对方在自我看来只是他自身。"(《精神现象学》)黑老夫子乃西方哲学的本家，其话相当晦涩，道理却很深刻。他是说，自我不能单独成立，要想自我认识必须有一个他者，此他和我面面相对，乃我的对立统一体，唯有有了这个他，我才能认识自我。真是天机玄妙，妙不可言。妙不可言，恰是尚未出窍。在我等中国史学者看来，老黑的道理在这里尚未讲透讲白，穿透隔纸只差一句话，此言道：和我面面相对，成为我之对立统一体的他究竟是谁？答曰：此他即我的镜像。此玄关一点破，道理就清爽自然，穿透道白了。东说西说，玄说妙说，无非是说：自我只有通过自我的镜像才能认识自我。自我镜像，乃自我认识的唯一途径。

人类个体如此，个体只有通过个体的镜像才能认识自我。"君子不镜于水而镜于人"，"以铜为镜，可以正衣冠"，"以人为镜，可以明得失"，讲的正是这个道理。以水为镜，以铜为镜，讲的是自我形象的认识；以人为镜，讲的是自我意象的认识。前者的认识媒介，也就是镜像的载体是物质的，即清水和铜镜；后者的认识媒介则是心理的，是自我和他人的比较认识。人类群体也是如此，群体只有通过群体的镜像才能认识自我。历史是人类群体的活动，"殷鉴不远，在夏后之世"，"以古为镜，可以知兴替",讲的正是这个道理。

尚不止于此。我们知道,历史不但是人类的群体活动,而且是其过去的活动,这个过去,是相对于现在的,过去和现在,是人类的智力活动所产生的时间观念,而时间观念,乃历史学最基本的要素。正如自我不能认识自我一样,现在(当代)也不能认识现在(当代)。同自我只有通过自我的镜像才能认识自我一样,现在(当代)也只有通过现在的自我镜像才能认识现在(当代)。

非常清楚,历史,只有历史才是现在(当代)的自我镜像,人类只有通过历史的镜像才能认识现在(当代)。通过历史的镜像认识自我,乃认识现在(当代)的唯一之路。我史家先祖太史公在《史记·高祖功臣侯者年表》序中说"居今之世,志古之道,所以自镜也",已经参透了今借助于古,当代借助于历史以自我认识的道理。

话至此,似乎可以对历史学提供一个新的说法了。首先,历史即往事,就是已经过去的存在。往事如烟,不但不可再来,而且随着时间的久远越来越模糊不清,渐渐湮灭而不甚了然。不过,如烟的往事每每留下记忆、记录和遗物。于是有人跳将出来,解读其中的遗留信息,做成一面特别的镜子,不仅可以透现出往事的镜像,也可以将现在(当代)的相貌映照出来。制作这面镜子的人就是历史学家。他做出的这面镜子就是历史学。历史,是现在(当代)的镜子;历史学,是历史的镜像,经过多重折射映照,构筑成一个纷繁多彩的历史世界。

话说到这里,历史的镜像一事,又牵扯出历史学的一个基本问题,即物事的反照性,也就是被回忆性问题。无奈此事也是深沉混沌，涉及历史学的基本要素，本文只能点到为止，沉下脸来的正论，当换一场合。

开源截流先生信口开河，有没有道理，像不像个说法，大家想一想，我再接着说。

考证安定思想：说历史学的五大要素

哲学博士胡适之先生深入历史之域，出得门来感慨说，历史是任人打扮的小姑娘。文学博士开源截流先生尚未得门来即附和说，历史学家是手脚勤快，缺计少心的小媳妇。不是吗？君不见傅斯年先生为历史学家所作的自画像，上联是上穷碧落下黄泉，下联是动手动脚找东西。戏作横批：多动脑筋。

至于历史是什么，何谓历史，对此关系身家性命的大事，历史学家大可不必关心，也正是他们最不关心的。拉车不看路，嫁鸡随鸡，嫁狗随狗，年年岁岁，被人牵着鼻子走，最后还落个不讨好，被指斥为剪刀糨糊加拼逗，不会思考不会创造。

英国历史学家爱德华·霍列特·卡尔实在看不下去，为此专门写了一本书，题目叫《历史是什么》。他的回答是，"历史是历史学家跟他的事实之间相互作用的连续不断的过程，是现在跟过去之间永无止境的问答交谈"，浑浑然成了糊涂名言。

英国人好历史重经验，忌讳将事情搞得一清二楚，被批评为不知是假装糊涂还是天生糊涂。卡尔此书得英国经验主义糊涂传统真谛，读来妙趣横生，幽默启发，不过掩卷思来，难免有雾中云里，无边无际之感。考究起来，卡尔此书的基本前提即是基于英文历史（history）一词的含糊性，即不对作为存在的历史和作为历史知识体系的历史学做语意区分，书中的种种精彩议论，多由此而生。

黑格尔力图将历史的这两种意义明确区分开来，他在《历史哲学》中说，我们所用的历史一语，综合了主观的方面和客观的方面，在表示发生的事情事件之同时，也表示对于发生了的事情事件之记录。

在欧洲，德国人一板一眼，以好做思辨著称于世。不过，德国人不时忽视经验杀偏锋，穷尽思维而入旁门左道，正是这位黑大师格尔先生，在同书中又公然宣称历史就是绝对精神的展开，将活生生的历史引入虚无。

我们知道，欧洲语言的历史一词，来源于古希腊文 historia，其本意是调查询问所知道的事情，该词由"调查询问"的动词 historein 变化而来，这种古希腊文的意义，构成现代欧洲语言"历史"一词的语源和本义。我们也知道，古代希腊思想的基本倾向与历史思想格格不入，其主流是一种强烈的反历史的形而上学（柯林武德《历史的观念》），他们以为只有永恒不变的事物才是知识的对象，诗比历史更可信。在我们今天来看，在反历史的风潮中诞生的调查询问之希腊语意，主要表达了历史学中的一种方法，并没有触及历史和历史学的本质。

在世界文明史上，汉字文化是最富有历史连续性的文化，中国史学在世界史学史上拥有最为悠久而丰富的积累。汉语的"历史"一词及其衍生词更具有非常丰富的含义，这就为我们提供了从另外一个角度，即从汉语"历史"之语义语群与中国史学史的结合点出发,来探讨历史之意义的新天地。有话说得好,正看成岭侧成峰,西看东看各不同,各有千秋,此之谓也。

在中国史学的历史中,考证学源远流长,既是中国史学的优良传统,也是历史学的看家本领。实事求"实",考证史料以确立认识媒介的可靠;实事求"事",考证史料以确立历史事实的真伪。不过,考证学尚有一大功用为史家使用不足,考证史料、史事以求思想之基础,将思想之发现,思想之创立建筑在实实在在的基础上,由历史而思想,由实在而抽象,由事实归纳而进入思想演绎,此可谓实事求"思"也。实事求"实"也好,实事求"事"也好,实事求"思"也好,皆在实事求是当中。

笔者今日全面实事求是,首先矫正方向,由西而东退洋文西说而求汉字中论,又修正方法,退演绎归纳而定于考证,以考证求思想之本,以考证建立思想生发之基石,使思想之根基牢靠,不至于头重脚轻根底浅,虚无缥缈无着处,此即篇题"考证安定思想"之谓也。

考证历史一词,由汉字历和史组成。然而,古代汉语,有历有史而无历和史连缀而成的历史一词。据《说文》:"历,过也。""历"字本是动词,其意义是经过。进而向前追究,历,甲骨文作𣥕,从止从秝。字形的上部是两株禾苗,下部是一个足印。

罗振玉先生考证说:"此从止从秝。"依据罗说,汉字历之初字本意是用足行禾间,表示经过。然而,就字之会意而言,足行表示经过好理解,为何要过禾间,则难以圆其说,故罗说引来文字学家疑问纷呈。

开源截流先生补充安定罗说,道:秝者,其字形为双禾,其字义为"稀疏适秝也"(《说文》)。究其字源,乃会意字。禾是人工栽培的农作物，禾间有距有序，有别于野生植物之杂乱无章，秝字以双禾会此意表示疏落有间，稀密适度，所谓历历在目之有序状态也。从而，历字下面从足形，以足迹表示经过，上面从秝，会其疏密适度之意，以足行间距有序的禾间表示有度有序的经过，这就是汉字"历"之初字本意。

经过有三种，一为时间的经过，此意最早也最为基本。金文毛公鼎有"历自今"。《尚书》有"既历三纪，世变风移"，皆其例也。一为空间的经过。《史记》有"深践戎马之地，足历王庭"。再为事情的经过。《战国策》有"历险乘危，则麒麟不如狐狸"。汉语词汇当中，由"历"字连缀，表示时间经过者最为基本，其词也最为丰富。简单举例，有历代、历年、历时、历世、历久、历来、历载、历岁……其名词化的词语，如历书、历法、日历等，无不直接关涉时间的经过。

统而言之，汉字"历"之初字本意，乃以足行过禾间表示有序有度的经过，时间的经过最为基本，又衍生出空间的经过和事情的经过等意义。

汉字"史""吏""使""事"本是一字，皆由"事"字分化而来。陈梦家先生说，甲骨文之"史"字，即事字之初文。其字形为从手持干。干为捕兽之具，以手持之，表示搏取野兽。陈先生之说，奠定了"史"字初义的基础。原始时代，捕猎为基本生产方式，乃最关生存之事，以手持捕猎工具之形，会渔猎生计之事，乃"史"字象形会事之本。猎具为武器，捕猎为武事，征战同于狩猎，又会战争之事。祭祀用捕获之野兽，也用战争之掳获，又会祭祀之事。古代国之大事，在于战争和祭祀，故用史字泛指国事。卜辞中"王史（事）""大史（事）"即其例也。

辑二　思考历史学

殷代国政诸事，由王下令使人执行，受王命指使执行国事之人，即一般所谓的官吏之吏，在甲骨文中，也以"史"字指称。甲骨文中，"史"字所指称的官吏范围非常之广，几乎包括了职事于文武祭祀等国事的各种官吏，其中，又以武吏最为引人注目。甲骨文有"贞，我史其伐方"，即贞人占问殷之史领兵征伐方国之事，极为典型。

《说文》说："史，记事者也。"以史指称担当文牍记事之吏。《说文》是东汉时代的著作，"史"字这种指称意义，当是后起的用法，直接关涉官吏职能的分化，其时代，不会早于周代，或者还要晚得多。后来，"史"又由文牍记事之史逐渐演化为与历史记载、史书著作相关的所谓史官，形成晚近常用的史字之指称意义的主流。史官所记之事，主要是政务之事，如王事、祭祀、戎事、星历、占卜等。由史官记事所成的文献策籍，也称为史，就是记载重要往事之史籍。历史著作，由史官史家基于历史记载编撰著作而成，也称为史，即史书。

统而言之，"史"之初字本意是事，即事情，由此衍生出使人行事之"使"，行事之人的"吏"之意义。后来，文牍记事之"吏"的意义从"史"中分化出来，以"史"字指称，与此相应，记事之吏做成的册籍也以"史"字指称。以"史"字指称关涉史书编撰著作的史官和其编撰著作所成的史书，时代最晚，却成为晚近史字意义的主流。

"历"与"史"连缀成"历史"一词，最早出现于南北朝时期。《三国志》裴注引《吴书》载赵咨问文帝曰：吴王"志存经略，虽有余闲，博览书传历史，籍采奇异，不效诸生寻章摘句而已"。该处的"历史"，与"书传"对文成词，其意义，当是指历代史籍史书。隋唐以来，历史一词几乎不见于典籍。明朝万历年间，袁黄合并数种通鉴类史书编撰成《历史纲鉴补》一书，书名中"历史"一词的意义仍然是历代史书。

清末变法之际，"历史"一词突然大量出现于文献典籍中，从此在中文中作为常用词语固定下来。考清末"历史"一词的使用，主要用于新开办的学校的教学科目名称。究其渊源，乃受到日本明治政府课程设置用语的直接影响。明治六年（1873），文部省公布的课程名称中出现历史科目，这是以"历史"指称学校教育科目的开端。

"历史"一词在日语中开始使用，源于袁黄《历史纲鉴补》一书，该书于德川家纲宽文三年（1663）翻译成日语，在日本得到广泛流传，"历史"一词也由此在日语当中开始使用。当初的语义，如同中文原书名，是指历代史书。后来，日本的兰学学者青地林宗以汉字翻译西文著作时，首次以"历史"一词指称学问，即历史学。

此后，日语中"历史"的词意开始扩大，用来指称：1.过去了的人类生活中所发生的事情之发展变迁的过程；2.基于某种观点就上述过程所做的有序的记叙；3.历史学之略称；4.学校教育之科目；5.书名，即古代希腊历史学家希罗多德和修昔底德所著的两部原题为 *Historia*（《历史》）的史书的汉字译名。

日语词语中"历史"一词的新的语义，在明治维新以后传布到中国，演变为中文"历史"一词的诸种现代词义。与此同时，不管是在中文还是日语中，"历史"一词的原意，即历代史书的用法，基本上被废弃了。

开源截流先生以为，思想和哲学的问题可以还原到历史学中去,追究其起源和演变,进而可以还原到语言学中,探讨表达历史和思想之用语的语义来源及其变迁。遗憾的是,不管中文也好,日文也好,历来探讨历史的含义,皆是忽略历而只谈史,谈史之时,也是心不在事而在记事者,不能不说是片面有失,误入歧途。

开源截流先生今日重新考证历史一词,大致将其词源词义清理出来。历史一词,用汉字"历"与"史"连缀而成,基本层面上的意义,是在时间中过去了的事情,也就是往事,这就直接表达了历史学(也包括哲学)的一个基本概念,即作为存在的历史,坚实地奠定了历史学的第一块基石。历史存在,有种种称谓,或曰历史的本体,或曰客观的历史,开源截流先生自创新名词,称之为史真。因为是历史学的第一块基石,故别加字号,称之为第一历史。

第一历史得以确立,历史词义的发展就有了广阔的空间。"历"字以足行经过禾间表示有序有度的时间经过,对于时间的感知,是通过空间距离来体验和传达的。时间和空间,成为历史一词中包含的两大基本要素;时间和空间在历史中可以相互转换的关系,也由此透露出来。"史"的字形,是手持猎具,用狩猎这种最关乎生存的活动表达对于事情的认知。猎具,是人造的工具,器物的意义,也显现出来。历字用足,史字用手,以人的肢体活动将时间、空间、事情、器物连接起来,表达了人是历史的主体,是连接其他要素的关键要素。

可以说,汉字"历史"一词所包含的时间、空间、事情、器物和人的意义,涵盖了历史学的基本要素,为汉字系统的史学理论之发展奠定了坚实的语言文字基础。

考证是沉重的作业。作业沉重，则行文壅塞；行文壅塞，则思绪阻断，思想之流难以流畅展开，以考证安定思想，只是欲使思想之腾飞有实在的基础。今日牵强撮合，简考适论，乃深感中世以来思想与历史的分离阻隔，历史实在得不能思想，思想空虚得不切实际，有意返璞归真，破分断而取综合，尝试通变跨越，为飘然仙至的思想，寻求一不迷不玄的基点。也许是高远背时的事情，只是心向往之而已。

　　收场还是那句话，有没有道理，像不像个说法，大家想一想，我再接着说。

开源巴赫猜想：说历史学时间

脑筋急转弯：世界上有没有从现在到过去，从过去到将来的时间？

想一想再回答，答不出来不着急，先请看下面这张不同系统的时间表，再听开源截流先生接着说。

过去－现在－未来＝日常时间序列＝自然时间观

现在－过去…未来＝历史学时间序列＝开源巴赫猜想

现在－现在＝现在向认识　路易十四

现在－未来＝未来向认识　忧天杞人

现在－过去＝过去向认识　林黛玉和历史学家

常言道，只顾眼前；又常听说，要向前看，不要向后看。这些日常大白话，听惯了也说得多了，谁都不会觉得有什么稀奇。然而，你细细想来，其间是很有些一言难尽的道理的。

顾，观望也，也是看；眼前，就是现在。向前看向后看，前后皆表示方向，只是此处的方向不是空间的，而是时间的，指的是过去和未来，加上表示现在的眼前一语，就成为一个完整的时间序列的表述。

只顾眼前，说的是有人只考虑现在的事情，而不考虑过去和将来的事情，路易十四的那句千古名言"身后，洪水任他来"，就很有点这种即时的味道。世上既然有只考虑眼前的人，当然不会没有只考虑将来和过去的人了。中国有个成语，叫杞人忧天，说的是古代杞国有人一心忧虑天地将会崩塌，闹得眼前寝食不安，活脱脱一个只考虑未来的典型。

要向前看，不要向后看，说的是人应当多考虑将来的事情，不要只考虑过去的事情。此话是有针对性的，是冲着那种只考虑过去的事情的人说的。林妹妹焚诗葬花，正是深陷过去不能自拔之极致。专注过去而又不至于如此痴迷失常的人，大概当数"信而好古，窃比于'马班'"的历史学家。

于是，笔者稍作概括，将只考虑现在的人称为"现在认识取向"的人，只考虑过去的人称为"过去认识取向"的人，只考虑未来的人称为"未来认识取向"的人，又将这三种人所具有的不同取向的认识分别称为现在向认识、过去向认识和未来向认识。

时间是一种主观意识，可以做不同方向的排列。日常时间序列是按照"过去—现在—未来"的方向排列的。就现在向认识而言，其认识从现在出发而终于现在，只在日常时间序列上截取了现在一段。就未来向认识而言，其认识从现在出发而终于未来，在日常时间序列上截取了两段：现在—未来。就过去向认识而言，其认识从现在出发而终于过去，在日常时间序列上也是截取了两段：现在—过去。

然而，如果我们仔细观察，就会注意到，现在向认识和未来向认识所截取的时间段,并不影响日常时间序列的方向,而过去向认识所截取的时间段和日常时间序列的方向是相反的,是按照"现在—过去"的方向排列的;换言之,这里出现了"现在—过去"和"过去—现在"两种时间方向的对立。

已如前言,只顾现在者有路易十四,只想将来者有忧天杞人,至于一门心思都在过去,已是职业成癖,不可救药者,普天之下,除林妹妹外,则非历史学家莫属了。

中国古代著名历史学家班彪在通论历代史家编撰史书得失时说:"若《左氏》《国语》《世本》《战国策》《楚汉春秋》《太史公书》,今之所以知古,后之所由观前,圣人之耳目也。"班彪是《汉书》之构想者和初作者,是中国断代史传统的立案者和设计师。班彪在批判继承前代史家史学的思考过程和自己编撰史书的工作的过程中,天才地察觉到历史学家的工作过程是一种从今到古,从后向前的过程,这种工作过程非同寻常,乃一种超常的感官,即所谓"圣人之耳目"也。

分析起来,"今""古",乃指称时间也,今是现在,古是过去。"后""前",乃指称方向也。在这里,"后""前"与"今""古"对文,其指称的方向,乃时间的方向。今在后,古在前,以今观古,就是从后面向前面看,逆着从古到今的时间方向回看。在这个向后看的过程中,看者所使用的时间及其时间方向同自然时间的"过去—现在"之方向相反,乃"现在—过去"。

所谓历史学家者,研究且表现历史之人也。历史之"历"者,时间之经过也;历史之"史"者,事情也。"历史"一词,最基本的语义,乃时间上过去了的事情,即往事。历史学家基于现在的时点,倒回去看,利用往事留下的信息构筑历史的镜像,欲将现在的事情反映得真切。由此看来，历史学家从现在出发认识过去。历史学家在认识历史的过程中，使用了一种有别于自然时间序列的时间观，这个新的时间观的时间序列，不同于自然时间的"过去—现在"方向，而是"现在—过去"方向的，这种新的时间观，可以称为历史学时间观，基于这种时间观所得到的认识，就是过去方向的历史认识。

如此立论的话，圈子里的人难免要问：如果历史学中真有如你老兄所谓的新时间观，史家的人天天使用而又不自明的话，请拿点儿具体的来，点拨几句，至少须明了此种历史学时间观对历史学有何种干系影响。空想家的虚言，论客的妄语，危害深矣，吾辈不想再钻进活套子里，被教条理论所贻害。

疑者好见识，且再听我从容道来。开源截流先生久在中国史圈子里沉浮，浑身尘土黄泥，绝无离开经验实践而筑空中楼阁之道骨玄气。以眼下所能认识到的经验而言，历史学时间观至少在两个方面影响了历史学的工作，至少有两种历史学的基本工作方法是由历史学时间观所规范的，概括言之，其一曰：果因律；其二曰：残成律。

先说果因律。因果关系，即由原因而至结果，乃世间物事的普遍逻辑。该规律的存在，是以自然时间序列为前提的，原因在先，结果在后。此点，在作为存在的历史，也就是史真中尤然。举例而言，历史上先有秦始皇的急政，秦二世的荒政之因，才有秦帝国的崩溃之果。然而，在历史学中，历史学家面对的是已经完结的往事。历史学家的主要工作之一，是由这种已经完结的往事出发，倒过来追究其过程和原因。也就是说，历史学家首先面对了秦帝国崩溃的结果，再倒回去考察其兴亡之过程，追究其二世而亡的原因。可以说，历史学的基本工作原理之一是先有结果，再由结果追究其过程和原因，这种工作的程序关系和自然时间序列中的因果关系相反，是由历史学时间观的"现在—过去"方向决定的。在历史学中，所有的因果关系皆是虚拟的，从历史学的工作程序上讲，是果因关系的。笔者为简洁起见，将此种关系称为果因律。

次说残成律。人类之产品，皆由原料开始，经过加工，制出成品，至于完成；然后，磨损解体，散乱残断，归于尘土。此种由原料到成品再到残断的关系，不仅遍行物质世界，也通用于历史世界。人类之历史，由人类自身演出，一件件具体的历史事件，皆是人类自身的作品，都有其源起、发展、完成、衰落，终至残败解体的过程。其演化的程序，同物质产品一样，皆在自然时间序列的统一规范当中，源起在先，完成居次，然后才是残败。笔者为论述之便，将人间物事的这种由源起到完成再到残败的演化顺序关系，称为"成残关系"。

然而，做过史学研究的人都知道，历史学最基本的工作是依据史料解读历史。何谓史料？史料有种种，大别有口述、文献和实物。抽象而言，史料乃往事之遗留信息的载体；具象而言，史料乃在时间中风化了的历史所留下的残迹。历史学家首先收集之，然后用考证的方法对其加以鉴定修复，成型可用后，解读其中的信息以推想往事，构筑起一种叫作历史学的镜像，力求通过如此镜像反映出风化前的历史原貌。

这种还原的经验，在史料整理中最为明显，一片汉代竹简，一张敦煌卷子，一枚死海文书，具象地看，是古代书简成品的残断；抽象地讲，是历史这本大书风化后的残页。历史学家找到它，修复它，千辛万苦，首先恢复其成品的物理原貌。然后殚精竭虑，考证释读，再根据其中的信息去构筑逼近历史原貌的镜像。这种体验，不仅是方法理念的，也是物质物理的，既是实在的具相，又属推想的意相。然而，意相也好，具相也好，其工作程序逆反于成残关系之顺序则是无疑的。

也就是说，在历史学中，历史学家的工作程序是由残断到成品再到原料，由残败到完成再到源起，为了明确这种不同于"成残关系"的特点，笔者称其为历史学中的"残成关系"，简称"残成律"。毋庸赘言，历史学中的残成律是由历史学时间观的现在—过去方向所决定的。

历史学这玩意儿，最不成规矩方圆。用法国历史学家布罗代尔的话来说，历史学也许是结构程度最低的一门人文科学。开源截流先生误入此门多年，闻言深感心酸，反省之余，欲来自我规范。岂知侯门深似海，跨过门槛，才作镜子一照，就掉进"现在—过去"的时间怪圈里，跌跌撞撞，好容易探出头来，又扑通一声栽了下去，为的是未来。

开场表中写得明白，历史学时间序列为"现在—过去—未来"这种逆向的三项排列，费了半天喉舌，才说到"现在—过去"两项。未来当然是少不得的，若是问起历史学中的未来何在，只得又扯出一句常在耳边的套话，叫作"回顾过去，展望未来"。此话两句四言，处处击中要害，说的是鉴往知来，通过研究过去的历史可以察知未知的将来。此事牵涉到历史学的又一看家本领，其中道理幽深难测，只有留待将来。如果仅仅将此话语的时间关系做一清理的话，可以得到一种"过去—未来"的序列。时间由过去直接通向未来，又是一种荒唐。

荒唐是荒唐，因为有些话一时不好说，只好先做个猜想：历史学时间有全项，一种可能是"现在—过去"加上"过去—未来"？过去加过去等于过去，约简下来就是"现在—过去…未来＝历史学时间"。由于过去和未来间尚未做论述，先以虚点连接。至于名分，毕竟是猜想，又不敢"哥德巴赫"，为避免连累他人，戏言称为开源巴赫猜想。猜想也可能是陷阱，说不定能圈套几位仁人哲士跳进来。

烦大家听我一阵殆说。收场还是那句话，有没有道理，像不像个说法，大家想一想，我再接着说。

千禧年在何年：说历史学时间的虚拟起点

西历 2001 年，世界历史进入 21 世纪，喜称千禧年，世界各国都欢天喜地地庆祝过了。不过，喜庆之余，开源截流先生心中始终有一解不开的结（怕不只是我），圆圆满满的 21 世纪，为何不从 2000 年开始，偏要起于 2001 年？

21 世纪，跨入 2000 年。以数字论，2000 的前一位是 1999，堂堂正正一幅世纪最后 1 年的形象。以 1999 结束，以 2000 开端，泾渭分明，美丽大方。为何偏偏不这样？2000 年被打入 20 世纪，发落为收场吆喝之末年，落个四不像。2001 年被强装硬扮为 21 世纪的新娘。2001＝2000＋1，好好一张美人脸，无端当中加横竖两道线，不知是何等居心地破相毁容。

计算机最懂得数字的美，它在 2000 年愤然掀起 2000 年问题以警示人类：2000 年才是新世纪。当今时代，是计算机的时代，当今的时新信仰，端的是计算机信仰。计算机如是说，人类置若罔闻，上纲上线起来，文明冲突之嫌难免，宗教斗争的帽子可戴。认真究其本源，2000 年问题，原本是一个宗教问题。

所谓 2000 年，乃公历纪年。公历即西历，乃以耶稣诞生为纪元的基督教历。然而，西历的产生，在耶稣死后600年，在此以前，欧洲使用多种历法，最广泛的是罗马历。公元525年，修道士狄奥尼修斯奉教皇约翰勒斯一世之命改订历法，他废除以罗马皇帝戴克里先即位为纪元的罗马旧历之纪年方式，推算耶稣的生诞为罗马建城753年的12月25日，学者将基督元年开始日期定在罗马纪元754年1月1日，以此年为公元1年（A.D.1），亦即主之一年（A.D.乃拉丁语"主之生年"Anno Domini之缩写），西历由此诞生。

西历之出现，本是基于基督教会为了正确地确定复活节之愿望，与世俗之纪年无甚关涉，长期以来并不流行，以前的事，仍沿用旧历。西历之通行欧洲，成为唯一的年代纪年法，是在17世纪，其使用范围，也由基督诞生以后的记事扩展到基督诞生以前的事情，即重新推算以前的事情相当于基督诞生前之某年，这就是B.C.纪年，即Before Christ（基督以前）之由来。时至今日，西历已经成为世界性的共同纪年法，被称为公历。

基督教纪年法的产生及其逐渐通行于世，改变了人类对时间看法，带来了一种新的历史观。基督纪年产生以前，欧洲使用的多种纪年法，依据多种不同的事件和方式纪年，其时间观念也多是循环的。基督纪年法以唯一的历史事件——基督的诞生为历史的起点，以前和以后的历史具有完全不同的意义。在基督纪年中，时间不再是循环反复的，而是直线不可逆的，时间起于天地创造，终于最后审判，具有明确的由过去到现在再到未来的方向性。历史起于基督诞生，基督诞生以前则是异教的别的世界。历史的发展，进步和前进的观念，皆基于这种新的历法，新的时间观而出现。

基于纪年和历史发展进步的观念，不仅改变了人类对时间和历史的看法，还从根本上改变了历史学家的历史观，左右历史学家的思维定式直到如今。如果今天我们重新审视基督纪年问题的话，史学门内的人一看就明白，西历的推算和制订，完完全全是一个历史学的课题，面对此课题的历史学家，就是修道士狄奥尼修斯，他的思维和工作方式，是典型的历史学思维和工作方式。此课题首先要解决的问题，就是确立基督教历史的起源。

狄奥尼修斯以自己所在的当时为观察之出发点，回溯历史，首先确立基督诞生于大约 600 年前，相当于罗马建城的 753 年 12 月 25 日。然后，他采用逾年称元法，将基督诞生之年，即罗马建城次年定为基督元年，作为基督教历史和纪元的开端，制订出一种新的历法。最后，他根据这种新的历法，将基督诞生以后的历史做一新的编年排列，重新编撰历史。

历法问题，是关系权力正统性的重要问题。某一历法之纪年起点，从意义上讲，涉及权力的开端和起源；从方法上讲，涉及起点事件的回溯和起点时间的追定。这种情况，古今中外皆然。再以西汉王朝的历史为例，汉王朝之正式建立，是在刘邦消灭项羽接受诸侯王拥戴称帝之年（前 202）。在此之前，刘邦后先为汉王国之王——汉王（前 206，汉元年），楚王国之郡长官——砀郡长（前 208，楚怀王元年），楚王国之县长官——沛公（前 209，张楚元年），非法流亡集团的首领（前 209，秦二世元年）。

汉王朝建立以后，在制订新的历法制度时，首先回溯过去的重大历史事件，确定汉王朝的起点事件是刘邦领军进入秦王朝的首都咸阳，接受秦王婴投降之事。确定该事件为汉王朝起点的重大理由：一、此事件使汉王朝的历史直接与秦王朝相连接，表示汉之政治权力是从秦继承下来的，具有连续性；二、淡化刘邦集团曾经从属于楚，当时只是楚国政权之一部的历史；三、抹消秦亡以后，项羽的西楚政权曾经取代秦王朝的政治权威，主导天下政局，汉王国之分封出于项羽的历史。秦王婴投降，时在秦二世三年末，用逾年称元法，追定次年为汉元年，作为汉王朝，也是新历法的起点。

以上，通过考察基督教和汉王朝历法制订之源流始末，我们可以清楚地归纳出以下几点共同之处。

其一，历法之产生，往往是在事情（如基督诞生）过去以后，制订者（如基督教士狄奥尼修斯）以改定历法之当时（公元525年）为现在起点（观测点），逆向倒看历史所做的一种逆向时间推算之结果。其二，在进行逆向时间推算时，先回溯过去的重大历史事件，确立其中之一（如基督诞生）为历法（也就是某种历史）的起点（过去起点）。其三，确定过去起点后，制订者将观察点想象性地移向过去起点（如基督元年），以该点为假设性的观察点（假设性现在起点）重新顺向正看该时点（元年）以后的历史，将历史事件按照正向的时间方向做编年排列，由此编撰出新的历史。

开源截流先生论述过，历史的基本意义，就是在时间上过去了的事情。时间和事情，是历史学五大要素，即时间、空间、事情、器物和人的两项。历史学中的时间是现在—过去向的逆向时间，事情是多重意义的事情。历法，是表示时间的尺度，将事情按照历法之时间顺序进行排列就形成了编年记事的历史。编年记事，是历史学的基本方式方法。

历史学家在考察历史时，以自己所处的现在为观察点，倒看回溯往事，其观察方法的基本，是基于逆向时间观的倒看法。但是，当他找到了自己所欲观测的历史的起点后，在表现自己的观察结果时，他首先会在往事中选取某一事件，相应地在过去的时间里选取某一时点作为假定性起点，再将自己的观测点想象性地移动过去，以该假定性的起点为虚拟起点，由此将往事按照过去—现在的方向排列，将历史表现出来。

也就是说，在历史学中，历史学家首先基于逆向的历史时间观观测历史，然后确定虚拟起点，再用正向的自然时间观表现历史。由此，我们可以说，历史学作品中的时间关系，皆是一种虚拟的时间关系（除非历史学家用倒叙法表现历史）。

明白了这层道理，我们就可以回到篇题，回答千禧年在何年的问题了。千禧年在何年的问题，实际上是两个问题：第一个是西历的2000年，也就是基督诞生后的第2000年究竟是哪一年？我们已经知道，西历之制订，乃公元525年修道士狄奥尼修斯考订基督之生诞，以基督诞生次年为纪年起点而制订出来的。遗憾的是，最新的历史学研究表明，狄奥尼修斯考订的基督生诞是错误的。据《马太福音书》，基督在赫罗德王的时候还活着，而赫罗德死于公元前4年（B.C.4），因而，狄奥尼修斯至少将基督的生诞提前了4年。如果依据这个新的结论，西历的2000年，也就是基督诞生后的第2000年至少应当在2005年。

千禧年的第二个问题，是21世纪的开端究竟应当是2000年还是2001年？追究起来，这是一个关系到数字0的发明的问题。我们知道，数字0是印度人9世纪的发明，公元6世纪时，欧洲人尚不知道0。从而，狄奥尼修斯基于错误的考订制订西历时，将西历的元年定为1年，从1开始计数，以此为根据，从数字上看，21世纪应当从2001年开始。然而，无0时代所产生的西历，延续到十进制记数法以后的时代继续使用，难免在观念上产生困扰。我们现在所用的十进制计数法若从0开始数，到9为一位数，共10个数字，从10到19为1字打头的两位数，也是10个数字，自然成为一组相近的数字。这种后起的有0的计数法和先前的无0的计数法间的差异，就是21世纪的开端是2000年还是2001年之问题困扰计算机的原因。

我们知道，计算机出现以后，数字的问题技术化了，观念的问题变成实际问题。计算机不懂历史，它用二进制运作，用十进制表记，它机械地以2000年为新的开端，演化成计算机的千禧年问题，而且，同样的问题，1000年后，还要卷土重来。

最后还是那句话，有没有道理，是不是个说法，大家接着想，我再接着说。

一切历史都是推想：说史真、史料和史著

意大利学者克罗齐说：一切历史都是当代史。英国学者柯林武德说：一切历史都是思想史。开源截流先生说：一切历史都是推想。

克罗齐先生强调的是历史的当代性。因为只有现在的人对历史感兴趣时，历史才会活起来，现在的人只能以今天的心灵去理解过去。这一点，开源截流先生举手赞成，点一个赞。不过，这位意大利人很任性，声称他不感兴趣的历史就不是历史，历史在他心中，他的心外无历史。中国的历史，秦始皇的历史，他不感兴趣，仿佛就不存在。这就荒唐了，差评一个。

柯林武德先生强调的是历史过程中的思想内核，历史学必须研究人类行为背后的思想，历史学家必须思考古人做事的想法。这一点，开源截流先生也表示认同，点一个赞。不过，这位英国人有些钻牛角尖，他认定思想才是历史的本质，思想之外无历史。这就差之毫厘，谬以千里了。秦砖汉瓦、始皇陵兵马俑，仿佛皆不是历史了。荒唐，差评一个。

开源截流先生想要强调的是历史知识的推想性，因为历史已经消失在过去的时间中，今人不能再回去；又因为历史留下了信息，今人可以通过遗留的信息推想过去，也只能通过遗留的信息推想过去。欲知详细，请听我从容一一道来。

近年来，开源截流先生在史学上有发展，在哲学上有长进，在实践经验的基础上，就历史学的知识结构提出了"3＋N"的模式。3，指历史学的3个基本域境，即史真、史料、史著；N，指史著的延伸编撰，历史学的延伸域境。

1. 史真，是在时间中过去了的事情，也就是往事。作为往事的史真，已经在时间中消失，既不能再现，也不能追及。不可重复性，是史真的特性。史真，就是我们常常提到的实在的历史，历史的本体，是历史学的第一世界，或者叫第一历史。

2. 史料，是史真遗留信息的载体，过去和现在混合其中，所以说，过去和现在同在的两重性，是史料的特征。史料，包括文物、文献和口述，其中的出土文物，最有代表性，比如秦简，既属于过去，是史真的一部分；又属于现在，是史料的一部分。历史的当代性，首先体现在史料中。史料，是历史学的第二世界，或者叫第二历史。

3. 史著，是基于史料制作的历史著作，是史家解读史料中的信息推想史真的结果。史著，是人类精神活动的产物，是人造的知识系统，是第三历史，或者叫历史学的第三世界。这个第三世界的历史最是复杂，留待将来一一解说。

N的历史，是史著的延伸编撰。根据已有的历史著作再编撰的历史作品，属于历史学的第四世界，也就是第四历史。如果根据这种作品再加以编撰制作，就成了第五历史。同样的延伸，还可以不断地继续下去，N 的历史由此定义。

3＋N 的模式提出之初，汉语尚无"史真"这个词，开源截流先生不得不借用"史实"一词表达第一历史，构筑的初始模式如下：

史实＋史料＋史著＋N 的历史

后来注意到，史实这个用语的含义比较模糊。《汉语大词典》对史实的解释是"历史事实"。然而，这种用法，难以区别已经过去了的往事这种历史事实，和史著中基于史料的解读所做的对于往事的事实陈述这种历史事实，常常会造成混乱。如此使用的结果，难免会将作为存在的历史（第一历史）与作为知识的历史（第三历史）混淆起来。为了更加精确地表达这两种不同的含义，开源截流先生冥思苦想，发明了一个新词"史真"，用来表达第一历史，也就是往事、实在的历史和历史本体的意义。

史真这个新词的发明，让开源截流先生高兴了好久。因为构筑汉字系统的史学理论，是开源截流先生的梦想；而发明汉字新词，构筑新的概念，正是其中的内容之一。

史真这个词，可能是汉语史上第一次出现的新词。新的概念，新的理论的表达，常常需要借助新词的发明。发明汉字新词，准确地表达汉语思维的概念，既是汉字汉语生命力的表现，也是建立汉字史学理论系统的一环。史真一词的发明，可以将史实一词从第一历史的表述中解放出来，只用来指称基于史料的解读所做的对于史真的事实陈述，放到史著的领域中使用。如此一来，史真与史实就可以明确地区别开来了，二者之间所蕴含的意义，就可以深入地挖掘了。

辑二　思考历史学

在3＋N的历史学知识构造模式中，我们可以清楚地看出，作为往事的史真，已经在时间中消失，既不能再现，也不能追及。史真的真相，我们可以不断地逼近，但不可能完全达到；我们可以合理地推想，但不可能完全证实。

史料，有原始与次生的区别。区别的标准，是距离史真的时间。与史真同时的史料，是原始史料。后世追述的史料，是次生的史料。比如出土的秦简，是关于秦王朝的原始史料，《史记》中对于秦王朝历史的叙事，就必须作为次生史料来看待了。对于所有的史料，都必须做可信度的鉴别。可信度最高的史料，当是考古出土的文物，不但承载了史真的遗留信息，本身也是史真的一部分，是兼具古代和当代、过去和现在的时间两重性的特殊物质。在这个特殊的物质世界中，文物穿透时空，可以让我们直接感触到第一历史，在这个有限的物质世界里，真相可以抵达，证实可以完全。不过，一旦离开对文物的物质考察，进入史实的陈述和史释的解释中，就进入史著的领域，必须借助推想了。

史著，以史料为基础，是一个混合的复杂的知识世界，包含了史料、史实和史释。已如前述，基于史料的解读所做的关于史真的事实陈述，我称之为史实。史实不是史真，而是根据史料推想史真的叙述性结果。我说一切历史都是推想，话从这里开始。基于史实所做的关于史真的逻辑陈述，我称之为史释。史释也是一种推想，是基于史实推想史真的论述性结果。一切历史都是推想的命题，继续延伸到这里。

在史著的世界中，不但必须借助推想来构筑史实和史释，而且编撰史书的时代背景，编撰者的思想和意图，编撰的手法和史料的取舍，都混合于其中。对于史真的追求，越来越曲折间接，也越来越复杂丰富。不过，求真的史学基本价值，始终是追求的目标。一旦进入 N 的历史世界，因为更多其他因素的混入，比如文学表现、宣传娱乐，或者政治宣教和经济利益，求真的史学核心价值，就会逐渐退化直到消失不存。

所以我们说，随着历史世界由 1 到 N 的步步延伸，与第一历史的史真之距离越来越远；第二世界的史料距离史真最近，到了史著的第三世界，在史实和史释的知识世界中，一切历史都是推想，与史真已经隔了不等的距离。一旦进入 N 的世界，与史真的距离渐行渐远，变形随之加大，信用也不断地降低。与此相反，随着历史世界由 1 到 N 的步步延伸，制作出来的作品，如撰写的史书，衍生出来的历史故事，编导出来的历史影视剧，则可能会越来越丰富，越来越有趣，被更多的人喜闻乐见，得到更为广泛的流传。

有了 3＋N 的历史学知识构造模式以后，不妨将历史叙事和历史研究放入其中考察。不难看出，以描述为思维导向，以叙述文为基本形式的历史叙事，与史实更为亲近，而以分析为思维导向，以论述文为基本形式的历史研究，与史释更为亲近，它们都是历史学知识体系中不可分割的部分，只是侧重点有所不同而已。从严格的意义上讲，所有的史著，都以史料为基础，也都包含了描述和分析。侧重于描述的史著，成为叙事性著作；侧重于分析的史著，成为研究性著作。叙事和研究，是支撑历史学的两个车轮，缺一不可。

回到一切历史都是推想的命题上来。推想，是基于证据对真相的推测，是人类的基本思维形式之一。历史推想，是基于史料对于史真的推想，是历史学最基本的思维形式。在历史学的五大基本要素中，时间是决定性的要素。正是因为时间的阻隔，历史学家只能用推想来连接古今。所以我们说：

一切历史都是推想。

No-Fiction：说非虚构历史写作

在本书的"文学碎片"中，有一篇《法华寺之夜》，体裁归类为非虚构。因为是历史题材，完整的说法，是非虚构历史写作。这是一篇旧稿，完成于1984年，我在北大历史学系做助教的时候。

当时，还没有非虚构的说法，不仅史学没有，文学界也没有听说。不过，有另一种说法，叫纪实文学，最前端的，是报告文学。徐迟的《哥德巴赫猜想》，风靡一时。当时有一本杂志，就叫《报告文学》。

我的这篇文章，曾经投稿到《报告文学》，虽然没有发表，却收到编辑的来信，约我去编辑部谈了话，我很受鼓舞。报告文学，是用文学手法处理新闻题材的一种文类，90年代以来，已经随着时代的变迁而衰退消失，《报告文学》杂志，也已经停刊了。

抚今思昔，光阴流转，物事变迁。四十年来，我写研究论文、研究论著，我写历史叙事、历史推理，逐渐得心应手。不久前，继《秦崩》《楚亡》之后，我的新作《汉兴》出版，耗时近二十年的复活型历史叙事三部曲完成，也被称为非虚构历史写作系列作品。

近年以来，大量非虚构历史作品出现，不断地冲击着历史学的边界。如何评价这些作品，如何认识非虚构历史写作，已经是历史学必须面对的重要课题。

非虚构，是外来的概念，即 No-Fiction 的意译。No-Fiction，对应的是 Fiction，即虚构。虚构和非虚构这一对概念，本是文学艺术中用来表达两种不同的构思和写作方式的用语。虚构，不拘泥于现实存在，在想象中自由地构思和写作；非虚构，基于现实存在，如实地构思和写作。虚构写作，最有代表性的是小说；非虚构写作，最有代表性的当是散文。

文学艺术，以求美为基本价值，包容虚构和非虚构。历史学，以求真为基本价值，排斥虚构，认同非虚构。将非虚构写作的概念引入历史学，就成了非虚构历史写作。

古来的知识体系，是综合贯通的，文学和历史都融汇其中。以《史记》为例，包含了后世所称的史学、文学和哲学等诸种学科的内容。我接续鲁迅先生的话，总结了一个提法，《史记》是"史家之绝唱，无韵之离骚，诸子之别家"，正是对这种综合性的表达。

以《史记》为代表的中国古典史学，其形式是历史叙事。以希罗多德的《历史》为代表的西方古典史学，其形式也是历史叙事。历史叙事，是历史学的源头活水，不分古今中外。历史叙事，基于史料推想史真，构筑史实写成史著，完全排斥虚构和编造，正是非虚构。从而，我们可以说，历史叙事与非虚构历史写作是同义语。在古典史学的时代，非虚构历史写作就在历史叙事中，从来不曾成为话题。

非虚构历史写作成为话题，事出有因。这个原因，就是近代以来，历史学受到科学主义的影响而出现重大转型，问题研究成为学科的主流范式，论文论著成为主要的表现形式，历史规律成为终极目标。在这个重大的转向中，历史叙事被边缘化，逐渐被排斥出主流。非虚构历史写作的话题，正是针对以科学主义为导向的近代历史学的这种困境而出现的。

司马迁来到B大历史系：说叙事和研究

传说，汉朝人司马迁来到B大历史系求职，递交了著述《太史公书》。

据说，经过学术委员会的认真审查，结论是可以聘为文员，到图书室整理资料。理由干脆利落，此公没有发表过一篇学术论文。一部《太史公书》，不在学术评估范围内，但可以作为研究资料。

后来，宋朝人司马光也来到B大历史系求职，递交了著述《资治通鉴》和《通鉴考异》。

据说，经过学术委员会的认真审查，结论是可以聘为讲师。理由公正中肯，虽然《资治通鉴》不在学术评估范围内，《通鉴考异》勉强可以算是科研成果，网开一面。

晚近，清朝人梁玉绳先生来到B大历史系求职，递交了著述《史记志疑》。

据说，经过学术委员会的认真审查，结论是可以聘为副教授。理由精准有度，《史记志疑》，堪称研究《史记》的精审论著，不过，写法上不太合于学术规范，需要继续学习改进。

三份审查报告书，经 G 教授拍板签字，送报校人事部再审生效云云。

必须说明，G 教授是 B 大历史系学术委员会主任，著名的历史学家。十年前，以一部《史记注释研究》的大著，奠定了《史记》权威，历史学大家的地位，享誉海内外，桃李遍天下。

……

听说，文员司马迁，怏怏地进了图书室，抄写文件，整理资料，虽说是郁郁不得志，却也不愁温饱，无血光之灾。

讲师司马光，接到聘书入职后，悲喜交集，喃喃自语道，我一生的心血，都花在《资治通鉴》上了！歪打正着啊歪打正着，《考异》啊《考异》，不过是顺带写的一本札记而已！他哭笑不得。

最不安的是梁玉绳先生，拿到副教授的聘书后，战战兢兢，惶恐不安。他是司马迁的粉丝，奉司马迁为史圣先师，一部《史记志疑》，是为先师的大著做辨析补正，是向先师致敬的作品。如今先师落第，自己胜出，情何以堪，理何以说？有何脸面再见先师，这颠倒逆转的世间啊！

唯有 G 教授志得意满，油光水滑的脸，粗壮发福的身子，在学术界混得如鱼得水。论文一篇接着一篇，论著一本接着一本，《史记英雄研究》《史记结构研究》《史记情怀研究》《史记意识研究》《史记精神研究》《史记研究之研究》……益发风生水起。

……

讲故事，说道理，是诸子百家开创的学术传统。故事，有真有假。真的故事，是往事旧典，可以载入史册。假的故事，是编造虚构，须鉴别取舍。不过，虚构的故事，常常有值得深思的含义。

上述故事，当然是虚构，且是穿越历史的时新虚构。这个故事的关键词，是历史学的学术评估。

在当今的学术界，学术评估的标准是学术论文，兼顾质和量。论文质量高低的判定，依据论文发表之刊物的排名等级；论文数量的判定，按篇数一二三四地数。评估的机构，是各级学术委员会。如此制度之下，学者按照评估的结果授予不同等级的职称，按照职称领取工资，确定各种待遇，颇有些秦汉军功爵制的遗风。

按照这个标准衡量古往今来的历史学，伟大的史学经典《史记》，因为是叙事性史书，理所当然地被排斥在学术评估的范围之外。《资治通鉴》，是司马光倾注一生心血编撰的叙事性史书，也被排斥。令人哭笑不得的是，《资治通鉴》的副产品，编撰《通鉴》时所做的辨疑考释，按照当今学术评估的标准，勉强可以算是研究成果，也是网开一面。

《史记志疑》，在汗牛充栋的《史记》研究著述中，是出类拔萃之作。不管如何出类拔萃，依附《史记》而生的《史记志疑》，怎么能与《史记》相提并论？元典与次生，根本就不在一个层面上。至于G教授的那些所谓学术成果，多是些次生之后的寄生产品，稍经时流冲洗，皆成废纸一堆。

故事是故事，荒唐是荒唐。荒唐故事后面的道理，我再接着讲。

不久前，我接受了澎湃新闻王铮记者的采访，用"《汉兴》收官'三部曲'，李开元：为历史学收复失地"的标题发表。北京大学历史学系的彭小瑜教授赞誉说，标题好，好在鼓舞人心。

顺着这个标题追问：历史学的失地何在？

答曰：在历史叙事。

继续追问：历史学何时失去了历史叙事？

答曰：在科学主义主导历史学以后。

无论中西，古来的历史学著作，都是叙事性的史著。18世纪以来，随着自然科学的迅猛发展，科学主义思想和方法，进入历史学中，力图将历史学改造成如同自然科学一样的学问。与此同时，自然科学的表现形式，研究性论著也随之成为现代历史学的主要表现形式。在这个重大的变化中，历史叙事被边缘化，逐渐被历史学排斥抛弃。

科学主义进入历史学后，历史学的可信度，大大地提高了。主要体现在两方面，一是对于史料可信度的确认，建立起了严密的采集考证方法；二是在史实的陈述和史释的解释中，建立起了更加合理的推想逻辑。历史学的科学基础，由此建立起来。

在倒向科学主义的过程中，历史学也逐渐失去人文性和鲜活的具体，以追求规律为导向的史观史学，几乎将历史学引入教条主义的绝境。历史叙事被排斥，研究性论著成为历史学的主要表现形式后，历史学越来越枯燥无味，规范化的表现形式，成为又一种新八股。

历史，是鲜活的人的故事。书写历史，必须叙事。研究性的论著，不能单独承担书写历史的重任。失去了叙事能力的近代史学，不得不放弃书写历史的责任，听任史学界之外各种业余的历史书写大行其道。

在《汉兴》的推荐语中，台湾"中央研究院"院士、著名历史学家邢义田教授这样写道："历史叙事，是历史学的源头活水。

丧失叙事能力，是近代历史学的弊病。在李开元教授的复活型历史叙事三部曲《秦崩》《楚亡》《汉兴》中，我不但看到了历史学家重振叙事的卓越努力，就历史应当由谁来书写的提问，我也听到了明确的回答。"

邢义田教授的话，言简意赅，道明了近代史学的问题。面临困境的历史学，须通过重振叙事的努力，收复失地，将历史学之车，重新安置在研究和叙事并举的两轮之上。

经过多年的理论思考和实践摸索，我越来越清楚地认识到：历史学不是科学，也不是艺术，历史学在科学和艺术之间，是有科学基础的人文学科。

历史学的科学基础，有两点含义：1. 史料的可信度；2. 史料和史释的合理度。历史学的人文性，也有两层含义：1. 在历史学的五个基本要素之时间、空间、事情、器物和人当中，人是连接其他要素的关键；2. 历史学的本源和基干，是以人为本的历史叙事。

历史学的科学基础，更多地体现在历史研究中；历史学的人文性，更多地体现在历史叙事中。研究和叙事，是承载历史学的两轮，缺一不可。在历史学中，研究和叙事，不仅相辅相成，还彼此促进互助。

辑 三

实践与回响

《汉兴》的遗憾和看点

按：《汉兴》出版后，有赞誉有批评，有遗憾有看点，于是我反省总结，随手写下。

我在《汉兴》的序言中写道："这本书，是我尝试复活型历史叙事之三部曲——《秦崩》《楚亡》《汉兴》的终结篇，也是我'终身之志'的完成。"

有朋友来信询问，今后不准备继续写了吗？

我回答说，三部曲完成后，秦楚汉系列是不打算继续写了。

写长篇系列，有三怕。一怕中途夭折，二怕虎头蛇尾，三怕厌倦。幸运的是，前两个担心，我都躲过了。但是，同一时代，同一形式，同一系列的连续写作，难免使人心生厌倦。

《读书》主编常绍民先生评论说："《汉兴》一书洋洋40万字，篇幅远多于《秦崩》和《楚亡》，主要是作者想让它承载更多更深沉的东西，这在一定程度上不能不说影响了读者的阅读体验。"

意见中肯，话很客气。《秦崩》386页，29万字。《楚亡》340

页，25万字。《汉兴》552页，40万字。从篇幅上看，《汉兴》最大，总算是写完了。

我写书，分章分节写，写时并未统计字数，排版后，才被告知。听到40万的字数，且喜且忧。喜的是没有虎头蛇尾，忧的是部头太大。在快读碎读的当今，40万字的书，怕是犯了忌讳，让读者敬而远之。部头太大，成了《汉兴》的第一个遗憾。

另外，写时，因为怕厌倦，我时常往前赶，就难免有疏漏。读了全书后，感到有些想写的内容，未能写进去。意犹未尽，成了《汉兴》的又一种遗憾。

两种遗憾，矛盾而不兼容。不过，写书出书，只要基本价值在，不仅有不断改进的余地，也有必要。《秦崩》，从中华书局版，到联经版，再到三联版，改进不小，越改越好。想来，《汉兴》也不会例外。

台湾的联经出版公司，将出《汉兴》的繁体字版。三联的编辑来信说，考虑出《秦崩》《楚亡》《汉兴》的精装版。新的机会，促使我想到如何改进。眼下，我有些想法如下：

首先，将《汉兴》分成两部。前三章为上部，后三章为下部，各20万字左右，体量上比较合适。上部从汉帝国的建立到刘邦之死，下部从吕后当政到汉文帝去世，不管是时间上还是内容上，都是可以断开的节点。上部可以题为《汉兴：群雄的末日》，下部沿用原来的书名《汉兴：从吕后到汉文帝》，也都顺畅。似乎可行，可以消减一本书体量太大的遗憾。

其次，对于意犹未尽的遗憾，我也有些弥补的想法。

刘邦——消灭异姓诸侯王，是《汉兴》前三章的主要内容。我在写这部分内容时，本来有一个打算，将为韩信谋反冤案洗白的事情写进去。写作中发现，这件冤案，必须放在汉帝国的政权理念从"共天下"转向"家天下"的历史背景中，作为刘邦——消灭异姓诸侯王计划中的一部分来写，才能说得清楚明白。[1]如此一来，不仅将涉及所有的异姓诸侯王，篇幅也将大大增多，而且，写法也近于专题破案，与行云流水的历史叙事不太契合，于是放弃了。

现在考虑，如果《汉兴》分成两部的话，我想补写一节《组建历史法庭，重审韩信谋反案》，以韩信谋反案为线索，将汉初诸侯王谋反案的深层背景揭露出来。

最后，关于汉文帝，我也有意犹未尽之处，特别是他晚年与方士的关系，涉及诸多未解的历史课题；他特意推荐给太子的两位大臣，周亚夫和晁错，似乎也应当提及。

……

说了《汉兴》的遗憾，也补充几点值得细看的地方。

正如常绍民先生所言，《汉兴》篇幅远多于《秦崩》和《楚亡》，因为体量大，我想让它承载更多更深沉的内容。

三部曲中，《秦崩》和《楚亡》，都是从治到乱的过程，主要是大规模的战争，历史进程清晰，推进快，动感强，显得比较热闹和精彩。《汉兴》不同，由乱而治，特别是到了惠帝吕后和文帝期，基本上没有动乱和战争，历史进程变得舒缓，外观上没有那么热闹精彩。不过，正因为少了热闹的外观，内容逐渐走向深沉，读起来需要更耐心一些。

比如我写"当皇帝的滋味"，重要的看点，是在长乐宫举行

---

[1] 简略的叙述，可以参见本书辑四之《韩信为什么被杀？——从"共天下"到"家天下"》。

的朝礼仪式；写"诛吕之变"，重要的看点，是发动政变的人如何突破未央宫和长安城的防卫。两段叙事的看点，都在于将重大的历史事件，放在准确的空间结构中叙述。没有准确的空间关系，很难对如同朝仪和宫廷政变这样的历史事件有确切的理解，只能大而化之地人云亦云。在这两段叙事中，最重要的空间关系，是长乐宫、未央宫和长安城的建筑样式。我尽可能地吸取了考古界和历史学界的重要研究成果，化用到叙事中。有些细微处，一般读者可以忽略跳过，有心的读者，需要多费些心思和时间。

我之所以如此看重这些空间关系的细节，还有一个意图：从长安城、未央宫和列侯侯邸的建筑和防卫细节上，为韩信谋反案洗白。只要仔细读过"诛吕之变"的叙事，了解到在吕氏掌握南军北军郎中令，控制长安城、未央宫和长乐宫的防卫的条件下，功臣集团、齐系王族、皇帝身边的内廷近臣联手合作发动政变，尚是如此艰难，随时可能失败。而韩信，一个长期被软禁在长安侯邸的囚犯，不领兵不掌权，竟然会与家臣策划武装政变，攻击未央宫、长乐宫，袭击太子、吕后，简直是天方夜谭。

又比如，在《汉兴》中，我将自己最重要的研究结果，军功受益阶层和后战国时代的观念都明确地写了进去。后战国时代的观念，贯穿了三部曲，是秦末汉初数十年历史的特点。这个观念，改变了两千年来我们对这段历史的认识，正在成为学术界公认的通说。军功受益阶层的观念，不仅是理解汉帝国建立的关键，也是理解中国两千年王朝循环的基本观察点。

黄老思想，是汉初的政治主导思想，文景之治的思想基础。黄老思想的真实面貌，两千年来都不清楚。在《汉兴》中，我根据新的出土文物和传世文献，考察其来龙去脉，对其思想精髓做了简要的概括，也是我颇为用心的涉及思想史内容的填补……

移民充实京师，迁徙六国贵族豪强到关中，是西汉政权得以巩固的重要政策。这项政策，发展成徙陵制度，实行了一百五十年，可谓源远流长，影响深远。在《汉兴》中，我叙述了齐人刘敬提出这项政策的起始，追溯其源头，延续到其终结。我叙述刘邦将故乡丰邑整体搬迁到关中，勾画了军功受益阶层享受胜利果实的欢乐图。与此相对，我叙述了齐国女子田南被强制迁徙到关中，引发的一场爱情悲剧，展现被国家政策绑架的个人命运之无助无奈。通过这几个不同层面的叙事，围绕着移民迁徙，一幅立体的历史画卷得以展开。特别是田南的故事，是我从新出土的张家山汉简中发掘出来的，是填补历史空白，表现民生民本历史观的感铭之笔。

数千年来，中原内地与北方草原，农耕文明与游牧文明，一直在不断地冲突、交往、融合，汉朝与匈奴的关系，最是其代表。由于匈奴没有文字，两千年来，关于汉匈关系的叙事，只能依据汉文史料的记载，从汉朝的角度展开。在《汉兴》中，我选取了一个特殊的角度，我将关注点放在进入匈奴的汉人身上。这批人，身在中原时，属于汉人；进入草原后，属于匈奴人，我称他们为匈奴的汉人族群。他们跨越两种文明，是文明交流的使者，自有一种独特的眼光和价值观。通过对他们的追踪考察，我希望获得更多有关匈奴的历史实情，也就汉朝与匈奴的关系，获得一种新的观察角度。

基于这种视角，我写《单于谋臣中行说》，将他的所作所为所言，与贾谊的所作所为所言一一加以对照，史书中的一些难以理解的记事,及其背后的关联,渐渐显露出来。中行说劝谏老上单于蔑视汉朝的礼品,撕裂丝绸,抛撒谷物的故事,是《史记·匈奴列传》中的有名故事。"初读时,多感受到个人恩怨的宣泄,情绪化的偏激。再读时,体会到农耕和游牧两种文明的冲突,但有些不近情理。至今又读,因为熟悉了贾谊,方才能够深入文辞背后而有所发明领悟。中行说的言行,皆是有所发而言,有所指而行,字字句句,都落在实事上。"

进而,因为有了不同的观察点,不同的参照物,我对汉朝叛臣中行说,也有了不同的历史评价:"中行说与贾谊,一为单于所宠信,一为皇帝所亲近,同为君王身边的近幸谋臣,皆是善于策划的改革之臣。他们各为其主,针锋相对,出招拆招,在汉匈两大敌国之间,扮演着外交政策制定者的角色。"

类似的看点,还有很多,比如中医中药,是中华文明的重要部分,源远流长。史书上关于中医师最早的确切记载,应当是《史记》的《仓公列传》。在《汉兴》中,我用了两节的篇幅来写这位仓公,一是想通过世代家传的医术脉络,观察中医与黄老之学的关系。再就是想通过这位名医在侯国、王国和帝国的叠层空间辗转迁徙的坎坷命运,从另一个侧面将后战国时代的历史特点显现出来。

我著书立说,为读者,也为自己。我在自己熟悉的领域,写自己感兴趣的人和事。写作的过程,也是学习的过程,很多原先自己不清楚,有疑惑的东西,我通过写作过程中的研究考察,清楚了、明确了。我将这些考察结果,心得感悟,一一行诸文字,传达给读者。我相信自己想要传达的东西,会得到读者的理解——尽管需要时间。

我在历史现场[1]

2007年4月，我的第一本历史叙事著作《复活的历史：秦帝国的崩溃》，由中华书局出版。因为是新的类型和尝试，引起了学术界和文化界的关注和议论。《新京报》记者张弘先生对我做了书面采访，组织了这次讨论。他在引言中这样写道：

> 一本历史学家描写秦帝国崩溃过程的著作，写得像小说一样流畅和易读，却以《复活的历史》为书名。显然，在陈述由秦始皇开创的秦朝江山在短短的十几年之后就开始崩溃的复杂局面之外，作者对于历史学的研究和写作也有弦外之音。
> 作者不仅进行了复活历史的探索，而且致力于历史学的表现之美。很明显，李开元的史学实践与此前的史学研究大异其趣。针对《复活的历史》一书所涉及的问题，李开

---

[1] 原刊于2007年5月18日《新京报书评周刊》，标题是《李开元：我在历史现场》，副标题是"《复活的历史》尝试历史研究的新方法"，同时刊登的，还有王子今、雷颐、李亚平等专家学者的讨论。这次收入本书，稍微做了些订正和补充说明。

元接受了本报的采访。

历史可以复活吗？为什么？

历史是已经在时间中消失了的过去。对于今人来说，我们只能通过某种智力的推想来理解历史。这种通过智力推想历史的过程，对于每一个人来说，都是历史的复活。在本书序言的原稿中有一句被删除了的话，"历史的复活，需要读者的参与"，后面才是现在的"只有我们互动起来，历史才能真正地复活"。说的就是这个意思。不同的历史学家有不同的复活历史的方式，我复活历史，既使用文献，使用考古材料，使用学术研究成果，也注重现地考察，注重联想推理和亲临历史现场的体验，力图获得一种连通古今的新型的历史复活。历史学家将他心中的历史复活，并行之于文提供给读者，引导读者进入其中做跟踪性的再次复活，不同的读者，也可以以不同的方式获得不同的历史复活。

本书一开始，你就对受陈胜派遣的周文军在戏水东岸停止前进的原因进行了自己的解释或者说"复活"，如果你的解释没错，那么可以说填补了司马迁所留下的空隙。按道理说，司马迁离秦朝更近，你认为距离这个历史事件更远的你更能解释清楚这件事情吗？为什么？

我研究古代史多年最深的感受之一，就是已经消失的历史宛如汪洋大海，我们所知的历史不过是点滴浪花。古代史编撰，都是挂一漏万的。这是古代史的艰难，也是古代史的魅力，留下了无限广大的有待填补的空间。这些年来，由于大量的考古发掘的结果、新出土的史料数量，已经超过传世的文献资料，我们对于古代历史的知识,在很多方面已经远超古人,超过《史记》和司马迁。可以肯定地说,由于新史料的出现,古代史已经被重新改写了。在今天,如果仅仅读过《史记》就来讲古代史,肯定是陈旧而肤浅的,《史记》也肯定是没有读懂读通的。

司马迁在编写《史记》的时候,距离秦末已经一百多年了,他只能根据非常有限的史料和一些当事人后代的口述传承来做选择性的编撰。特别是有关秦国的历史,他曾经苦恼地抱怨史料过于稀少而且年月不清,只能粗粗地了解个大概。可以说,我们今天知道的很多有关秦的史料和史实,他都是不知道的。比如说,兵马俑他就是不知道的,起码《史记》没有提到过。再比如说,1975年湖北省云梦县出土的睡虎地秦简,约有1200枚,主要是关于秦的法律文书;1983年湖北江陵出土的张家山汉简超过1200枚,主要是汉初的法律和各类文书;2002年湖南省龙山里耶镇发现的秦简超过36000枚,主要是秦的行政文书,这些东西的大部分,司马迁都是不知道的,起码在《史记》中没有提及。

所以说,距离历史事件更远的今人,比距离历史事件更近的古人更清楚历史事件,是完全可能的。我对戏水之战的复活,只是根据新的出土文物和实地考察的临场体验,用一种合理的推想,填补《史记》记事中的空白而已。

你的这个结论有推理和想象的成分,它是否可靠?学术研究讲究有一分证据说一分话,你是否违背了做学问的宗旨和方法?如果没有违背,为什么?

有一分证据说一分话,是历史学中史料学派的严谨说法。不过,在历史学中,证据的还原物(或者说是原本)是史料,证据是对史料加以解释后的使用物,使用证据再加以解释才能够构成史实。在从史料到证据,再到史实的过程中,每一步都有解释的成分加入。解释是一种个人的智力活动,解释的规则在于合理,就是逻辑严密。在历史学中,合理的推想是最基本的解释规则之一,历史学的看家本领——考证的思维形式就是合理推想。所以说,有一分证据说一分话只是一个基础,在这个基础之上还有一个更为深远而复杂的课题,这一分话如何说。这个课题,不仅涉及史料的解释度问题、间接史料的合理运用问题、史实间的推理连接问题,更涉及如何表现历史的问题,已经远远超出史料学派所关注的范围了。

在中国,史料学派的代表人物是傅斯年先生,他有一句名言,历史学就是史料学。片面的深刻,只是将砖瓦当成建筑物了。

更有贵族气的项羽败给了更有流氓气的刘邦,个中原因何在?难道只有手段更无耻、更激烈的人才能获得最后的胜利吗?(比如,心狠手辣的朱元璋最后建立了明朝)

刘邦与项羽的争斗和胜败,是《复活的历史》第二部的内容,那时我会有详细的回答。这里只提示一点,当时情况下,得秦者得天下,项羽以暴烈的政策和手段失去了秦,刘邦以怀柔的政策和手段得到了秦,这是刘邦胜利和项羽失败的主要原因之一。[1]

---

[1]《复活的历史》的第二部《楚亡:从项羽到韩信》,2010年由台湾联经出版公司与第一部《秦崩:从秦始皇到刘邦》一起推出,两书的学术注释版,2015年由生活·读书·新知三联书店推出,我在该书的尾声《失人心者失天下》中,比较详细地回答了这个问题。

作为一个历史学家,你认为像你这样实地考察对于历史研究有什么帮助?

我在"后记"中曾经写道:"在时间中过去了的历史,往往有空间的遗留。"我的历史考察,首先是走进历史现场,临场体验历史,这对于理解和叙述历史,有不可取代的重大作用。至于对于历史研究的具体帮助,可以举第六章之十《悠悠漳水祭英灵》的例子,我不去现场,根本不可能理解巨鹿之战的来龙去脉,特别是项羽渡河破秦军的路线和战况。[1]

对我自己来说,能够将实地考察、历史研究和历史叙事有机地结合起来,实实在在地达到互相促进、互相补充的效果,是我写作《复活的历史》的最大收获之一。我觉得我走对了路,历史叙事成了历史研究的原动力,实地考察成了连接二者的连线。

在通俗历史读物中,有史学家和文学家的著作之分,文学家著作的优点是可读性强,然多不可信。那么你怎么看待自己的这本著作?

我认为,我的这本书是历史叙事的著作,不是通俗历史读物。这本书,既是为一般的历史爱好者写的,也是为专家写的。俗话说,外行看热闹,内行看门道。秦末这一段历史,本来就非常精彩,将历史的精彩,真实地传达给历史爱好者,是历史学家

---

[1] 我在《秦崩》第二章之五《博浪沙一击》中写到秦始皇巡游天下,对于第一次巡游天下的路线和目的,因为史书失载,千百年来成为不解之谜。2014年,我经川甘陕三省,就这次巡游的路线做了实地考察,有了破解的谜底。这次考察的结果,我不仅写成学术论文并发表,也写成历史叙事,补进三联学术注释版的《秦崩》中,收到了相得益彰的效果。

的职责之一。这本书是努力尽职的结果。

同时，我相信历史爱好者也有一个对历史认识深化的过程。当听了普及性的讲座，读了普及性的读物，具备了一定的知识，在最初的热闹看过以后，他们是会有进一步看看门道的愿望出现的，那时候，这本书就可以细看了。如果和其他书对照起来看，一定会有意想不到的收获。

我研究秦汉史近三十年，就本书的内容而言，也算是专家了。这些年来，我有一个很深的感受，专家的知识，是精深而专门的，不过，专家的知识，也可能是支离破碎的。过于专门化的结果，除了自己正在研治的专题而外，常常对宏观的历史失去关注。用行话来说，就是不能"通"了。我自己就曾经因陷入专精而失去了通达，导致人文精神的淡漠。我写这本书的动机之一，就是自己求通达和回归人文精神。我相信，如果专家们读这本书，也可能会得到一种宏观通达的补充，加深对于人文精神的关怀。

在本书的写作中，我力图用专家做学问的态度来工作，努力使所有的内容，所有的表述，包括时间、地点、事情、制度、职官乃至于现代性的比喻，都做到有根据和再三斟酌。可以举一个例子，《史记》记载刘邦曾经担任秦的亭长。我在书中解释亭长为邮政站长兼派出所所长，这是根据史学界多年的讨论结果，用现代语言做的现代比附。我进一步描述亭长刘邦的形象说："自从做了泗水亭长，大小也算是一地之长，佩印着冠，披甲带剑，一手持竹简命令，一手持捆人绳索，手下还有两三下属丁卒使唤，宛如美国西部电影中的乡警保安官，实在是有些威风得起来。"这也是我根据亭长的文献资料和考古资料，斟酌再三下的笔。这些地方,就是深入细看的门道了。相反,如果我比喻亭长是村长,那就是外行话,是信口开河,会让我的同行笑掉大牙,那就不是可信的历史,而是信不得的文学评书了。

你认为历史和文学的关系是怎样的?

历史的核心价值在于求真,文学的核心价值在于求美。美有实美和虚美。虚美,就是虚构之美,这是文学艺术所独擅的美;实美,就是真实之美,贯通历史和文学,甚至通达科学。实美这种价值观,包括发现之美和表现之美,我在本书中所追求的推理联想之美、构筑之美、传神之美和触情之美,都在其中。遗憾的是,多年以来,历史学的美和对于美的追求,竟然被人忽视而遗忘了。我最近有美丽的历史学的提法,就是希望为历史学正名。也许,从追求"实美"的意义上讲,我的这本书似乎有"纪实文学"作品的特点?

如果《复活的历史》是一本史学著作,为什么没有按照学术规范加注释?你不怕这样会导致读者和你的圈内同人把它当作"野狐禅"吗?

并不是所有的史学著作都需要加注释。一般而言,学术论文和研究专著是需要加注释的,本书是历史叙事,不加注释是可以的。司马光的《资治通鉴》是我心中史学的楷模之一,《通鉴》是历史叙事,是没有加注释的。在《通鉴》的背后,有《通鉴考异》作为学术支撑,也可以理解为一种注释吧。在《复活的历史》背后,也有一本类似《通鉴考异》的学术著作在支撑,其中的一些部分,已经以学术论文的形式发表了,只是尚未结集出版而已。本来，本书是准备以系列的形式推出来的，这个系列既包括历史叙事的系列，也包括支撑历史叙事的学术系列，由于种种原因，这次未能实现，只有留待将来了。

举个例子说，关于赵高不是宦官和子婴是二世皇帝的从兄的叙事，我都有专题论述的学术论文。中华书局的编辑徐卫东先生是非常严谨的编辑，他审定初稿时来信，质疑关于赵高和子婴的说法有无学术根据，我于是将未公开发表的论文稿给他传过去了，他读了以后，不但不再怀疑，反而希望我将论文中诸多的讨论内容补写进去，结果成了这个样子，比我初稿的内容要多，多得似乎有点儿啰唆，没有学术背景的人看起来可能觉得费力。

实际上，最初我是考虑加注释的，甚至考虑出两个版本，一为加注的学术本，一为不加注的普及本。后来与中华书局的编辑商量以后，为了全书的流畅和可读性，决定不加注释，而是在书尾附一最低限度的参考书目和大事年表。这个形式，也是国外的叙事性史学著作常常使用的形式。[1]

---

[1] 2015年，三联版《秦崩》和《楚亡》，增加了简略的注释，取得了相当好的效果。更加翔实的学术支撑《〈秦崩〉〈楚亡〉〈汉兴〉考异》，也在准备当中。

英雄时代[1]

主持人：各位网友大家好，非常感谢大家光临和讯读书频道视频聊天室，我是主持人雷天。今天很荣幸地邀请到历史学家、日本就实大学人文科学部教授李开元先生做客我们的读书频道。李老师您好，非常感谢您光临和讯读书频道，跟我们网友打一个招呼吧。

李开元：大家好，非常荣幸到和讯网跟大家一起聊天，希望我们可以聊得很愉快。

主持人：李开元教授最近写了一本《复活的历史》，这本书以翔实的历史考据为基础，以亲身游历所得的历史感悟为底，以侦破历史疑案的笔法来探讨秦帝国崩溃的原因，将秦始皇驾崩至秦帝国崩溃这一段乱世出英雄的历史描绘得格外跌宕起伏。

---

[1] 2007 年 9 月 24 日，我受邀做客和讯网，接受读书频道主持人雷天先生的采访。此文即这次采访的笔录，题目是我新加的。

那么，李开元教授今天和我们要交流的正是秦帝国崩溃之谜，以及他书写这段历史的感受。由于李开元教授曾师从中日两位一流的史学家——田余庆和西嶋定生，所以他也会和我们谈谈中日两国爱好历史的读者对历史的不同取向和趣味。

那么，现在就请各位网友和李老师一起进入这段精彩的历史人文之旅。

首先我想请问李开元老师，《复活的历史》是以一段战争的疑案开篇的——就是陈胜张楚政权的周文部队为何在进攻势如破竹，破咸阳指日可待之时，突然停止了进攻？这场战争影响了后来的整个战局和历史，但是司马迁的《史记》没有翔实的记载，**李老师用合理的推测和实地考察**给出了答案。那么，为什么司马迁忽略了这段史实？像这样的谜案您还考察出了多少？这些谜题对理解秦帝国何以崩溃是否真的非常重要，还是李老师为了使得这段历史看起来更生动，而采用的一种悬念写作方式？因为我们知道很多考察秦帝国崩溃的文章和书籍，好像并没有特别对这段史实注意。**您可否简单阐述一下周文的战事？在您看来，这个战事对理解秦帝国崩溃究竟有何重要性？**

李开元：为了让历史更生动，肯定是需要这样做的，因为历史本来就是生动而悬念重重的。但是，更重要的是让历史更真实，能够使我们得到一个合理的理解。刚才说到这场战争，对秦帝国什么时候灭亡至关重要。当时，周文军几十万人已经打破函谷关，进入离首都咸阳大概只有200里的戏水东岸，在那里已经可以望见咸阳了。

当时咸阳是什么情况呢？二世政权一片慌乱，因为他们完全没有想到和估计到事情这么突然，所以在咸阳近郊征兵都来不及。所以就很奇怪，周文军只要过了戏水，一鼓作气就直捣黄龙了，一旦攻下咸阳，哪怕秦政权在别的地方还有军队，但是你的首都陷落了，马上也会面临覆灭的命运。

但是非常奇怪，周文到这个地方突然停止了，把军队停驻在戏水东岸。这时候，章邯利用他们停下来的机会回到咸阳，面见二世，建议释放在骊山修秦始皇陵的刑徒和服役的劳工，发给他们武器，编制成军队。经过讨论，二世朝廷同意了。然后章邯才回到骊山实行，把周文军击退。章邯从骊山200里到咸阳，请示开会后回到当地，再释放这些人编入军队要多少时间，我们想最短也要好几天。

实际上，我们任何一位读史书的人，读到这里的时候都会产生疑问，几千年来历史学家都觉得非常难以理解。所以有些历史学家力图给予这个问题合理的解释，他们说周文在这个时候犯了一个严重的军事判断上的错误。但是，这个解释是非常勉强的。周文是一个很有经验的军事将领，他曾经在楚国大将项燕部下做过军事参谋，他这次的目的，就是带领一支部队偷袭，绕过秦军防守，直接攻入咸阳。他的战略目的就是快速攻占，所以这个说法是完全解释不通的。

我读到这个地方（《史记·陈涉世家》）时，和历代史学家一样有类似的疑问，这次我就是想做一个合理的解释。我注意到《汉书》（《高帝纪》）的记载是不一样的。《汉书》说周文军到戏水以后，章邯"距破之"。这个距，是凭借、依靠的意思，就是据险而守，破就是进攻而击败他。如果根据《汉书》的提示和暗示，这个时候应该有两次作战。第一次是章邯军在戏水这个地方堵住了周文军，这就使章邯争取到了时间。然后他才回到咸阳，请准朝廷，释放骊山的人编入军队进行第二次进攻，才把周文军打回去。根据《汉书》的提示我们就可以想象应该是这样的，但是我并没有停止在这个地方。

我想，我必须到当地去看一下，周文军为什么会在这个地方停下来。我去了当地以后，到骊山、戏水、渭水之间的地方一看，脚步一踏就一目了然，恍然大悟。由西向东流的渭河，刚好在这个地方，流向突然往东南走，再往北又向东流去，它和秦始皇陵的所在地骊山之间形成一个瓶颈通道，这个通道就是从函谷关到咸阳的必经之路。如果你没有去当地，把卫星图拿过来一看也清楚得很，而且这个通道口就是秦国保卫首都的精锐部队——中尉军的驻地，它的营房就在这里。非常有意思的是，兵马俑就是以这支军队为原型来塑造的，而它的监工就是章邯。所有这些，一到当地就全部联系起来了。

所以，根据这个实地考察的结果，我最后做了一个整体复原，就是当周文几十万大军进军到戏水东岸的时候，中尉军已经布防在戏水西岸了，这支军队非常精锐，我估计五万人左右。五万人的军队作为进攻方可能兵力不足，但是据险防守是绰绰有余的，所以这支军队就把周文军挡住了，然后章邯才回到咸阳，准备了第二次作战。

不过，我之所以花了较大的篇幅复活这次被遗忘了的战争，除了破解疑案外还有别的缘由。

缘由之一，是希望利用出土的兵马俑来复原古代的战争实况。我们知道，由于文言文表现力的限制和古代史家笔法的问题，史书中对于战争的记载往往是一笔带过的，比如《史记》中记载得最详细的垓下之战,也只有不到一百字,完全没有细节。兵马俑出土以后,我们才算是第一次了解到秦汉军队的武器装备、人员布阵的细节。我不愿意放过这个非常珍贵的出土史料,所以在书中忠实地使用兵马俑军团的武器装备和人员布阵作战,算是弥补史书之缺漏。

缘由之二,我是想通过复原这场战争,得到一种复活历史的方法。大体说来,是通过四个步骤复活历史:1. 史书记载;2. 出土史料;3. 实地考察;4. 复活型叙事再现历史。算是一种方法论的尝试。

主持人: 这个在您的书上都有很精彩的描述。我知道你亲自考察了那段地理形势,所以得出了这样精彩的结论。司马迁也是比较注重历史的实地考察的,我不知道他为什么会忽略这个史实,只有一个"军焉"?

李开元: 这个事情我是这样理解的。第一,是古代史的特点,古代史可以一句话来说,就是挂一漏万。司马迁《史记》就那么五十万字,几千年的历史,万万千千的事情,《史记》告诉我们的,只是星星点点。历史的记载有无数的缺环,到处都是遗漏。古代史整体来说,留下了大量的未知,或者是漏记。

第二,司马迁有自己的困扰、苦衷。司马迁在写《史记》的时候,离这次战争已经有一百多年了,他写的时候就抱怨连天,说没有材料。秦国焚书把各国的史书都烧毁了,而秦国的史书也残缺不全,项羽进来又一把火烧了,他说秦国的史料不但不全,而且连日期也不清楚,所以他也受到这个限制。我们估计在这两种原因的交错之下，这次战争他也不清楚，只能根据残缺的史料做残缺的撰述。

主持人：我知道你回国也做了不少讲座，这样的疑案您大概发现了多少，能不能简单地说一下？

李开元：太多了。比如在这本书里出现的像赵高的问题，我们历来都说他是宦官，正确地说叫阉割了的男人，就是太监，实际上这是一个冤案，持续了起码有一千年的冤案。这个也算是疑案之一，在书里有比较详细的记载，我也有学术论文的考证，还有新闻报纸的报道。

又比如说最后一代秦王子婴，他究竟是谁的孩子一直不清楚。这次我大致做了一个破解，他应该是秦始皇弟弟长安君成蟜的儿子。这也是一个疑案。

还有更有名的，像秦始皇的皇后是谁我们也不知道。这次我又做了一个破解，不但找出了皇后是谁——应该是楚王的女儿，而且把秦始皇的表叔也找出来了。他的表叔就是昌平君，与项羽的祖父项燕一起反秦的神秘人物，最后一代楚王。这又是一个。

像后来项羽破釜沉舟究竟是渡过的哪条河，也是其中之一。在书里这种类似的东西太多了，有些我还没有写进去，准备在第二本里面继续写。比如项羽最后是被谁追杀的——竟然都是旧秦军的将士。可以说历史里到处是没有破解的谜，正等着我们大家一起来破解。

主持人：确实，历史中很多疑案需要破解，但也许这个谜案跟理解重大历史事件没有关系，属于一个琐碎的考证，作为一个历史学家，您是怎么选择的？

李开元：我并不是去犄角旮旯找这些谜而做历史的，我做历史叙事的时候把历史作为一个活的过程，一步步地把它复活出来。在这个过程中，自然会发现很多具体的问题和具体的疑问，你不把它弄清楚就会留下史实上的缺陷。所以，这些具体的疑案都是在做整体的历史叙事当中发现的问题。

实际上，这本书后面有一本考证性的，或者叫研究性的书做支撑。司马光写《资治通鉴》，是历史叙事，在《资治通鉴》后面，有支撑叙事的研究《通鉴考异》，这是我学习的典范。在叙事当中出现的种种疑问，我都把它列出来做问题研究的条目。现在只是根据需要，把条目里面的问题拿出一两个来，做了详细的解决，来不及做的还有很多，只有留待将来。都是我在整体的叙事当中发现的问题。

主持人：您说过，司马迁的《史记》、司马光的《资治通鉴》，到现代黄仁宇的《万历十五年》，对您的写作影响都很大，能否请您谈谈，您对历史的处理与中国古代传统写史的方法的区别（包括《二十四史》《通鉴》等），还有就是，黄仁宇《万历十五年》选取的是 1587 年中国历史的一个横断面，您选取的差不多是公元前 210 年到前 206 年这 5 年的历史，您认为您书写的是流动的历史，能否具体谈谈？

李开元：中国史书的体例，主要有三种。一是纪传体，以司马迁的《史记》为代表，二是编年纪事体，以司马光的《资治通鉴》为代表，三是纪事本末体，以南宋人袁宏的《通鉴纪事本末》为代表。近代以来，又加入了西方传入的教科书体，就是先按历史的发展阶段分时段，再在各个时段中将历史按照政治、经济、文化等内容分块。这些体例，都是历史学的表现形式之一，各有长处和短处。

黄仁宇的《万历十五年》很特别，他在构成书的各个部件上用了传记体，这是部分继承了纪传体的，但是，他在书的整体布局上选取了1587年作为系年的点，截取历史上这一年的横断面去连接各个跨年的传记。这就将纪传体的连续纪年变为仅仅截取一年的单年系年了。这个体例，是我们在迄今为止的史书中未曾见到的，而且运用得非常成功，已经成为史学表现形式的一种体例创新或者范式创新的经典。对于这种形式，我们不妨称为断年纪传体。我个人以为，他的这种体例和写法可能是从小说中活用过来的。比如，雨果的《九三年》。

我在写作《复活的历史》以前，对史学的表现形式做过比较彻底的研究，也做过多种尝试，比如我就曾经模仿《万历十五年》的写法试过，失败了。因为我要表现的秦末的历史是一段变化剧烈的历史，事件随时间快速推进，人物随时间频繁交替，不可能停止下来做横断的截面，只能在运动中做纵向的连接。经过多次尝试和失败以后，终于找到了现在这种形式。

简单说来，本书在整体结构上是按照历史事件和历史人物在历史时间中顺序运动的方式安排的。具体而言，从古而今的虚拟历史时间是一条经线，在这条经线上，二世元年以前的时间是低比例浓缩的，书末所附的这段时间的年表按年排列，实际上只选取个别的历史事件和历史人物做时代背景的交代，可以说是快速和跳跃的。二世元年以后的时间线则是高比例铺开的，书末所附年表按月排列，而且是分七国的，其间的历史事件和历史人物则是详尽淋漓。

在这条时间的经线上，我插入事件的大块面，这就是章，比如秦帝国的民间暗流、大厦将倾的前夜等。在这个层面上，可以说是一种纪事本末的形式，各章的历史事件跨越的时间是可以重叠的。在各章之中，人物随事件发展出现，对于重要人物，我不断地加入特写，这可能就是传记的写法或者电影的蒙太奇了。实际上，待第二本完成后，将散见各章的人物纪事抽取出来，就成了不同的人物传记。所以我说，我在书中写一个时代，而不是一个人物。无数英雄的活动，组成一个英雄的时代，前仆后继的英雄们，推动历史不断地运动，上演为一部历史连续剧。这也许是一种新的写法。

在《复活的历史》中，我自己旗帜鲜明地登场了，频繁地穿越时空，既感受且评点历史，也去现场访古问旧。这既是司马迁开创的传统，也以此明确新史学的观念。史书是史家与历史对话的结果，史家是连接往事古人和今天读者的中介，与其在所谓客观历史的遮掩下躲躲闪闪，不如堂堂正正现身叙事，明确告诉读者，哪些是历史学的共识，哪些是我的个人看法，这样反而更客观，让读者更清楚。这种做法在写作上带来的好处，就是既有第一人称写法的亲切，也有第三人称写法的冷静，可以慷慨抒怀也可以冷眼旁观。我由此获得一种表现的自由。

主持人：我知道您写这本书的时候做了很多实地考察，到处

行走、游历。您在这种行走和游历中追怀历史。但是现在中国变化日新月异，你去的历史故地，可能是钢筋混凝土世界或者很荒凉，或者可能是一个现代工业污染很严重的垃圾场，在这种环境下现地追怀历史，您是怎么做到的？

  李开元：正如你所说的，我们去考察当年历史遗迹的时候会碰到种种情况，举例子来讲就比较具体了。比如说，今年我们到项羽的出生地下相城，现在的江苏省宿迁，古城址已经发掘过了。但是，我们去时看到那里已经盖上了小区，什么东西都看不到，一点儿都看不到，连个牌子都没有立，但是我们还是可以确认是这个地方。因为我们预先做了充分的史料准备，就是说哪怕它不在了，但是这个垂直的位置在，我们也可以感受到当年就在这个地方，起码地形还在。换句话说，国破山河在，人去精气存。

  现在还有一个很大的问题，就是历史遗址被开发成了旅游景点，像鸿门已经成了旅游景点，有些景点做得比较俗气，或者太现代化了，或者花花绿绿的。我们对那个没有兴趣，我们对鸿门保存的一个古代厕所的遗迹很有兴趣，那是旧日遗留。关键是地方没变，这时候就可以感受到古代。

  最宝贵的是，我们去的大部分地区，那些旧日的古代文明之地今天都成废墟了。比如我们这次去垓下，那里完全是一个很荒凉的地方。我们顺着垓下去"阴陵"，要走很多乡道山路才能进去。去了以后已经看不到原貌了，但是它的城墙还在，城墙的遗址还在，你一脚踏上去，这个时候，正是在这样的荒凉里，你会有一种历史的沧桑感。这种历史的沧桑感，一进去，那个氛围就扑面而来。我们最喜欢的就是这个了，到了这种类似于原始遗迹的地方，我们可以说是欢呼雀跃，希望不要破坏它，希望以后即使要开发，也应当把它保存下来，在旁边做一个现代的开发。总之，只要你去，就一定有收获，一定有发现。

主持人：我希望李老师的愿望可以实现。

一般来说，历史是不容假设的。但是《复活的历史》做出了一个很重要的假设，李老师认为，假如扶苏不因为赵高、李斯假传圣旨的诡计而自杀，秦帝国的命运将会完全改观，历史将转向不同的方向。那么我们就假设扶苏不死，李老师认为秦帝国的命运将会怎样？历史将如何转？因为我们知道李老师的同门师弟阎步克教授曾在他那本《士大夫政治演生史稿》里，将秦帝国崩溃的原因归结于法家思想指导的吏道独尊的文吏政治，这种排斥儒家礼乐文化、仁爱精神的政治策略不足以整合当时的传统社会。但是，出了一个扶苏这样的皇帝是不是就可以力挽狂澜？

李开元：这个问题非常好。我们讲历史一般是不做假设的。我在这里做了假设，是因为有一个基本的前提。我们感觉秦帝国这么强大，把天下六国迅速统一以后，成为天下最强大的帝国，为什么短短十几年时间突然就崩溃了。崩溃，好好的建筑一下子就垮掉了。所以这本书用了"秦帝国的崩溃"这个书名。关于这个崩溃，我们可以打一个比方，人是有寿命的，一个国家是一个组织、一个**有机体**，它也应该是有寿命的。像秦帝国这样，刚刚建立起来十几年时间，它还没有走完它的寿命，我们只能说它是暴病，突然死亡。比如说汉帝国在制度上是继承秦帝国的，但是

辑三 实践与回响

它（西汉）延续了两百多年，它是寿终正寝。

秦、汉两个帝国在制度和结构上基本上是相同相近的，以天寿而言，它们都应当有二百年的寿命。秦十几年就崩溃了，完全是异常的。面对异常，想到正常。我们会很自然地想，秦帝国的命运，按照正常的轨道运转，会是什么结果呢？这就成了我们做上述假设的前提。

有了这样的前提以后，我们今天再来考虑扶苏，考虑扶苏即位的假设。[1]——秦帝国崩溃有一个很重要的原因，就是无休止地推行进取政策，马上打下天下以后，没有迅速施行政策的转换——就是转换为马下治天下，或者说整个国家的统合与休息。这个政策的转换本来应该在秦始皇的时候做的，但是很遗憾，秦始皇晚年没有做这个事情。扶苏和秦始皇的主要分歧就是他希望把政策做一个转换。如果他能即位，整个秦帝国的政策可能会发生重大的转换，秦帝国的命运将会是另一个样子。这就是在历史的转折关头，个人将起的决定性的作用了。

这样的事情历史上有很多，比如汉武帝晚年，汉帝国也到了灭亡的边缘，那几乎又是一个秦末。但政策的转换由汉武帝做出来了，他下了轮台诏反省自己的失政，他死后汉帝国安然渡过危机，获得了昭宣中兴的安定局面。

主持人：扶苏继位以后究竟会在政策上做什么转换？

李开元： 最主要的，就是可能实行封建与郡县并行的双轨

---

[1] 关于这个问题的探讨，请参见笔者的新著《刺秦：重新认识秦王朝》（上海人民出版社，2025年）第二篇二《如果扶苏继承了王位》。

制，停止无止无休的对外扩张，包括北方对匈奴，南面对南越，还有停止对国内老百姓大规模的役使——那些正修长城、修道路、修宫殿、修陵墓的老百姓。这些是他一定会马上做的。还有在文化和整个政策的统合上会比较柔和，纯粹使用法家的做法可能会有所转换，会适当地把道家和儒家的精神补充进去。从汉代来看就是这样的，汉代建立以后就吸取秦国的教训，做了政策的转换。扶苏在生前就是因为要做这个转换惹怒了秦始皇，然后被发配到边疆。所以我在这个时候做了这样一个假设，算是顺理成章。

主持人：我看完书后大致统计了一下，您这本书里出现了英雄54次，豪杰27次，游侠83次，书中也有很多您对英雄豪杰立身行事的感悟。那种中华民族尚武、任侠的英雄精神跃然纸上，给读者带来强烈的阅读感受。刘邦、项羽、张良且不必说，就连赵高那样的我们认为是太监（当然，您后来考证出他不是太监）的阴险之徒，您在描写他和李斯的沙丘密谋时，也把他写得颇有枭雄气概，阴郁的沙丘阴谋也写得很有阳刚之气。上世纪初梁启超曾感于国家衰朽，国民精神懦弱，特别写出了一本《中国的武士道》，为中国的豪侠气概和尚武精神招魂。您这样的处理人物的方式、这种英雄史观是否远承了梁启超的问题意识？还是受了日本写幕府历史的影响？

李开元：对于英雄豪杰那些我自己都没有统计，但是我确实有这种意识。我原来的书名就叫《新战国时代的英雄豪杰》嘛。梁先生那本书我并没有读过，听你这样讲，我觉得在精神上是相通的。至于是否受到日本的影响，我想也可能有一点潜移默化的影响。为什么呢？我们知道，中国和日本在文化传统上有一点非常不一样，中国是文人士大夫历代当政，那是一个特殊的统治阶层；日本是一个武士文化，武士当政，这是很不一样的。我最初用英雄豪杰做书名，这是一种感受，是仔细阅读了关于战国秦汉时代的史书后，又把中国两千年的历史做一个通观的基础上获得的非常强烈的东西。

中华民族的文化就是在战国时候成形的，然后延续到今天。如果用一个人来比喻的话，中华民族在战国秦汉时期正值青年，非常强悍有力，人人都急功近利，人人都要做英雄豪杰。到了后来，文化成熟，文化统合了它，同时也使它文弱化了。魏晋以后，愈加文弱化，变成了另外一种发展方向，内省的方向。到了宋代和明代已经不能行伍打仗了，打仗都失败。这一时期不只是整个文化上的文弱化，还包括身体上、素质上，都受到了这个影响。这就是独尊儒术以来的祸害。

我对这个感慨很深。我做研究的时候就深深地感觉到，中华文化是以诸子百家为基础的博大文化，战国秦汉时代，刚刚经过诸子百家的文化熏陶，还没有被独尊一家后的文弱化影响，这时候，人人都是英雄豪杰，个个精气旺盛，时代精神非常外向，人人都想着为国家、社会建功立业，就是要追求实实在在的功利。李斯、赵高、刘邦、项羽都是这样的。我用了一个词语——英雄无耻，就是廉耻和道德规范很少。这时候，他们并不以功利为耻，只要你能够成功就是好汉，就是英雄，非常像资本主义原始积累时期的冒险家、探险家。我想梁先生身处清末，他感慨文化和民族衰落到这个地步，所以才有了这样的问题意识。

主持人：听说您好像要继续往下写其他时代的历史，但是如果您继续写其他时代，是否也只选取乱世出英雄的王朝鼎革之际？如果不是，历史如何书写？因为我们知道，到东汉，时代精神就很不一样，这种远承春秋战国的英雄精神和任侠气质就变了，陈胜说的是"王侯将相宁有种乎"，刘邦看见秦始皇说"大丈夫生当如此"，项羽说"彼可取而代之"，但光武帝刘秀却只有"仕宦当作执金吾，娶妻当得阴丽华"的梦想。您是否可以谈谈您写系列《复活的历史》的打算，和传统写历史有所差别的时间分段，还有不同的历史时段不同的时代精神？

李开元：我把秦末一直到汉武帝以前都称为后战国时代，这个时代可以沿着这个方向和形式写下去。武帝以后叫作第二次统一时代，武帝时代英雄气息并没有消失，仍旧存在，历史的进程也很快。起码到武帝时代结束，还可以沿用这个形式——铁马金戈的形式，还可以这样一直做下去，但是武帝以后就发生了很大的变化。我们知道，武帝以后实现了对文化的规范，罢黜百家，独尊儒术。这里会发生一个很大的转换。那个时候我的写法和笔调也许会发生变化，但也只是一种可能。那个时候，家族，特别是各种大的家族，就是世代传家的新的家族和社会形态出现了，我相信那时的历史一定是非常有趣的。我不能说像前面这么精彩，但是一定是更深厚而源远流长的。东汉以后是一个以豪家大族为中心的中国社会发展的新形态，它的根源可以追溯到武帝时代，这就是另外一种文化的氛围，另外一种社会的变迁，我想这也是非常值得书写的，别有一种迷人的魅力。

主持人：可能不如前面铁马金戈来得激烈。

李开元：是的，但是他们可能更加重视和谐、文化，更加重视家族之间的关系，更加重视历史的延续。

主持人：因为您曾师从中日两国一流的历史学家，现在又在日本大学做历史学教授，能否请您简单介绍一下日本学界研究中国史的思路？

李开元：日本的中国史研究，最擅长的地方在制度史，因为他们做制度非常仔细、认真，这是它的一个特点。另外，日本学术的传承关系非常清楚，是连续不断的，不像我们中国经过"文革"就中断了，它们是始终连续不断的。同样一个流派和一个问题，可以有几代学者不断地做，这是和我们有比较大差别的地方。

还有就是，我觉得日本的学者——跟中国的学者相比，起码从现在看更亲民。日本的学者，即便是大家，一般也要写普通人都能够读的东西。他不觉得这是一件很丢份儿的事，比如他们写了一部学术著作以后，会考虑怎么使它让更多的人理解，让大家都知道。这是他们应尽的责任，他们的工作之一，这一点可能和我们中国的传统是不一样的。因为我们中国的学者多继承了士大夫阶层的优越意识，总想文以载道，而日本的学者更多地认为那是一种职业。他们做历史就是一种职业，抱持的是一种职业意识，而没有带有统治阶层精英分子的意识。

我想谈谈另一个不同，日本的学者比较重视实地考察。这次我去垓下考察，走项羽从垓下之战到乌江自刎的路，是和日本学者藤田胜久教授一起的，他是日本研究司马迁非常有名的学者。司马迁走过的地方他全部走遍了，他比我走得多，他现在还在走《史记》的路。我说《史记》的路你一辈子走不完，他说我就准备走到我走不动为止。我想我也是这样，走到走不动，走到心中再没有激情，再回到书斋里面，从容整理这些年来行走的材料，整理我没有做出来的考证，我觉得这一点也很美好。

主持人：刚才您提到学者给普通读者写历史读物，我想问一下，日本现在比较受大众追捧的历史是什么样的模式？日本近些年有一位作家写的有关罗马史的巨著《罗马人的故事》，在日本特别畅销，都写到十几卷了还是特别畅销。

李开元：我们就谈你提到的这本书，这本书在我的书里也提到了，日本作家盐野七生写的12卷本罗马史。她把一千年的罗马历史全部用叙事的形式写出来。以前，在世界史上非常光辉灿烂的一千年罗马历史，只有学者写的教科书式的历史，或者研究型的东西，可是让一般人都可以读懂的东西，或者把历史按照原来发展的程序做一个叙述是没有的。这位作者是住在意大利的日本作家，她用的完全是一般人能够理解的叙事形式。她为写这本书把所有有关罗马史的研究著作、史料、论文都读了，她是用一种非常严谨的笔法写下来的，这本书从头到尾我都看了。我问过我们学校的罗马史老师，他说都是按照真实历史来写的。

主持人：我感到奇怪的是，这样的书在日本会很畅销，因为她写的是罗马历史，不是日本很熟悉的日本史，不是本国史。不是像中国写三国鼎立这样大家会很感兴趣的历史。而且照您所说，她的历史功底是非常扎实的。日本大众读者对严谨的罗马史反而很感兴趣，我不知道您对这样的事有怎样的看法？

李开元：这本书发行到一百多万册，我也觉得不可思议。首先发行的是精装本，然后发行了文库本。很多人都看过，尽管有很多人没有看完。我有一位搞日本史的日本朋友开始看觉得很好，但是中间看不下去了，最后没有读完。

对了解罗马史而言，这本书毕竟是崭新的东西，是一个新的叙述形式，在日本，大众普及做得比较好，一般人对罗马史有一定的认识，当然也是有兴趣的人才去看。另外就是出版社的宣传做得相当不错，不但做她罗马史这部书，而且因为这位作家住在意大利，她也在当地考察过，后来还专门把她的考察做成了罗马之行的纪录片。后来他们又根据这一套书做成一种罗马学，通过出版社和电视，也包括像访谈，比如她和很有名的日本作家五木宽之的茶会和访谈。也就是说，只要你推广到位，大众实际上是能够接受的，特别是让大众了解到作品的可信度和真实性。相反，你看假的东西感动得热泪盈眶，当有人告诉你感动你的东西都是假的后，你就会觉得这个眼泪白流了嘛。大家要看的，还是根据真实的东西做的，表现生动的。

主持人：前不久我看到一个新闻，这个新闻比较了中日两国中学历史的学习方式。中国一般是死记硬背年代、事件等，日本学习历史就很不一样，他们会做一些联系时政的假设，比如如果中日开战，结合历史来思考，可能会出于什么原因？如何打？如此这般的问题。我想了解的是，根据您的经验，日本学校怎么引导学生学习历史？

李开元：我想是这样的，因为我们的历史教科书一方面是很注重系统性的，就是一定要有一个完整的历史发展系统；另一方面也可能意识形态的色彩过于浓厚。像日本更注重历史的史实性。它不是把整个历史作为完整的系统来教授，而是有点儿像章回小说一样，把一些重大的东西和事情，像积木块一样拼凑在一起，这样一般人就比较容易接受。关键问题是，在讲述这些的时候，积木块背后比较具体、有趣的东西，会由他们的老师来做补充，如此一来，学生就会容易接受。

主持人：会不会像新闻里面讲的，结合时政考虑历史问题，比如会做一个假设，如果中日开战会怎么打？

李开元：日本没有统一的教材，选择哪种教材是由学校自己定的。是否会选择这样的教学方法，我想要根据具体老师的教学方式来确定。

主持人：非常感谢李开元教授，也谢谢各位网友。

历史侦探[1]

（2015年）5月1日，在三联韬奋书店地下一层，"楚汉战争"如火如荼。霸王项羽浑身浴血，走到了人生的尽头，他看到刘邦追兵中的一个将领，大呼："这不是我的老朋友吕马童吗？"项羽那是何等威风，吕马童不敢看他，侧过身去，告诉自己的同伴王翳："这是项王！"……

当然，这一幕发生在两千多年前的乌江之畔，李开元教授的讲座召唤着遥远时光中的英灵，项羽自刎前的种种细节，追杀者的真实身份，《史记》中的名篇暗藏的秘密，一一现形。这是生活·读书·新知三联书店主办的"楚汉之争的历史细节"系列讲座的最后一讲，说到动情处，李开元离开座位，边讲边演，手舞足蹈，一派天真。

李开元教授的《秦崩》《楚亡》刚刚由三联书店出版，迅速

---

[1] 2015年5月，《秦崩：从秦始皇到刘邦》和《楚亡：从项羽到韩信》的学术注释版由生活·读书·新知三联书店出版，我应邀在三联学术大讲堂做了系列讲座，同时，接受《北京青年报》记者尚晓岚女士的采访。这篇采访，刊于《北京青年报》2015年05月15日（星期五《青阅读》）。

登上了韬奋书店的销售榜前列。他在秦汉史方面的研究和写作，既不同于学院派，也有别于一般的通俗历史。科班出身、多年研究的扎实功底，思虑周详、另辟蹊径的写作策略，为他赢得了众多读者，也为面向大众的历史写作提供了全新的可能。

从制药厂到北大历史系

　　李开元是四川成都人，目前任教于日本就实大学，主攻秦汉史。曾经有一代人的命运，因为恢复高考而改变，他也是其中之一。"我七二年就参加工作了，开始是做制药厂的工人，三班儿倒，摧残人生，后来就转做采购。"李开元告诉《青阅读》记者。那时他四处跑，去山里收购中草药，也有机会看看三峡白帝城之类的历史名胜，犹如今天他所酷爱的、行走于古迹之中实地勘查的一个起点。

　　一九七七年恢复高考，他的数学一向很好，原本准备考理科，可临考前被单位派到沈阳出差，天寒地冻，大病一场，没能上考场。半年后就是七八级的考试，一番权衡，转考文科。他精心备战作文，每周日父亲出题，他立即写一篇。可是等打开卷子一看，傻眼了，没有作文题……"我地理成绩最好，96分；数学、历史都是80多分；最差的是语文，刚刚及格，这简直是个笑话，我没敢报中文系……"好在总成绩出来，选择余地还是非常大。那个年代，最热门的专业是文史哲，李开元最终考入北大历史学系。

两位影响最大的恩师

　　那时，坐镇历史学系的是邓广铭、周一良两位老先生。李开元参与社团活动，是活跃的学生，和老师们多有交往。"周先生是洋派，去之前要先打电话，几点到，什么事，说完走人；邓先生则很喜欢和学生聊天，毕业后，也是他安排我去给田余庆先生当助教。"

去年年底，田余庆先生逝世，他在魏晋南北朝史、秦汉史方面的贡献有口皆碑，其治学方式及《说张楚》等名篇更是对李开元的学术道路有直接影响。他说："我在博士论文《汉帝国的建立与刘邦集团：军功受益阶层研究》的开头提到了田先生的课，他从《汉书·高帝纪》记载的'高帝五年诏'，看出了汉初社会的重大变化，以前谁都没注意到。田先生的眼光非常好，他提醒我，可以从军功集团的角度去做仔细的研究。"

1986年，李开元得到了丰厚的日本文部省奖学金，赴日留学。他与西嶋定生教授渊源深厚。当时西嶋教授已经从东京大学退休，去就实大学任教，接任他东大教职的，是他的得意弟子尾形勇，而尾形勇成了直接指导李开元的导师。后来，西嶋从就实大学退休，李开元接任了他的教职。"我在北大时就看过西嶋先生的书。"李开元说，"他以二十等爵制来分析秦汉帝国的构造，体系宏大，在方法论上对我很有启发。原先我也是想把西汉做出一个模式，然后用这个模式、这个规律来解释秦以来的历史。而具体的研究我是从军功受益阶层入手，这是一个可以贯通中国两千年的概念。"

从"历史科学"叛逃

80年代迎来了"科学的春天"，崇尚科学也是人文学科的风尚。"历史是一门科学"，要寻求规律。李开元也深受影响。他从考证起步，第一篇文章是《司马迁下吏受刑年考》。他说自己

"打开局面"靠的是史学理论,他打着当时时髦的控制论和信息论的旗号,提出了史学理论的层次模式。他的博士论文《汉帝国的建立与刘邦集团》弥漫着考证与统计,是计量史学的做法。但是论文做完,他对"历史科学"产生了疑问。

"就计量而言,古代数据是不全的,而且按照科学的要求,结论需要检验,而历史不可检验。汉帝国的军功受益阶层,我只做了西汉六十年,但即使做完,也就是一个有价值的认识工具,可以比较清楚地看各个朝代,但不能说它是真理,是规律。而且用同样的方式反复做下去,是不是好?是不是应该换一种方式?"

李开元思考的结果是从"科学"叛逃,"历史学是有科学基础的人文学科,而历史规律是一个非常需要谨慎的东西"。这一逃就回到了源头,他要"师法司马迁,打通文史哲",他回到了《史记》所代表的叙事史学,其集中体现,就是《秦崩》和《楚亡》。

探求新的历史写作方式

《秦崩》是在从前中华书局版的《复活的历史》一书的基础上进行修订,增补了新内容、注释和历史地图,而《楚亡》是首次推出,可以看到用文学填补历史空白的尝试。这是两本在当前中国的历史写作中很难被归类的书。秦帝国崩溃、群雄并起、楚汉相争的复杂历史,得到了清晰的梳理。作品以历史人物为中心,融入了山川地理、战争实况、时代风貌等方方面面的描述和分析,史籍中某些一笔带过之处得到了详尽阐发,流畅的文字背后,是对文献、考古、历史地理、实地考察乃至合理推测、个人感悟等多种手法的综合运用。最终，秦汉大转折时代——或者如李开元所说是"后战国时代"，以一种新的面貌呈现出来。

在李开元为这两本书列出的参考书目里，除了中国史籍和相关研究著作，还包括伏尔泰的《路易十四时代》、吉本的《罗马帝国衰亡史》等外国作品，它们在作品的"叙事"和"文学性"上提供了帮助。多方参考，他终于找到了自己叙述历史的方式，计划中的《汉兴》也能依样写下去。"2007年《复活的历史》出版，虽然在读者中有反响，但对学界没有什么震动，这次的两本书出来，我感觉有一些变化，起码大家觉得这是一种新的方向。让别人接受，需要自己的努力，也需要时间。"

其实，如果除去民间的通俗历史写作，在我国史学界很难看到所谓"叙事史"，它似乎不合于当前的学术规范和学科制度。李开元期待同行者，但对此并不乐观。"现在的学术规范，有利于你在既定道路上深入地走下去，但绝对妨碍你的学术创新。统一的学术评估标准，限制了叙事型作品的存在。"

考证的基本思路，和侦探小说一致

李开元有一个说法——"3+N的历史世界"。史真是第一历史，是存在过的往事；史料是第二历史，是古人留下的信息的载体；史著是第三历史，是基于史料编撰的著作。在这三个基础上衍生出来的历史作品，则属于"N"。

"《秦崩》《楚亡》，我认为我和司马迁站在同一起跑线上，这是史书史著。"李开元笑道。而《秦谜：重新发现秦始皇》，则被他归入"N的历史世界"，因为在这本书里，他化身"历史侦探",采用的手法是推理。

秦始皇真如传说所言是吕不韦之子吗?秦始皇的皇后是谁?秦始皇为什么不立太子?陈胜吴广起兵时为什么要打着秦公子扶苏的名号?……李开元尝试依据史料进行合理推测,最终勾勒出秦帝国外戚集团的基本面貌。

"我喜欢侦探小说。考证就是基于形式逻辑的推理,和侦探小说一致。我们用存留的一些材料,恢复当初的历史,不就像侦探根据现场的蛛丝马迹来复原案件吗?"

他曾经和恩师田余庆先生探讨历史推理问题。"田先生的论文和别人不一样,夹叙夹议,有的就是在推理,但他非常谨慎。我和他谈过这个。田先生说,开元,我是在推啊,但我是从这到这,你是从这到这……你胆子大。"李开元一边说,一边在桌沿上比画出两条不同长度的线段,呵呵笑了起来。"我地位比较低,胆子就大。田先生会告诉你,我有这个材料,这个我是推的。我也是这样,我告诉你这是推的,对不对,你自己判断。而且,我并不是要给你一个正确结论,我给你一个在现今情况下可能的、合理的解释。如果有新的材料,你可以说我是错的。"

李开元想过,索性把《秦谜》写成推理小说,黄易的《寻秦记》、约瑟芬·铁伊的《时间的女儿》等与历史有关的文学作品,他都读过。但他又觉得写成小说会削减书的可信度,于是放弃。在要不要写小说这件事上,看得出他有好奇心、有兴趣,但也不乏顾虑和犹疑。"3+N 的历史世界,N 意味着离原初越来越远,但也越来越有趣。如果有一天真的写小说,就要彻底放开来写。"

成一家之言

　　李开元的偶像是司马迁。在鲁迅的定评"史家之绝唱,无韵之离骚"外,他又加上一句,"诸子之别家"。在他看来,司马迁是"后战国时代"的诸子百家之一,用《史记》记录的历史事件和故事"成一家之言"。

　　或许,李开元的写作也是当今史学界的"一家之言"。历史学家在时间中漫游,也将自己交给时间去审查。李开元在三联的讲座中说过:"立言者有三种境界,第一是流星,转瞬即逝;第二是行星,要借助其他星体的光芒;我最希望的是第三种——恒星,自身发光,但长时间才能抵达。也就是说,需要经受时间的考验。"

秦楚汉之争[1]

秦始皇和汉高祖其实仅相差三岁,属同一代人。从秦末之乱到汉武帝亲政,是战国和帝国相缠互斗的大转型时代,可称作后战国时代。秦亡汉兴之际,英雄辈出,演绎了一出出惊心动魄的历史大戏。但因史料不足,留下了一系列未解之谜。近些年来,日本就实大学人文科学部的李开元教授致力于"复活"这段历史,由生活·读书·新知三联书店出版的《秦崩》《楚亡》是他的一个阶段性成果,力图破解历史疑案。

记者:劳榦先生说,在战国七雄中,楚国和其他六国不同,它曾长期独立在周天子之外。(《古代中国的历史与文化》,中华书局,第74页)楚国的这种独立性,跟后来"楚虽三户,亡秦必楚"是否存在某种关联?

---

[1] 这篇访谈,是我应澎湃新闻记者饶佳荣先生的书面采访所做的书面回答,刊载于2015年8月30日《东方早报》上海书评。由于版面的限制,访谈的第8、9、10三问,当时没有刊登,现全文补足。

李开元： 我看不出有什么直接的关联。相反，从所谓中原华夏正统的各国来看，秦是西戎，楚是南蛮，根据我最近的研究，秦楚之间有长达四百年，多达二十一代的联姻结盟关系。秦昭王以来，楚国外戚集团更长期掌控秦国政权，秦楚两国之间复杂而密切的关系，远远超出我们固有的认识。正是因为有这种关系，楚怀王才会轻信秦昭王进入秦国而被拘留，昌平君才会活跃于秦楚两国政权的中枢，先做秦的丞相，后来反秦成为末代楚王。想来，也正是因为这种关系，才会有"秦灭六国，楚最无辜"，"楚虽三户，亡秦必楚"的说法。遗憾的是，因为史料的欠缺和认识的限制，诸多断裂历史之间的缺环，我们至今尚不能填补，不少疑难悬案之间的关联，我们至今尚不能破解，只能留待将来。

记者： 那么，秦朝为什么会灭亡？有学者认为，秦始皇实行完全的郡县制，可能是一种急政，超越了当时的时代。这是秦二世而亡的一个重要原因？

李开元： 封建制和郡县制的问题，本质上是中央集权和地方分权的问题。这个问题，也牵连到另一个问题，就是君主独裁和贵族共政的问题。这两个问题，涉及两千年中华帝国历史和制度的一个死结，始终没有在中央集权和地方分权、领袖个人和集体领导体制之间找到有效的平衡点，建立起完善的制度。从政治哲学的角度看，两千年来的中国政治思想，也始终没有明确地将这些问题提出来研讨，这种状况，反映了传统政治制度和政治思想的局限，确是一个非常值得思考和研究的课题。

秦始皇彻底地废除封建实行完全的郡县制，既是急政，也是致乱之政。这个政策,不但超越了时代,加剧了帝国内秦本土和六国旧地之间的紧张,而且破坏了秦国奉行多年行之有效的"亲贤并用"(亲族和贤人并用)的传统,将稳定国政的基本力量——秦国贵族驱逐出政治舞台,种下了内部崩溃的祸根。这个政策,李斯要负很大的责任,他是政策的提出者、鼓吹者和执行者,是毁灭秦帝国的祸首之一。

无视历史传统和地域差异,废除封建,激进地推行全面郡县制,破坏"亲贤并用"的政治传统,排斥贵族参政,肯定是秦二世而亡的最重大原因。[1]

关于这个问题,我在《秦崩》中提供了两个观察点:

一、秦末之乱的本质是战国复国,以六国复国为基本动力,以秦国秦人与六国六国人的对立为基本特点。这个看法,不仅颠覆了多年来的错误认识,也得到了新的出土文物和新的历史研究的支持。

二、在秦朝政权内部,以李斯、赵高为代表的"贤人"主政,不但继续排斥贵族参政,而且变本加厉实行屠杀诛灭;不但破坏了稳定,而且失去了修复的能力。惨烈的内斗,使秦国军民无法如同从前一样,在危急时刻团结一致,可以依据本土做长久而有效的防卫。贵族参政的消亡,也使秦国政权无法如同从前那样,在动乱时刻出现强有力的王族外戚,重组政权,稳定国政。结果在赵高操纵二世专政独裁的逼迫下,章邯所统领的秦军主力内外交困,投降联军导致秦国的灭亡。

---

[1] 关于这个问题的详细论述,参见笔者的新著《刺秦:重新认识秦王朝》第四篇《秦朝速亡的历史教训》。

记者：秦亡之后，项羽分封，建立西楚霸王体制。但是面对强大的楚国，齐国田荣反叛，汉王刘邦进攻关中，成为两大忧患。而刘邦早就被视为争夺天下最有力的竞争者，为什么项羽不先对付西边的汉国？或者说，项羽为什么会觉得齐国比汉国的威胁更大？您说楚国先齐后汉、北攻西守的战略是稳妥的正确决策（《楚亡》第84页），有何根据？

李开元：对于这个问题，首先需要打开地图，从战略地理的角度看。西楚的首都在彭城（今徐州），离齐国非常近。从齐国的城阳郡边境（今山东临沂一带）到彭城，直线距离不过200多里。田荣攻占齐国以后，马上对彭城构成直接的威胁。更为严重的是，田荣称齐王后，指使彭越主动对楚国展开了进攻。

根据我的最新的研究，汉元年七月，彭越攻入楚国的东郡，一直打到距离彭城不过一百多里的萧县附近，田荣也亲自统领齐军主力进入东郡城阳（今山东菏泽）一带。在这种情况下，敌对的齐国势力已经成为楚国的心腹之患，首先解决齐国的问题，对楚国来说，既是被动的，也是迫在眉睫，几乎没有选择余地的。

相对于此，汉国远在蜀汉地区，与楚国之间的直线距离在2000里以上，中间隔了三秦、韩国、殷国。刘邦的问题，对于项羽来说，是手足之患，是远忧，可以放在第二步解决，所以采取了依靠盟国层层加以堵截和防御的策略。

而且，田荣与项羽长期对立，首先起兵反楚，挑战楚国主导的天下秩序。在楚国看来，田荣有三个不可饶恕之处：一、攻灭了项羽所分封的齐王田都、济北王田安、胶东王田市，私自称齐王，大乱齐国。二、攻占齐国后，支援陈余攻占了赵国地区，驱逐了项羽所分封的常山王张耳，迎回赵王赵歇，大乱天下。三、以彭越为先锋，以齐军主力为后援，率先攻入楚国，逼近首都彭城，直接威胁到楚国的安危。

在这种形势下，对楚国来说，田荣不但是宿敌（拒绝与项梁、项羽合作，不参加楚国主导的合纵攻秦），而且是眼下最危险的敌人，平定齐国，消灭田荣，是维持楚国主导的国际秩序、安定天下的大事，也是解除外敌侵入楚国、威胁首都安全的大事。

相对于此，刘邦反攻三秦，并未公开打出反楚的旗号，而是通过张良带信给项羽，声称刘邦只是想取得关中，按照怀王之约做秦王，没有更大的野心。也就是说，在楚国看来，此时的刘邦，从行动上看，没有直接威胁到楚国本土，从公开的言论上看，也没有直接挑战楚国。在这种形势下，楚国将解决刘邦的问题放在第二步，应当是正确的决策。

记者：刘邦进入汉中建立汉王国后，为什么要废除自己熟悉的楚制，改用秦制？您说汉承秦制是刘邦战胜项羽的根本原因和制度保证（《楚亡》第36页），那么秦制在哪些方面比楚制强？毕竟，刘邦和项羽就是用楚制打败强大的秦国的啊。

李开元：首先需要说明的是，关于楚制的详情，至今是不清楚的。秦在统一天下的过程中，随着占领地的扩大，一步一步地推行秦制，相当彻底，也比较清楚。秦的郡县制和军功爵制，是最有效的军事动员体制，是秦军战胜六国军，秦国最终统一天下的先进制度。秦末之乱爆发时，秦帝国已经建立了十二年，各地起兵，都是在秦的郡县制体制下发生的，其军事组织和制度，已经脱离不开秦制。

另外，各地起兵，纷纷打出六国的旗号，政治理念是推翻统一的秦帝国，回复六国并立的战国时代。这就造成了一个我们总结过的矛盾现象，理念上想要回到战国，现实上绕不开秦帝国，于是出现了一个混合战国和秦帝国历史特点的新时代——后战国时代。正因如此，在秦末之乱中，各地的武装集团，虽然在名义上打着六国的旗号，恢复了一些六国时期的制度名号，但是秦制所决定的基本框架，是脱离不了的。

以刘邦沛县起兵为例，这次就是以秦制的一个完整的沛县政府组织为单位起兵的，相当于秦的一个大县军团。这个军团的主要成员，就是秦沛县的中下级官吏，比如萧何、曹参和刘邦，他们熟悉秦制，对楚制比较生疏——因为不曾在楚制下出仕。当然，为了响应张楚，他们用了楚国的旗号，将沛县的长官按照楚国的制度改称沛公，不过是秦制的身体戴了一顶楚制的帽子而已。

项梁、项羽起兵江东，是以秦制的一个完整的会稽郡政府组织为单位起兵的，相当于秦的一个郡军团。同刘邦集团一样，这个军团的基本成员，是按照秦制的动员体系就地征召的。当然，与刘邦军团不同的是，项梁非常熟悉楚国的制度，他在会稽整军备战的时间也比较长，项梁军团中楚制的成分应当更多，复兴楚国的意愿更强，但也不能完全回到战国时代。

我在对早期刘邦集团的研究中注意到一个有趣的现象，就是秦制和楚制混合在一起，不能做制度上的明确划分。统一为秦

制,是在刘邦到汉中建立汉国以后,我称之为汉中改制。改制的理由嘛,简单说来有以下几点:

一是重申怀王之约的有效性,依据怀王之约,刘邦应当据有旧秦国做秦王,这是刘邦反攻关中的法理依据。

二是通过改制,向旧秦国地区的军民发出明确的信号,汉就是秦,外来的刘邦集团将与本土的秦人融为一体,共建新的国家。

三嘛,汉中改制的主要推动者有两个,一个是韩信,从军制上着手,这点我在《楚亡》中已经写了。另一个是萧何,从法制上着手,将会放在《汉兴》中写。

萧何和韩信,是汉朝基本制度的奠基者。秦制,是当时最先进有效的制度,而要想战胜项羽,必须结束制度上的混乱,在继承秦制的基础上做适合新形势的改进,是萧何与韩信的共同认识。身处困境的刘邦,完全接受了他们所建议的改制主张,由此奠定了刘邦战胜项羽,汉战胜楚的制度基础。

补充一句,战国时代,秦军战无不胜,最重要的因素,在于先进有效的制度。秦末之乱,六国地区的乱民都曾经是秦国的子民,他们所组成的叛军都是按照全民皆兵的秦制编成的军队。从而,相对于战国时代,秦军已经没有制度的优势。换句话说,统一的秦帝国,用自己的先进制度武装了旧六国,军训了六国旧民。从这种角度上看,秦末乱起,是此地的秦军对彼地的秦军的战斗,有地域、士气、战略、将略等种种差异,少了制度不同带来的巨大落差,这应当是秦军在两个不同时代有不同表现的最主要原因。

记者： 在楚汉相争的过程中，韩信功劳极大，后来汉帝国的江山有三分之二是他打下来的。韩信原本可能与项羽、刘邦三分天下，鼎足而立。最终却是汉王统一天下，除了韩信本人的原因外，还有什么因素造成这种结果？

李开元： 这个问题的答案，我放在《汉兴》中了，不便剧透过多。这里只提供一个重要的观察点，就是韩信军团的构成。韩信东征，部下两员大将，曹参是步兵将领，灌婴是骑兵将领，都是刘邦最信任的老部下，丰沛砀泗集团的核心成员。垓下之战，韩信亲自统领由齐国南下的三十万大军参战，其左军将领是孔聚，右军将领是陈贺，也都是砀泗楚人集团的重要成员。以上这些人，在刘邦集团中的资历都比韩信老，对于刘邦的忠诚高过对于韩信的服从。韩信想要与刘邦翻脸，这些人怕是不会跟从。曹参、灌婴、孔聚、陈贺这些人，都是我所说的汉初军功受益阶层的核心成员，这个社会阶层的战斗力和凝聚力，是汉统一天下和稳定天下的决定性因素和基础。在当时的历史条件下，任何政治上的举动，都必须考虑这个社会阶层的利益、意愿和动向。

记者： 秦楚汉之际，有过从帝业到王业再到帝业的反复，刘邦先是封王，后来成就帝业。同样作为皇帝，刘邦和秦始皇有什么不一样的地方？

李开元： 可以用一句话来概括：秦始皇所建立的皇权是绝对专制皇权，刘邦所建立的皇权是相对有限皇权。这种不同的产生，在于两种皇权的来源不同。首先，秦的皇权是由世袭王权转化而来的,在转化过程中,彻底地否定了远古以来的贵族分权政治,将政治权力高度集中于皇帝一人;其次,秦的皇权是由武力吞并其他王国的世袭王权而产生的,在消灭远古以来的列国并立的基础上,皇帝一人独占了天下的统治权。所以说,秦始皇的皇权是独天下的绝对皇权。

与此相对,刘邦的皇权不起源于血缘世袭而起源于功德,即军功和恩德(公平分配既得利益)。这就决定了皇帝与军功受益阶层共天下的政治格局。而且,汉王国取得楚汉战争的胜利,出于各个诸侯王国的协力,刘邦即皇帝位,出于诸侯王们的推举,这就决定了汉朝与诸侯王国分治天下的政治格局。所以说,刘邦的皇权是共天下的有限皇权(后来转向家天下有限皇权)。

这个问题,牵涉到一个更大更深的历史背景,就是秦帝国崩溃以后,中国历史的断裂与转型的问题。秦帝国在战国复国运动中崩溃,历史向战国方向回转。但是,向战国方向回转的历史无法绕开秦帝国,于是出现了一个战国和帝国两个时代的历史特点混合同在的新时代——后战国时代。后战国时代,从秦末之乱到汉武帝亲政前,大致持续了七十年,是中国历史上一个非常独特的时代。

记者:在您看来,后战国时代有哪些特点?

李开元: 关于这个问题,我在今年6月(2015年6月)由北京大学、普林斯顿大学、芝加哥大学、维也纳大学联合召开的"断裂与转型:帝国之后的欧亚历史与史学"国际学术会议上做了题为《后战国时代——秦帝国崩溃后的断裂与转型》的报告,将后战国时代的时代特点概括如下：

天下局势：联合帝国。汉朝一强主持天下，与多个王国、众多侯国并立共存。

政治体制：家天下有限皇权，宫廷与政府分权共治，汉朝与诸侯国划界分治，侯国自治。

统治方式：郡县制下的编户齐民制与王国侯国制下之封建领主制混在，直接统治之人头原理与间接统治之封建原理并存。

经济形态：a.与军功爵制配合的名田制，基于核心家族的小农经济。b.封建领主经济与家内奴隶。

文化思想：黄老思想主导下的诸子复兴，百家融合。

社会风尚：养士之风又来，游侠再盛。

因为感到这个时代在中国历史上具有理论和实际的典型意义，我进而从历史理念上对后战国时代做了长时态的归纳：

新贵族主义：亲族和功臣的分封世袭。

分权主义：分散权力和注意权力的平衡，统一法制下的分权自治。

保守主义：不扰民乱民，政府尽可能少干预民间事务，尽可能减少民众的负担。

调和主义：不做思想管制，不高挂理念理想，在调和与模糊中留下百家共存的宽容的思想环境。

在传统的意义上解读这个时代，可以用"文景之治"的黄金时代来概括，在现代的意义上重新诠释这个时代，可能是中华帝国两千年王朝循环的历史中，唯一一次在体制上出现了新的转型之可能性的时代。这个新的转型的方向，就是脱离专制主义中央集权统一帝国体制，逐步走向统一法制下的分权政治体制。

记者：您认为《史记》中最精彩的三篇名文，《荆轲刺秦王》《鸿门宴》和《项羽之死》，都是根据当事人的口述传承写成。其中，鸿门宴的口述来源是樊哙。您说，"鸿门宴的真正英雄，不是项羽，不是刘邦，也不是张良、范增、项庄和项伯，而是樊哙"（《秦崩》第343页）。口述者往往难以避免自我中心化，甚至可能把芝麻小事夸张放大（尤其是缺乏其他口述来源比对的情况下），我们怎么就相信樊哙的口述，并断定他才是"鸿门宴的真正英雄"？

李开元：鸿门宴的真正英雄是樊哙，是我少年时代读《史记》时的一种感觉。鸿门宴的篇章读完以后，给我留下最深印象的人是樊哙，特别是他将生猪肩放在盾牌上"切而啖之"的场面，我一直不能忘怀，有不可思议之感。到了日本以后，见日本人吃生鱼、生马，甚至生牛，没听说过有吃生猪肉的，加深了我的疑虑。后来读到顾颉刚先生的文章，提到荆轲刺秦王与御医夏无且的关系，由此注意到文章中写到荆轲被秦始皇用剑砍伤，身上一共有八处创口，岂不正是医生验伤结果的讲述？

我进而深入分析，找到阅读《荆轲刺秦王》的眼点——御医夏无且，顺藤摸瓜，解析出这篇千古名文的背后故事和编撰方法：1. 历史事件（荆轲刺秦王）；2. 当事者（夏无且）；3. 口述者（夏无且）；4. 转述者（董生和公孙季功）；5. 记录者（司马谈）；6. 作品（《荆轲刺秦王》）。

解析出了《史记》的这个编撰方法以后，我将其作为一种模式运用到同为千古名文的《鸿门宴》和《项羽之死》，一一排查文中的当事人，樊哙和杨喜是眼点的推想自然就出来了。当我找到司马迁与樊哙的孙子樊他广有交往，杨喜的第五代孙杨敞是司马迁的女婿时，这个推想就基本成立了。于是从当事者樊哙这个眼点再次阅读《鸿门宴》，《鸿门宴》那种宛若戏剧的精彩、栩栩如生的人物、樊哙的英雄风貌、"切而啖之"吃生猪肉的不可思议的细节，就一一迎刃而解了。

当然，正因为这段记事的底本是樊哙的口述，难免有自我吹嘘之嫌，樊哙是鸿门宴真正英雄的印象，应当就是由此留下的。特别是他喝完酒吃完肉后，来了那一长段说教，不像是一位没有文化的狗屠莽汉的临场表现，吹牛编造的程度高，信用度就比较低了。[1]

记者：先秦和秦汉留存的史料不多，常常是只言片语，要"复活"那段历史，需要推测和想象。您在撰写《秦崩》《楚亡》等书时，希望"用合理的推测填补史书空白"，但所谓"合理的推测"，会不会存在这样的风险：因为已知历史的结果，反推历史的前因，往往只强调一种历史路径，而削弱甚至抹杀了当初其实存在的各种可能性？您是如何克服这种困难的？

李开元：非常好的问题。使用一种从现在到过去的逆向时间观，是历史学的基本特点。在这种时间观之下，历史学中的因果关系，本质上都是果因关系。从而，用已知的历史结果反推历史

---

[1] 从口述史学的角度，对荆轲刺秦王和鸿门宴的详细探讨，我已写入新著《刺秦：重新认识秦王朝》第一篇《解码荆轲刺秦王》，外篇《解码鸿门宴》；对项羽之死的详细探讨，我已写入《楚亡》第六章《倒影回声中的楚与秦》（生活·读书·新知三联书店，2015年），请参看。

的前因，正是历史学方法的根底。这一点以前不很清楚，现在我有了比较明确的认识。（参见本书《开源巴赫猜想：说历史学时间》）用合理的推想填补史书的空白，历史研究，特别是历史考证与侦探破案方法相通的认识论基础，就在这里。

"用合理的推测填补史书空白"这个提法有一个前提，就是我所做的推测，不是已经被证实的结论，而是可能被证实或者证伪的假说。也就是说，这种"合理的推测"，只是各种可能的推测当中的一种，就我目前所掌握的材料和目前所达到的认识水平而言，是较为合理的。我把这些材料和思路都告诉读者，请读者判断和选择，如果谁有更好的材料和思路，做出了更好的推测，我随时准备修改和放弃自己的意见。当然，在新的更合理的推测出现之前，我的推测就作为填补历史空白的合理推测暂时存在。

顺带总结一句话，就学术学问的心路而言，质疑是入门的起点，立说是登堂的台阶，证实和证伪是入室就座，书写历史是赏心漫步于后花园。

记者：在既有的推测当中，您对自己哪个历史推理最满意？为什么？

李开元：我最满意的推测是关于昌平君的，不仅是在内容上，还有形式上。我将同一内容的学术表述写成《末代楚王史迹钩沉——补〈史记〉昌平君列传》(《史学集刊》2010年第1期)，用历史推理形式的表述写入《秦谜：重新认识秦始皇》(上海人民出版社，2020年)，用历史叙事的表述写入了《楚王：从项羽到韩信》（生活·读书·新知三联书店，2015年）。对于新出土的文物可能带来的局部挑战，我在《刺秦：重新认识秦王朝》第二篇一之5《昌平君新图》中，也做了回应。

更为重要的是，在关于昌平君的推测叙述和由此引发的理论思考中，读者可以清楚地看出学术传统之继承和发展的脉络。我在北大历史学系读书和工作时，邓广铭先生、周一良先生和田余庆先生是坐镇中国史的三位导师，蒙恩承教，耳提面命，深刻地影响了我。

最先根据有限的史料做历史推测，将昌平君这个历史人物的后半生钩沉出来的是田余庆先生，我只是延伸了田先生的思路，找到一些新的史料，将昌平君的前半生钩沉出来，进而提出了秦的外戚集团这个更大的问题而已。

历史考证与推理小说的思路一致，都是基于形式逻辑的推理，是周一良先生最先提出来的，我只是在其基础上加以深化。在有系统的实践的基础上提出一切历史都是推想，推测和假说都是历史学的基本方法而已。

研究历史，也写历史，是邓广铭先生的治史特点。我只是尝试将断绝了的优良传统重新连接，为历史学收复失地奔走呼号而已。

用叙事为历史学拓展空间[1]

1. 首先要热烈祝贺您《汉兴》正式出版。至此《秦崩》《楚亡》《汉兴》"(复活型)历史叙事三部曲"大功告成。秦汉之际是中国历史最为著名的大变动时期之一,"三部曲"能够很好地帮助读者理解这个时代。这个"三部曲"是您提前就规划好的,还是写着写着就写成了"三部曲"?

预先规划的是上下两辑,《秦崩》(秦帝国的崩溃)和《汉兴》(汉帝国的兴起),将秦末汉初的这一段历史叙述出来;《楚亡》(楚国的灭亡)是写作途中分出来的。这一部分内容,放入《秦崩》不合时。如果放入《汉兴》,部头又太大,于是单独成书,正好应了秦楚汉交替过渡的三个时代。

司马迁《史记》记叙秦末汉初的历史,特别强调楚国的过渡作用和辉煌存在。所以,他著《项羽本纪》,与《秦始皇本纪》和《高祖本纪》并列,不仅是将项羽写入帝王之列,也是记录楚

---

[1] 这篇采访,是中国人民大学历史学院姜萌教授的书面采访稿,刊载于姜萌、张宏杰主编《中国公共史学集刊》第4集(历史非虚构写作专号),社会科学文献出版社,2022年。在这次再整理的过程中,我删去了原来的第7问和第8问。

国主宰天下的这一段历史。

他著《秦楚之际月表》《汉兴以来诸侯王年表》，不但将秦楚并列，而且将汉与各个诸侯王国并列，这种写法和意识，非常独特，别有深意，正是基于秦楚汉交替，汉出于楚的历史和认识，也提示了秦末战国复活，后战国时代来临的实情。

然而，自班固著《汉书》以来，出于大一统的汉继承了大一统的秦的所谓正统观念，篡改了历史，不仅将这一段楚国的历史抹消了，也抹消了秦末汉初是后战国时代的历史特点。这些谬误，两千年来，一直沿袭下来。

田余庆先生最先发现了这一点，提出秦楚汉间的历史与战国后期类似的新说，开启了重新认识历史、恢复历史真相的方向。我继承了田先生的学说，加以系统整理和发扬光大。幸运的是，这种后战国时代的历史及其特点，已经被新近的出土文物证实，得到了学界的普遍认同。

可以说，分出《楚亡》，写成秦楚汉三部曲，既是始所未曾料的意外，也是实至名归的收获，纠正了两千年来历史认识的谬误，填补了史书记载的缺漏，大大地逼近了史真。福气福气，幸甚幸甚。

2. 在您的书中，历史记载和您的现场考察有机交融，让读者随着您一起出入古今。您多次说"师法司马迁"，除了继承发展司马迁的写作技巧外，您是不是也想继承"通古今之变"的理想？

通古今之变，可能是每一个历史学家都想追求的目标。我自己理解，通古今之变，至少有两重意义：一是放长放宽视野，在长时段的视野中观察历史，体察历史的演变；二是要有当代，或者今人的关怀。

《秦崩》《楚亡》《汉兴》所叙述的历史，大致在一百年，算是中时段，通过这个百年历史的观察，我提炼出后战国时代的历史特点。三部曲的历史叙事，都在后战国时代的历史视野中。百年历史的新主角，是刘邦集团，我由此概括出军功受益阶层的史学概念。在三部曲中，我详细地叙述了这个社会集团从产生、发展到鼎盛的过程。在军功受益阶层的视野中观察历史，不仅适用于秦楚汉，也可以将其作为观察工具，放到中华帝国两千年的历史中使用。这种在中长时段的视野中观察历史、体察历史演变的追求，应当是通古今之变的一部分吧。

我所理解的通古今之变的另一部分，是历史学家直接进入历史书写中，发声说话。多年以来，在科学主义的影响下，历史学家追求客观公正，力图在自己的著作中排除主观意识、感受情怀。毫无疑问，这种追求，是历史学靠近科学的努力，值得肯定。

不过，历史学不是科学，而是有科学基础的人文学科。在以人为中心的往事中，进而，在以人为本的历史叙事中，如果将感情、感受、感怀等感性因素完全排除，不仅远离了历史的本真，写出来的历史也将变得既不真实也苍白乏味。为了克服这种不足，我在客观叙事的同时，也以作者的身份，直接进入叙事，将自己的所见、所闻、所感、所思讲述出来。在讲述的时候，明确告诉读者，这是我自己的意见。我的这种做法，是将当代和今人的关怀，直接由作者明确地讲述出来。这种方式，是我师法太史公的做法，也是我"通古今之变"的一部分。

关于通古今之变，我想强调一项基本前提。作为专业的历史学家，你首要的是有专业意识，这是历史学家安身立业的根本，也是历史学之所以能够成为一门学问的根本。而且专业的历史学家，既必须与研究对象保持适当的距离，又必须与现实关注保持适当的距离，如此才能获得观察历史的客观眼光和公正立场，获得避免利益牵扯的独立和避免判断失衡的平和。如果不能保持这种适当的距离，不仅会损害你的学术研究，也会对你对现实的关注产生不利影响。

3. 在您的著作中，历史现场考察既发现了很多新的材料，又增进了历史理解。田余庆先生称赞您"走出历史的理念和风格"。您是怎样想到要进行历史考察的？考察对于历史书写的意义是什么？

依照我的理解，田先生所说的"走出历史的理念和风格"这句话，有理论和实践两重意义。行走的风格，是指行走历史的实践活动。我行走历史的初衷，与立志历史叙事同时，都在2002年。当时，我身心疲惫，陷入人生的低谷。为了走出困境，我决定走出书斋，脱离学术研究的主流，开拓一条自主的新路。这个决定，就是我后来累累提到的"终身之志"，想要打通文史哲，师法司马迁，写作复活型历史叙事。

那年8月，我去西安参加秦汉史研究会，与藤田胜久先生相遇，一席话下来，大有相见恨晚的快意。至今还记得，那是在一家咖啡馆二楼，我们久久畅谈到深夜，并约定了两件事：一是共同补写《史记》，他补《世家》，我补《列传》；二是一起行走历史，结伴考察历史现场。

从此以后，我开始行走历史，有时是随着叙事的笔触，写到需要去的地方，就背起背包随历史而去。有时候是与藤田先生结伴，预先拟定计划，申请经费，再会合出行。有时候是借参加学会之便，随同考察。这些行走历史的经历，其中的一部分，以师法太史公的简洁笔法，写入三部曲中，成为复活型历史叙事的组成部分，大部分尚未整理出来，留待将来。

我对于自己的实践活动，习惯不时做总结。因为喜欢哲学，有时会上升到理念的抽象上去。我曾经写过一篇论文《释历史：汉字史学理论的文字基础》，基于对汉字词语"历""史"和"历史"的考释，提出了历史学的五个基本要素：时间、空间、事情、器物和人。

地理空间，既是历史学的基本因素，也是一个魅力无穷的探索领域。因为行走历史的缘故，我对历史地理学有了深入的关注，迷上了郦道元的《水经注》和谭其骧先生主编的历史地图，各地的文物地图、现代地图以及谷歌和百度地图，都是我读书时常常翻阅，出行前必定查阅的。

关注地理空间，等于给自己增添了一架观察世界的望远镜。从前读史书，关注的是事件、制度、人物、社会，对于地理空间，常常忽略不计，一晃而过。现在读史书，地名、地图、空间关系，绝对是重点关注的要素。历史学中的很多问题，没有明确的空间地理关系，几乎是不可能说清楚的。比如研究古代的战争，不深入研究地形地势路线，就只能不着边际地空谈空论。

我在《楚亡》中写彭城之战，项羽以三万精兵大败五十六万汉军，创造了军事史上的奇迹。项羽取得这场战事胜利的关键，在于奇袭；而奇袭的关键，在于路线。然而，古往今来，关于项羽军的奇袭路线,一直说不清楚,留下了重大的历史空白。为了解决这个问题,我在仔细查阅文献,吸取先学研究成果的基础上,有了自己的看法。然后,打起背包,亲自到战事现场,从项羽军的出发点——山东莒县出发,沿沂水、沭水南下到临沂,折入蒙山、沂山之间的浚河、泗水河谷地,沿着我认定的路线,实实在在地走了一遍,大体确定了项羽军的奇袭路线,专门写了一篇学术研究论文《项羽攻齐和奇袭彭城的路线——兼论楚军彭城大胜的原因》,发表在《秦汉研究》第9辑。

有了这样的结果以后,我写彭城大战,不但清晰,而且自信;落笔书写时,实地实情实景仿佛就在眼前,那种历史复活的体验,我在《秦崩》的后记《我是历史的行者》中曾经有所表达:"在时间中过去了的历史,往往有空间的遗留,复活历史的触点,常常就在你一脚踏上旧址的瞬间。"

可以说,经过长期的实践和不断地思考,行走历史,不仅成为一种风格、一种理念,也成为一种方法;不仅有效地运用在叙事中,也有效地运用在研究中。更可喜的是,行走历史,做历史的行者,也成为我的一种生活方式,一种生活乐趣,我由此结交了众多的朋友,为我带来了无比的快乐。对此,我在《汉兴》第五章十一《长安城未央宫》中有这样的表述:

"这些年来,我整理历史,在时间、空间、事情、器物和人之间穿梭游走,力图构筑起一幅立体的往事图景。这时候,细致而准确的空间关系,常常成了另一种追求。深入实地,走进历史现场,用手去触摸,用脚去丈量,融合到考古的江湖中去,接杯酒之欢,连天地之气,绘制出来的图案,近似工笔画卷,力求纤毫毕现。"

空间关系，具体而微，比较专门，比较零碎，如果没有图，不易理解。三部曲中，结合自己的考察，我用了相当多的篇幅，专门谈空间关系，既是我自己的一种学习，也是澄清历史的努力。制图，相当专门而费功夫，眼下，配图相当麻烦，《汉兴》就没有配了。所以，对于这些部分，一般的读者可以跳过，有兴趣的读者请结合地图翻阅。

4. 您特别善于发现被人忽视的常识性问题，比如刘邦只比秦始皇小三岁，秦始皇没有皇后等，给读者留下了深刻印象。您在研究和写作中怎么会想到这些问题？

如你提到的，一些被人忽视的常识性问题，被我关注到了。我想，这些问题被我关注到，有几个原因。

一是知识和经验积累到了一定程度后，有了触类旁通的敏感。用一句神兮兮的话来说，就是"天眼"开了。年轻时拿起《史记》《汉书》，有词无剩义，找不出问题的苦恼；如今一翻开，到处都是问题，稍一深入，就牵一发而动全身，窥见后面别有天地。深入想来，当是认识和见解到了一定的程度后，因为站在远瞩的高点上，有了条条道路通罗马的视野，一些不被人注意的历史细节，在我的眼里成了曲径通幽的入口。

二是多年游走在中日两国之间，两边都看，了解两边的长短，头脑中固定观念比较少，较少受到成见的束缚。因为视角视野比较独特，所以能够关注到一些被人忽视的问题。

三是关注细节的学术训练。关注细节，是我所接受的历史学训练的一部分。这种训练，一是来自北大历史学系，二是来自东大的东洋史，也来自我对考古学、出土文物和古文字的学习。

历史学，是一个多层次的学问体系。历史细节，常常是我们有所发现、有所发明的入口。比如你提到的秦始皇与刘邦的年龄差，虽然是小小的细节，却是一个入口。入口后面的世界，是刘邦长期生活于战国时代，那是一个游侠盛行的时代，一个别有洞天的广阔天地。刘邦是游侠社会中的一员，游侠的精神，不仅深刻地影响了刘邦，也深刻地影响了刘邦集团，这是后战国时代的时代特点之一。又比如你提到始皇后的问题，也是一个入口，入口后面，是战国时代的国际婚姻，各国外戚参政的广大世界。这些，以前都被忽视了，不仅被当代的我们，也被两千年来的历代史家忽视。

历史细节，不仅可以作为新发现、新发明的入口，也可以作为揭穿谎言、侦破历史疑案的利器。比如焚书坑儒这件历史疑案，史书上相关的人物故事，大而化之的高调说辞，落实到细节上，处处合不上。将这些细节一一清理收集，就知道这些故事和说辞大致是靠不住的，是编造的。在《秦谜》中，我从有名有姓的方士没有一个被活埋入手，验证秦始皇连方士都没有坑过，何论坑儒？在《汉兴》中，我写了《秦楚汉间的儒生》一节，将秦楚汉间有名有姓的儒生一一做了梳理，也没有一个被活埋的。可以说，将坑儒是编造的伪史，进一步坐实了。这些，都可以说是历史细节的启示和力量。

5. 您在历史研究和历史写作方面都取得了令人瞩目的成绩。请问您是如何认识历史研究与历史写作关系的？

通过多年的反思和实践，我逐渐认识到：研究和叙事，是承载历史学的两个车轮，缺一不可。这个看法，也逐渐引起了学界

的关注和认同。在《汉兴》的推荐语中,学者邢义田写道:

"历史叙事,是历史学的源头活水。丧失叙事能力,是近代历史学的弊病。在李开元教授的复活型历史叙事三部曲《秦崩》《楚亡》《汉兴》中,我不但看到了历史学家重振叙事的卓越努力,就历史应当由谁来书写的提问,我也听到了明确的回答。"

邢义田先生对历史学丧失叙事能力的诊断,非常准确。历史学的本源是叙事,近代以来,受科学主义的影响,历史学企图将自己改造成科学,内容上向问题研究一边倒,形式上奉论文体为唯一形式。结果是利弊参半。有利的结果是历史学的精准度大为提高,包括史料的可靠性、论证的合理度等;有弊的结果是丧失叙事能力,千篇一律的论文,宛若八股,不仅单调乏味,大量不能用论文的形式表现的历史学内容,也通通被排斥了。

最尴尬的一个事例就是人物传记,起源于《史记》,本是历史学极为重要的领域。历史学抛弃叙事以后,传记就被开除出去了,成了流浪狗,只好自己宣布独立,另立山头。我因为《史记》和写人物传记的关系,有时也参加传记文学研讨会,作家、历史学者、文学学者、文献学者、新闻记者,各色人等会合在一起,欢快热闹而多自嘲:我们是被历史学开除的异类,说所做的不是研究;文学也不愿意收容,说做的是缺虚构少创作。都是些沦落天涯的人,相逢在无人收留处,大家一阵嘻嘻哈哈,云云……

如此便引出一个问题:历史由谁来书写?这个问题,本来不是问题——由历史学家书写。然而,现在的历史学者,只会研究问题,只会写论文,不会叙事,无法承担书写历史的重任,不得已勉强从事,也只能写出教科书式的历史书来。

辑三 实践与回响

我多年从事历史教学和研究，也多年关注历史学所面临的这些问题。通过多年的反思和实践，我逐渐认识到：历史学，是后人基于往事留存的信息，重新认识往事的知识体系，是有科学基础的人文学科。

历史学不是科学，而是有科学基础的人文学科。历史学的科学基础，有两点含义：史料的可信度，解释的合理度。历史学的科学性，集中体现在历史研究中。历史学的人文性，也有两点含义：在历史学的基本要素中，人是连接其他要素的关键；以人为本的叙事，是历史学的本源和基干。历史学的人文性，集中体现在历史叙事中。

历史研究，以求真为目的，接近于科学。历史叙事，是在历史研究基础上的叙事，不仅求真，还要求美，接近于艺术。这种新的历史学观，我称之为"复活型历史观"，在这种史观之下，研究与叙事并重，科学与艺术互补。

我曾经暂时停止历史研究，专注于历史叙事。在历史叙事的实践中，我发现不少需要解决的问题，于是又带着问题回到历史研究中，写考证，写论文。通过这种实践，我切身体会到，研究和叙事相辅相成，是一体之两面，一车之两轮。

比如，在《楚亡》中，我写韩信统领汉军出汉中反攻关中，为了弄清汉军的进军路线，我专门写成一篇研究论文《韩信反攻关中的路线与武都大地震：为了历史叙事的历史研究》，这成为我叙述此段历史的研究基础。"为了历史叙事的历史研究"，是我特意加的一个副标题，强调叙事与研究的关系。

从相反的方向，我也尝试将叙事的手法引入研究。我写过一篇文章《末代楚王史迹钩沉：补〈史记〉昌平君列传》，这是我非常看重的一篇学术文章。我看重这篇文章，不仅在它内容上有新意，将一位非常重要的历史人物从未知中钩沉出来，还在于它形式上有新意，用了"缘起＋列传＋年表＋史迹钩沉＋注释"的新形式，力求研究和叙事的结合。

这篇文章，发表在《史学集刊》2020年第1期。《史学集刊》是中国社会科学引文索引（CSSCI）来源期刊，自有论文刊载的形式规范，比如专论、专题研究、区域史研究、博士论坛、海外史学名刊介绍等。我的这篇文章，形式上不伦不类，不能归入任何一种。承蒙杂志不弃和厚意，为我的这篇文章专门开了一个"补《史记》"的栏目，据说从此下不为例，再也不敢玩这种不规范的游戏了。

我提起这件事情，是希望谈及历史学的表现形式问题。自从科学主义主导历史学以来，历史研究，成为历史学的主体；论文论著，成为表现研究成果的形式。近年来，在学科规范化的名目下，论文论著，大致有了固定的格式。千篇一律的面貌，已成习以为常。

然而，作为人文学科的历史学，表现形式是一个非常值得探索的课题。论文论著，只是历史学家用来表现历史认识的形式之一，也就是史著书写的一种形式而已。在这种形式之外，表现历史的史著还有多种形式，有纪传体的史书如司马迁的《史记》，有编年体的史书如司马光的《资治通鉴》，有纪事本末体的史书如袁枢的《通鉴纪事本末》，有笔记体的史书如赵翼的《廿二史札记》，有教科书体的史书如翦伯赞主编的《中国史纲要》，等等。近年来，黄仁宇先生用小说体的形式写成史书《万历十五年》，笔者新近写成《秦崩》《楚亡》和《汉兴》，基于文献资料、考古文物和实地考察，力求融通各种不同的表现形式，追求一种复活型的历史再叙事。笔者又写成《秦谜：重新认识秦始皇》，尝试用侦探推理的形式表现历史，尽管其归类的边界有些模糊，基于史料推想史真写成史著的基本点仍然健在。

表现形式的创新，最为艺术家所倾心。作为人文学科，与艺术有相通之处的历史学，是否也应当关注自己的表现形式呢？暂不说形式的创新，先将自己抛弃了的多种形式拾起，重新估量，重新学习，灵活运用，走出日渐封闭狭隘的怪圈，建立多元的开放的大历史学观念，为历史学的发展求得更大的空间，激励历史学家追求更多、更好、更美的表现历史的形式，更加逼真、更加深刻、更加有力地表现历史，携手为历史学共创更加繁荣的未来。

6. 您的专长领域是秦汉史，但是您对史学理论也颇有心得。早在上个世纪 80 年代中期就发表了《史学理论的层次模式和史学多元化》，前些年又提出了"3+N"的历史学知识结构。您在"三部曲"中也有很多理论性的论断。请问您怎样看待史学理论在历史叙述中的作用？

谢谢你注意到这点。史学理论，始终是我的一大关注点。北大历史学系的叶炜先生，在评论《汉帝国的建立与刘邦集团》中曾经总结说，自觉的理论意识，是本书的特点要点。自觉的理论意识，就是有意识地做理论探讨、理论总结、理论概括。叶炜先生的看法，抓住了要点，我自己也认同。

理论意识，应当是科学主义的产物，对于万事万物，不仅要问是什么，还要问为什么；不仅关注个体的差异，还要关注整体的特点，建立理论模式，用来观察事物，加深认识，概括事理。理论，是认识事物的工具。关注史学理论，就是关注工具的改进和提高。

我因为在中学时代喜欢数学和物理，曾经梦想做一名理论物理学家。因为年龄关系，我高考转入文科进入历史学系，保留了对逻辑思维的兴趣，移情到哲学，引入历史学中，对于史学理论情有独钟。

我曾经异想天开，想模仿罗素的《数学原理》，为历史学建立一套原理，以痛苦的失败告终，悟得历史学不是科学，而是有科学基础的人文学科，不可盲目追随科学。

作为有科学基础的人文学科，历史学有自己的知识结构和学科特点，这就是史学理论的探讨领域了。我在探讨史学理论的过程中，写过纯理论性的论文，如你提到的《史学理论的层次模式和史学多元化》，也提出过"3＋N"的历史学知识结构，还写过一篇《释历史：汉字史学理论的文字基础》，想为以汉字为表达媒介的史学理论，建立一个可以据以推理立论的基础。

我曾经想将我对史学理论的见解，用严谨的学术论文的形式写出来，在实践的过程中发现，实现起来相当困难。这个困难，不仅是内容上的，也是形式上的。正是在这种摸索过程中，我逐渐认识到，论文这种形式，适合就某一问题做深入的探讨论证，不适合表现活泼而新鲜的思想。我的很多看法和见解，用论文无法写出来，必须另寻其他的形式。

学术论文这种形式，本是从自然科学中引入人文学科的，曾经为人文学科的精确化起到了相当有益的作用。然而，到了今天，学术论文成为人文学科的主要表现形式，学术衡量的唯一标准。结果是人文学科中的学术论文日益成为标准的八股文，形式上千篇一律。同时，不能用学术论文表现的内容，通通被排除，导致学科萎缩，领地日蹙，越来越丧失生鲜的活力。

今天，如果一位人文学科的学者，只会写论文，以发表论文为自己学术生涯的唯一目标，可能就会限制自己的思想，固化自己的探索领域，极易被绑上排名卡位的时代战车，变得无趣、僵化，甚至心灵枯竭，生趣消散。

话说回来，因为有这样一个摸索的过程，有这些经验，我对历史学的关心，自觉地进入了一个新的阶段，不仅关注内容，也关注形式；不仅关注内容的扩展和开拓，也关注表现形式的借鉴和创新。

在这种新的自觉的理论意识的指引下，我开始摸索表现历史的新形式，结果之一是复活型历史叙事《秦崩》《楚亡》《汉兴》和历史推理《秦谜》的诞生。对于史学理论的思考，我尝试过随笔的形式，断断续续写了不少，其中一篇《理论脱离实际：我看对"军功受益阶层"的批评》，改写后发表在香港中文大学中国文化研究所主编的《二十一世纪》2007年12月号，收入《汉帝国的建立与刘邦集团》（增订版）中。其余的几篇，比如《考证安定思想：说历史学的五大要素》《自我认识之路：说历史学的多重镜像》《开源巴赫猜想：说历史学时间》《千禧年在何年：说历史学时间的虚拟起点》……因为内容冷僻，语言轻佻，形式古怪，一直不受待见，已经放在箱底多年。

后来，我忙于历史叙事，将史学理论随笔暂时放下了。不过，我在三部曲中不时加入的理论性论断，有些就来源于这些随笔。理论性的见解，受众小，难度大，不时取出一鳞半爪，摘要放入相关叙述中,利于消化吸收,也算是一种铺垫,以示也未曾忘怀,将来再来一一道说。

最近,因为《汉兴》的完成,历史叙事写作告一段落,我也在考虑是否将自己关于史学理论的探讨做一总结。[1]

7. 古之良史,态度上要秉笔直书,行文上要善序事理,语言上要优美质朴,内容上要文简事详。按照这个标准,您的"三部曲"已经具备这些感觉了。请问您是如何做到的?您对有志于学习您的青年有何建议?

你所说的这种良史感觉,用我自己的话来说,就是"打通文史哲,师法司马迁"。用你的话来说,就是追求有人物、有过程的历史,在会通各种表现形式的基础上,力求史学、文学和思想的融合。这种形式,我曾经用"立体化历史叙事"来表达,现在,我称之为复活型历史叙事。

我的史学训练,得益于北大历史学系和东大东洋史的训练。我的哲学素养,源自我的科学家梦想,由数学物理转化到哲学,特别是转化到科学哲学而来的。至于我的文学修养,则源自我的科学家梦想破灭后,转而追求文学家的新梦……这都是说来话长的事情,留待将来有机会时。

对于你的提问,我对有志于历史叙事的青年,有一种一般性的意见如下:

在现有的工分体制、排名卡位的形势下,个人很难抵制和抗拒既有现状,特别是立足未稳的年轻人。我在复旦大学讲演时,

---

[1] 本书辑二"思考历史学",算是部分整理的结果。

被问到类似的问题。我当时的回答是："现在做，怕很难。先把饭碗端稳。但是，内心的火种不能熄灭。"

也就是说，就个人内心的信念而言，眼前的种种弊端，你不能认同它，而是要保持清醒的认识和适当的距离。从历史的经验来看，时流都是暂时的，变来变去。它滚滚而来，又哗哗消退，随波逐流的后果，最终是竹篮打水一场空，只剩下水花浪迹。就个人而言，短暂的生命最是宝贵，要真正理解史学的学问价值所在，确立自己的所喜、所爱、所求，在妥协和平衡中坚忍不拔地追求。

具体些，谈一点我个人的相关经历。我长期在日本的大学任教。日本史学界的特点之一，是坚实而保守，讲究论资排辈。我决心写历史叙事时，还是副教授，不便造次，便默默开始，踽踽独行。后来，升了教授，更加投入，也不声张，一直等到名教授们退休，我成为我们史学科的老大。这时我才宣称，我从此追求自己的史学，不仅不再申请什么课题，加入什么计划，也不再用日文写作；写什么，如何写，皆由自己决定。记得我在学科会上宣布时，众人面面相觑，私下谈起，都认为我不过是戏言而已。结果我真这样做了，大家也无可奈何，我由此获得放飞的自由。

我还记起一件往事。在北大历史学系给田余庆先生当助教的时候，我年过三十，少有业绩，比较焦虑，与先生谈起。先生谈起自己的学术经历，说道："我五十才起步，你急什么？……"

当时，体会不到；如今，感同身受。历史学这门学问，积累的时间长，出世晚且慢，但是，学术生命长，价值稳定。在这个领域，难有一鸣惊人的少年天才，常是日积月累的大器晚成。在这个领域，知识、见识、成果，随着年龄一起增长，相辅相成。有关这个还有段打趣的问答。

问：如何才能成为大师？

答：久活成大师。

问：话怎么讲？

答：活到九十，脑还能思考，手还能提笔，自成大师。

《秦崩》《楚亡》《汉兴》：三部可信可读的新型史书[1]

引言

尹涛：各位朋友，各位线上的读者朋友，大家下午好！春日迟迟，欢迎大家在春天的午后，来到三联韬奋书店，听一场精彩的讲座。我是三联书店总编辑尹涛，今天的嘉宾，是李开元先生。他是日本就实大学人文科学部的教授，同时也是北大中国古代史研究中心的兼职研究员，是著名的历史学者。

李开元先生在三联书店，先后已经出了四本书。可以说，他的代表作都是在三联书店出版的。大家耳熟能详的，像《汉帝国的建立与刘邦集团：军功受益阶层研究》，是李先生的成名作，由三联书店在 2000 年出版。接下来就是他的三部曲，《秦崩》《楚亡》《汉兴》。

作为他的读者，我有一点个人感受。应该是在 2000 年，李

---

[1] 2023 年 4 月 9 日，我与生活·读书·新知三联书店的总编辑尹涛先生（现中华书局总编辑），在三联书店做了一次线上直播的公开对谈。这次对谈，促使我以《秦崩》《楚亡》《汉兴》为中心，对历史叙事的实践和理念做了比较系统的反思。这篇文章，以这次对谈的录音整理为底本，加以修改和补充写成，题目有修改。

先生这本书刚出来的时候,我们这些差不多同龄的大学生,其实是感到震撼的。一个很深的印象是他那么年轻,就能写出那样的著作;还有就是那个时候,我们觉得最厉害的学者,是我们读了他的论文、著作以后,再回头去读古籍时,能觉察到自己可以读出新意,有新的视角——在这本书里,对《史记》《汉书》的表,尤其功臣表,有着颇有深度的研究和解读。《史记》《汉书》,是我们都要读,也都读过的。我们读的时候,达不到那种程度,其实很苦恼。所以,看到这本书以后,那种冲击力是很强的。还有一个很深的印象是《秦崩》,最早是 2007 年,当时是中华书局出的,书名叫《复活的历史》。

李开元:《秦帝国的崩溃》。

尹涛:《复活的历史:秦帝国的崩溃》,我印象比较深的一个内容,就是秦末的农民起义军,打到了戏水。有关戏水之战记述中对战争现场的还原,尤其对秦国军队的编制,以及布阵很有深度的还原,也有一个探讨,确实让人感到震撼。时间一过就是二十多年。今天下午,我作为读者当中的一员,确实非常激动;也非常开心李老师能够跟大家一起分享他的著作,分享他的复活型历史叙事三部曲《秦崩》《楚亡》《汉兴》,分享他的所思所想背后的故事。我这个简短的开头就到这里。好,李老师,您开始吧。

三部曲是新形式的史书,可信度高,可读性强

李开元:谢谢现场和线上观看直播的大家,也谢谢尹总。

今天讲的题目叫"我的复活型历史叙事三部曲:《秦崩》《楚亡》《汉兴》"。这三本书,我称为历史叙事,不是历史研究。而这一本《汉帝国的建立与刘邦集团:军功受益阶层研究》,是历

史研究。我是在这一本历史研究的基础上，写出这三本历史叙事的。历史叙事是一个比较新的东西。新在哪里呢？首先，我们有一个新的叙事的方式，叫"复活型历史叙事"，今天主要就是讲这个。

关于三部曲，刚才尹总做了一点介绍，现在我再做一个简单的回顾。我们都知道，以前做历史研究是不写历史叙事的，我这是一个比较出格，或者说是一个新东西——起码在当时是这样。但是现在，情况有所变化，因为历史叙事已经成为潮流。当初，我打算写三部曲是在2002年，第一部《秦崩》最初出版是在2005年。它原来的书名是《复活的历史：秦帝国的崩溃》，由中华书局出版。《楚亡》，最初出版是在2010年，由台湾联经出版公司出版，后来才在大陆出版。《汉兴》第一次出版是2021年，由三联书店出版。

从2002年到现在，已经过去二十一年了。可以说，这三本书花了我二十余年的工夫，我人生中很大一部分生命都投入这三本书里了。这三本书是我生命的一部分。第一本写出来以后，是不被理解、不被认识的。以前，我们历史学界，做历史研究的学者是不写叙事的，我的初稿写出来以后，去投稿别人都不要，说不明白我写的是什么东西，无法安置。走投无路之下，我求助做网站的朋友，所以这本书最初是在网上发表的。至今还有朋友嘲笑我，说我是网络文学起家。幸亏有了互联网，不然的话，我的这个新的创意可能就会被磨灭掉。

这三本书都出来以后就不一样了，形式和内容都比较完整，成了一个系列，历史叙事系列。不过，这三本书从第一本到第三本完成，一直都有争论。争论点主要是这三本究竟是什么书。

其实，我自己最初也不清楚。因为这是一个新东西，有一个摸索、认识、接受的过程，要等整个完成以后，样貌才能清晰地显现出来；要经过慢慢琢磨，才能给它下一个定义。多年以来，有各种各样的说法，五花八门，有的人说是小说，网上有时候会看到有人说历史小说《秦崩》或者《秦谜》。有人说是历史演义，说你不过就是把《史记》里的那些故事拿来重新编了一遍。有人说是通俗读物，相当于现在流行的历史讲座，把一些大家都知道的东西、古书里有记载的东西，用通俗的语言重新讲一遍，做历史知识的普及。

现在有一种更时髦的说法，就是公众历史写作，这个和通俗读物意义很接近。最近，这三本书都出来以后，有人对我的评价稍微好一点，说我把一些研究成果吸收进来了，算是专业的历史写作，加上了通俗的表达。因为我书里有大量的实地历史考察，有人说我是将研究成果加上旅行手记，混合着引入到通俗写作当中……总之，说法林林总总，多种多样。

我刚才也讲到，这三本书究竟是什么书，我最初也不是很清楚，只有听之任之。这一次，我借讲座的机会，做了一个全程回顾，做了一个深入反省，有了结论，可以给出一个清楚明确的回答了。还是那句反思的话，一件事情，要在完成以后，先做一个历史的总结，再做一个理论的归纳，才会比较清楚。

《汉兴》出来以后，我回顾这二十年来的探索和努力，把三部曲，再加上《汉帝国的建立与刘邦集团：军功受益阶层研究》和《秦谜：重新认识秦始皇》——这本书属于另外一个系列，历史推理系列——作为一个整体。我把这个整体集中起来加以比较，再结合我自己对历史学，对历史写作，对文学，对哲学，对整个人文知识体系的看法，通过比较、分析和综合以后，得出了一个结论。这个结论，就是我这三部曲肯定不是小说，不是演义，也不是通俗读物，也很难用公众历史写作来加以界定。那么，它究竟是什么呢？我的结论是，三部曲是三部史书，是基于史料推想史真的叙事性历史著作，是可信的史书。在这一点上，是与《史记》《汉书》《资治通鉴》等历代史书同类的。也有不同点，三部曲的叙事形式，和我们以前曾经有过的，包括像司马迁、班固、司马光的作品，或者历代史家史书的叙事形式都不一样，和我们现在所见到的各种叙事形式也都不一样，是一个新的叙事形式。我用一个新名词称呼，叫复活型历史叙事。

简短而言，三部曲是一种新形式的史书，形式是新的，可信度高，也有很强的可读性。

关于可信度，三部曲当中所有的时间、空间（就是地点）、事件、人物和器物，包括一些出土文物都是经过考证的，是可以被证明，或者证伪的。可以交给专家审定，也可以交给读者来判断的。从这一点上看，三部曲和一般的小说演义、一般的通俗读物是不一样的。就可信度而言，我们有相当的自信，不仅在一般的读者面前，在专家，甚至顶级专家面前我们也有相当的自信。

三部曲的版式色彩，增添了审美情趣

这三本书的样式，我觉得三联做得非常好。最初，由中华书局做出来的样式，图案不醒目，书名也太长，叫《复活的历史：秦帝国的崩溃》，这个书名很难让人记住，也不容易理解它的含义，不能一目了然。这一点很重要，书名相当于一个人的脸，相

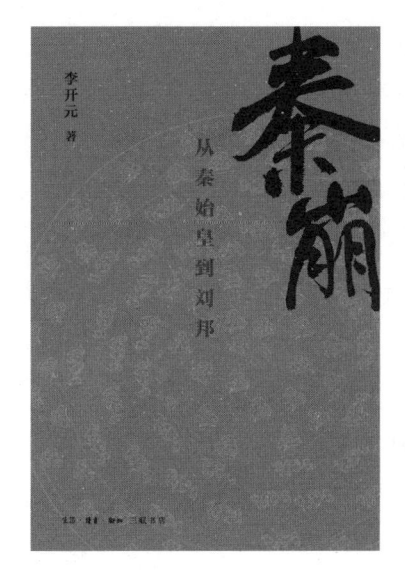

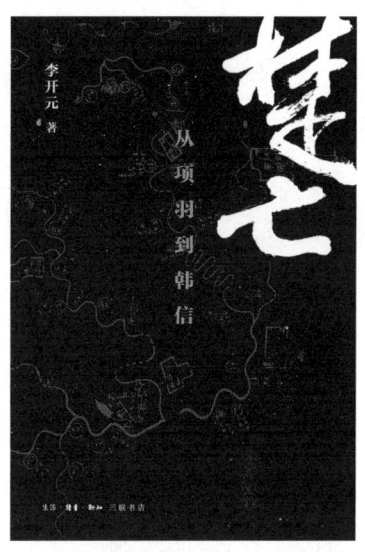

三联版"三部曲"封面

貌如何，非常重要，特别在这个看图和看脸的时代。后来这个书名是在台湾出版时，由联经出版公司做的，他们把它改成《秦崩：从秦始皇到刘邦》，非常醒目，也一目了然。首先是"秦崩"两个字，简短有力，接着是"从秦始皇到刘邦"，有名人物，家喻户晓。九个字，两大七小，错落有致，将时代背景和人物故事都体现出来了。从秦始皇到刘邦，还涉及一个很重要的认识误区，认为他们二人属于不同的时代。实际上，秦始皇和刘邦是同一个时代的人，他们之间只有三岁的年龄差，书的开头，就从这里写起。

第二部《楚亡：从项羽到韩信》，也是同样的思路和设计。而且，三部曲的书名的字写得非常好，是由王汎森先生写的，他是台湾著名的历史学家，也是一位有名的书法家，字非常遒劲有力。第三部是《汉兴：从吕后到汉文帝》，也是同样的思路和设计。不过，这本书我稍微有些遗憾，为什么呢，我后面会讲到。

这三本书的封面颜色，《秦崩》是秦国青铜器的黄，《楚亡》是楚国漆器的黑，《汉兴》是炎汉的中国红，都配得非常好。我自己好美色，非常喜欢这三本书，把它放在书橱里作为一种装饰，得到一种视觉审美。我常讲一句笑话，现在书太多了，太多以后你很难选择，买不买，要考虑摆在哪里。所以说，出版社做书一定要做得精美，因为做书不仅要做成阅读的书，有内容有品位，也要做成装饰的书，有样式有美感，这两点都是必要的。在这方面，我觉得三联书店做得很好。有些书，我们只能放在箱子里，三联的这三本书，是可以放在你书房的书橱上，也可以摆在你客厅的那个大书橱里。因为它的内容非常可靠可信，经得起时间检验，值得随时翻阅，是有文化品位的；又因为它的样式色彩很好，经得起审视，可以增添审美情趣。我就放在客厅的大书橱里面，不仅赏心，也悦目。

三部曲是历史再叙事

我们说三部曲是叙事，究竟是一种什么样的叙事呢？深入追究，我们可以得到一个新的观念：三部曲是历史再叙事。这个观念非常重要，像三部曲这样的书，它所书写的时代，也就是秦末汉初这个时代，已经被历代无数的历史学家反复写过了，你为什么还要来写，还能写出新意吗？这就涉及什么是历史再叙事，为什么历史需要不断地再叙事的话题了。

历史再叙事这个说法，是台湾的年轻学者游逸飞先生提出来的。他说历史再叙事，一是要统摄各种方法，不仅包括旧的方法，还包括新的方法；二是要吸取新的研究成果，经过精密的分析，也就是在精密的历史研究的基础上再叙事；三是历史再叙事需要回到历史现场，让历史复活。他有个预言，说21世纪历史学的一个新的趋势，就是历史再叙事。

游逸飞先生的这个说法对我启发很大，于是我接着他这个想法继续思考。历史再叙事的"再"，是重新、反复。也就是说，相对于再叙事，有一个元叙事。元叙事已经叙述过的历史，你再来叙述一遍。

所谓历史再叙事，就是在既有的历史叙事的基础上，再来重新叙事。回顾一部古今中外的史学史，同样一段历史，比如春秋战国、秦汉帝国、希腊罗马、埃及波斯，它们的历史，古往今来不断被重新编撰，不断被重新书写，也就是不断被再叙事。所以说，历史再叙事，是古今中外历史学的一个基本路径、普遍法则，将来也一定是这样的。

那么具体来讲，《秦崩》《楚亡》《汉兴》三部曲的叙事，大致是从刘邦出生写到汉文帝驾崩，整整一百年的时间。主要是秦末汉初，就是秦帝国灭亡、西汉帝国建立这一段时间。关于这段历史，《史记》是元叙事，叙事者是司马迁，他把这段历史写出来了。不过，司马迁不是这个时代的人，他编撰《史记》时，距离这个时代已经过去一百多年。班固的《汉书》，又把这段历史重新写了一遍，他是基于《史记》元叙事的第二次叙事，时间在东汉初年，已经距离秦末汉初二百多年。荀悦的《汉纪》，又把这段历史叙述了一遍，这是第三次叙事了，时间是在三百多年后的东汉末年，快到三国时代了。司马光的《资治通鉴》，是第四次叙事，他又把这段历史重新叙述了，时间已经是在北宋时代，也就是一千多年以后了。南宋时代，袁枢编撰《通鉴纪事本末》，又一次把这段历史进行了再叙述，算是第五次叙事，时间较北宋又过了近一百年……

南宋以后，历朝历代一直到今天，对于这段历史还在不断被再叙事，已经数不清多少次了。这就引发我进一步思考，我们为什么要不断地再叙事？已经过去千百年，经过无数次再叙事的历史，历代的历史学家为什么还要不断重写呢？具体而言，秦末汉初这段历史，司马迁、班固和司马光等历代史家都写过了，我为什么还要来写呢？我写出来的这段历史，和他们有什么不一样呢？我写出来的这段历史，价值和意义在哪里呢？

新史料和新观念

话说到这里，就需要在观念上深入一步了，不妨问一问，

《史记》《汉书》和《资治通鉴》这些叙述历史的书，与书中所叙述的那段真正的历史，究竟是什么关系？我认为，如同《史记》《汉书》和《资治通鉴》这样的书，都是历史著作，简称史著。这里要强调一点，史著不是真正的历史，也不是原始的史料。真正的历史，我简称为史真，就是往事，是已经在时间中过去了的历史本体。史料，是往事遗留信息的载体。而史著，是历史学家根据他所掌握的史料，推想史真的著作。我们把史真称为第一历史，史料称为第二历史，史著称为第三历史。史真不可能完全达到，只能基于史料合理推想。史料距离史真较近，史著距离史真较远，一切历史都是推想。历史学的三个世界，是我们在观念上的一个突破，对历史学知识结构的一个新的认识、新的观念，一个认识历史学的新工具。

有了这个新工具以后，我们就可以对如同《史记》《汉书》和《资治通鉴》这样的史书做新的观察和分析了。以《史记》为例，《史记》这部史著，是史家司马迁基于他所掌握的史料，推想他基本上没有经历过的史真写成的史书。

有必要说一下，史真这个词，将史实解放出来了。史实不再在第一历史和第三历史之间的游走中引起混乱，可以有一个明确的身份定义了。史实，是史学家基于史料推想史真的事实陈述，属于历史学的第三世界。史实与史真之间，隔着史料的距离，有史家的参与。

有了这个新的观念、新的认识工具以后，我们可以进一步解析说，所有的历史著作，包括如同《史记》这样的叙事性史书，也包括近代以来渐成主流的历史研究著作，主要由史实和史释两部分内容构成。史实，是史学家基于史料推想史真的事实陈述。

史释，是史家基于史料推想史真的逻辑陈述。历史叙事的价值取向，以史实为主；历史研究的价值取向，以史释为主。史实和史释，叙事和研究，混合同在，只是侧重不同而已。

史实和史释的构筑，根基都在于史料，宛若建筑的砖瓦。砖瓦如何连接成型，需要史家的技能。构筑史实的技能，主要在于考释和叙述。构筑史释的技能，主要在于概括和思辨。

一般而言，新史料的出现，往往会带来新史实的发现和新史释的发明，促使史家改写历史。这种情况，常见于历史学，比如甲骨文的发现，改写了商朝的历史；张家山汉简的发现，改变了历史学界对于秦末汉初历史的看法。不过，新史料的发现，有很大的偶然性，如同我们今天这样到处基建，大量文物出土的情况，历史上从来没有过，可以说是千年不遇，不是常态，而是非常态。

在常态的历史学中，史家通过对旧史料的新解读，不时也会发现新的史实和史释。这种情况，往往出现在史家运用新的方法，从新的视角解读史料的时候。从方法论的角度上看，这种情况，更有典型意义，带来的改写历史的动力，也与新史料同样强劲有力，比如顾颉刚先生提出"层累地造成的中国古史"观念以后，颠覆了千百年来对于传说中的古史的迷信，带来了重写古史的巨大动力。

所以说，新史料和新观念所引发的新史实和新史释，是促使历史不断再叙事的动力。换句话说，能够引发新史实和新史释的新史料和新观念，是促使历史不断再叙事的动力。

书写形式的革新，是历史再叙事的外在动力

不过，我今天还要增加一个动力，就是书写形式的更新。如果说，新史料、新观念及其所引发的新史实和新史释，是历史再叙事的内在动力，关注点在内容；书写形式，或者说叙事形式的更新，就是外在的动力，关注点在形式。

熟悉中国史书的朋友们都知道，司马迁的《史记》是纪传体的通史，司马光的《资治通鉴》是编年体的通史，班固的《汉书》是纪传体的断代史，用纪传体的形式写西汉一朝的历史。我们前面提到过的，荀悦的《汉纪》是编年体的断代史，用编年体的形式写西汉和东汉的历史。这些史书，尽管它们的内容有相同的部分，但形式是不一样的。由此可见，同一个历史，同样的内容，用不同的方式书写，也是历史再叙事的一个动力。

我自己做叙事，也做研究，但我还喜欢做理论总结，就是不断地反思我的研究和叙事，追求更终极的解答，比如历史是什么，历史学是什么，何为历史学家？回顾我的一生，大概有四十多年的时间都投入历史学这个领域。四十多年的生命投入，得到的点滴收获，都是我生命的一部分。其实，我年轻的时候，最初不是想做历史学，是想做科学家。我多次讲过，我曾经有两个梦，第一个是要做科学家，一个理论物理学家，如同牛顿和爱因斯坦那样的理论物理学家。那个时候，我心中的高考目标是北大物理系。上山下乡运动来了，这个梦就破灭了。这个梦破灭以后，我就有了另外一个梦，想做文学家了。因为在那个苦难的时代，只有文学能够安慰我破碎的心灵。当然，这两个梦都没有实现。恢复高考以后，我考入北大历史学系，误打误撞，进入历史学之门。现在回想起来，觉得很有意思，那些从前的梦想，原来并没有消散，而是先潜伏下来，后来以不同的方式实现了。我在历史学里，既实现了我的科学家的梦，又实现了我的文学家的梦。

大家看这本书,《汉帝国的建立与刘邦集团:军功受益阶层研究》,是完全按照科学主义的方式做的历史学研究,是和科学非常接近的,逻辑思维非常强,不仅运用了数据库和统计图表,还提升到更高层面做理论概括,抽象出理论模式,走的是科学化的路子。而这三本书——《秦崩》《楚亡》《汉兴》,完全不同,走的是文学化的路子。所以说,我现在比较有满足感,满足于我青少年时代的两个梦想都在我的历史学著作里实现了。这种感觉,又牵扯到一个话题:学术,不仅是公器,是人类共同的知识财富,也是学者个人生命的历程,与学者的人生密不可分。

大量简牍文物的出现,改变了对于战国秦汉历史的看法

我们已经明确,这三部曲是历史再叙事的著作。而一般而言,促使历史再叙事往往有内在和外在两种动力。

那么,促使我写三部曲——也就是做历史再叙事的动力是什么?

首先,是新史料的发现。大家知道,这一百年以来,特别是改革开放以来,多年大规模的基础建设,修铁路、修公路、修高速、建楼房、建机场……我们把中国大地几乎翻了个个儿,出土了大量的文物,是有史以来没有过的、大量新史料出现的特殊的时代。就说我所研究的战国秦汉时代,出土的文物简牍,文字的数量已经远远超过了《史记》。我有时候觉得,耗尽这一辈子的生命来阅读研究都不够用。从居延汉简、睡虎地云梦秦简、张家山汉简、张家山秦简,到里耶秦简、岳麓秦简、兔子山秦汉简牍……而且,各地不断有新东西出土。通过对这些新出土史料的解读，大量的新史实和新史释出现，已经在很大程度上改变了我们对战国秦汉历史的看法。

其中的很多东西，《史记》都没有提到过，司马迁也没有看到过，比如兵马俑。更不用说后来的班固、司马光这些人。所以说，这个新的动力非常强大，这是我们要改写历史、重新叙述历史的第一个动力。在三部曲中，我就大量地吸收了这些新东西。比如正是由于兵马俑的出土，我们才对秦国军队的编制、武装的配备有一个实实在在的了解。我们知道，汉字古文有一个短处，就是不能做具体事物的描绘，因为它是由甲骨文、金文演变而来的，不便书写，表达时比较凝练，简洁含蓄，难以具体而微。所以，古代典籍中记载的战争，都是三言两语，语焉不详，基本上都没说清楚具体是怎么打的。在三部曲里，我们花了很多工夫，使用了大量新的出土文物、新的考古的材料来复原古代的战争，弥补了古文古书的欠缺。

这些图片，就是睡虎地秦简、里耶秦简、张家山汉简和居延汉简，它们就是真正的、原始的史料。大家再对照看看《史记》，它不是史料，是史著，是司马迁根据他所看到的那些史料编撰出来的。相对于如同《史记》这样的史著，这些出土文物，比如睡虎地秦简，它是秦国的法律文书的抄件，是原始的史料，是真正第一手的。里耶秦简、张家山汉简、居延汉简都是如此。

这种区别，以前很多人没有弄清楚。将史料和史著区别开来，也是一个观念的突破。这个观念突破以后，《史记》和《汉书》，包括所有的史书就都可以被解构了。我的这三本书刚出版的时候，有人说这不就是把《史记》《汉书》又抄了一遍嘛。我说不是的，我是把《史记》《汉书》拆了，解构成史料、编撰思

睡虎地秦简

里耶秦简

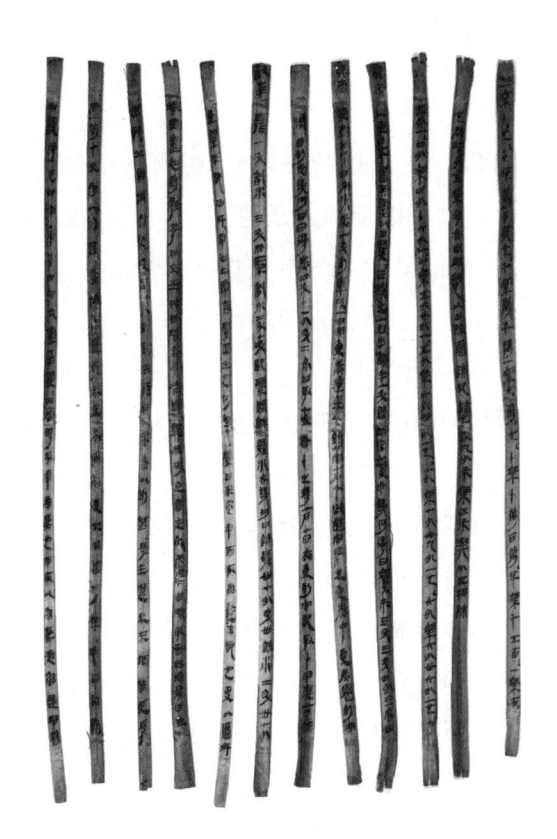

张家山汉简

居延汉简

辑三 实践与回响

想和编撰手法，然后把新史料所引发的新史实和新史释添加进去，重新编撰的，是同以往的元叙事史书、再叙事史书不一样的。而且，我的这种认识是非常清楚的，有明确的自我认识，这是很多人没有注意到的。

后战国时代的新观念，改变了对于秦末汉初历史的看法

三部曲所叙述的秦末汉初，前后不到一百年，七十年左右。对这段历史，大家都耳熟能详。秦始皇、刘邦、项羽、韩信，家喻户晓。这段历史动荡得非常剧烈。秦帝国崩溃以后，有一件事情以前都没有引起关注，即战国的七个国家复活了，齐、楚、燕、韩、赵、魏、秦，战国七雄又重新出现了。历史的车轮，也就是历史的大趋势，转回战国方向。这是一个新发现。

秦末之乱，是以七国复国的名义来推翻秦王朝，大家要恢复战国。不过，向战国方向回转的历史车轮，又绕不开秦帝国。于是出现了一个奇特的景象，就是战国时代和秦帝国时代，这两个不同历史时代的不同历史特点混合同在，出现了一个新时代。

对这个新时代的认识，是两千年来都没有的。司马迁也不清楚，他有感觉，但认识很模糊，因为他距离这个时代已有一百年。二百多年后，到班固编撰《汉书》时，他的理解就完全是错误的，他的这个错误，延续了整整两千年，一直延续到我们这四本书出来以前。有人说，李老师你说话要谦虚点。我说，这是一个学术见解，一家之言嘛。

其实，这个新看法不是我最先发现的。最初是我的老师，北京大学历史学系的田余庆先生发现的。他经过非常缜密的历史研究，发现这个时代的历史特点和我们在历代史书、教科书、古今中外的各种书里面看到的都不一样。他非常独到地提出,在秦和汉之间,还有一个楚的存在。他写了一篇很有名的论文,叫《说张楚》。他说,这个时代,天下局势的特点近似于战国末年秦楚关系的重演,秦楚相争,楚灭秦以后,继承了秦,主宰天下,楚以后才是汉。这是一个历史性的大发现,我们两千年都没有注意到。田先生的这个看法启发了我,我在田先生这个研究的基础上,进一步说不只是楚复活了,还有魏国、赵国、齐国、燕国和韩国,整个战国都复活了。这个时代不是我们以前理解的那个样子,而是一个崭新的时代,我用了一个新的提法,叫后战国时代。

后战国时代这个观念,2000年我在《汉帝国的建立与刘邦集团:军功受益阶层研究》中就提出来了。当年只是一个假说。2001年,张家山汉简公布,出土的新史料证实了我的假说。非常清楚,这个时代就是一个同我们以前的理解完全不一样的时代,与战国时代类似。如今,后战国时代这个新观念,正在成为历史学界的一个共识。从今以后,这段历史就要按照这个新方向来思考,按照这个新观念来书写。

这就引发了一个问题,由于这样一个新观念的发现,我们颠覆了两千年对这一段历史的认识,发现或者辨识出了一个以前我们从来没有认识到的特殊的时代,这个时代既不同于秦始皇的秦帝国,也不同于汉武帝以后的汉帝国,是一个我们以前没有认识到的新时代,不仅历史类型、社会类型、思想类型是新的,甚至器物制造的风格都很独特。从而,这个新观念出现以后,这段历史就被改观了,就要重写了。

后战国时代的历史特点

序号	后战国时代的历史特点	秦末汉初，也就是从公元前209年（秦二世元年）到公元前135年（汉武帝建元六年），七十余年的历史特点
1	天下局势	汉朝一强主持天下，与多个王国、众多侯国并立共存之联合帝国
2	政治体制	有限皇权，宫廷与政府分权共治，汉朝与诸侯王国划界分治，侯国自治
3	统治方式	在汉初军功受益阶层主导下，直接统治之人头原理（郡县）与间接统治之封建原理（分封）并存
4	社会类型	郡县制下的编户齐民社会，与王国侯国制下的封建领主社会并存
5	经济形态	在配套军功爵的名田制的主导下，基于核心家族的小农经济，与封建领主经济并存
6	文化思想	黄老道家主导下的诸子复兴，百家融合
7	社会风尚	养士之风又来，游侠再盛

这是我对秦末汉初七十年历史特点的概括，与以前的理解是不一样的。简单来说，首先是天下局势，它是由一个最强的汉朝，和好几个不同的王国，以及一百多个侯国共同组成的，我们称为联合帝国。不是一个大一统的国家，不是一个统一帝国。而且，这个时候皇权与秦始皇高度专制的绝对皇权不同，是一个有限的皇权。宫廷和政府是分开的，各司其职。汉朝和诸侯国是划界分治的，彼此间有国境，各国有自己的军队，自己的财政，自己任命官吏，有自己的户口，发放自己的"护照"。汉与各国，以及各国之间，人员不能自由往来，不能通婚，相互间宛若敌国。曾有一个女子，原来是齐国人，齐国户籍，后来被强制迁徙到汉，变成了汉朝户籍，她和一个齐国的小官吏恋爱结婚，被发现后逮捕了。经过审讯，判定婚姻违法，双双被判处终身劳役刑。这种情况，是两千年来我们都没有见过的，一个非常奇特的

现象。

这个时代的统治方式，是在一个军功受益阶层主导之下，直接统治的人头原理，也就是郡县制原理，与间接统治的封建原理，也就是分封制原理并存的。社会类型也是双轨并行，一方面是编户齐民制，如同秦王朝那样，人人编入户籍，由国家统一管理；一方面是封建分层制，由不同的领主管理。经济形态也是，小农经济和封建领主经济并存。

最有特点的是思想，这个时代，既看不到儒家当道，法家也不再逞强，黄老道家是占主流的统治思想。在黄老道家主导下，诸子复兴，百家共存。这个时代，是历史上唯一一次道家统治中国的时代。这个时代的社会风尚也不一样，战国的养士之风，如信陵君、孟尝君、平原君那样的人物，那样的世风又重新来了，游侠也又开始盛行。我在《秦崩》里特别写过青少年时代的刘邦，两千年来都在误解他，说他是个流氓，是个混混儿，都不对。我们根据战国末年和后战国时代的社会风气去解读，马上就能看出他是一个游侠，是战国游侠社会里面的一个有名人物。所以说，当你有了一个新视角、新眼光以后，再去看旧史书，解读旧史料，你可能会看到一个从前看不到的新天地，发现新的史实和史释，写出从来没有人见过的新史书。

三部曲纠正了两千年来的误写、误导、误信

前面已经提到，两千年来史学界有一个认识不清的地方，就是没有将史真、史料和史著做严格的区分。《史记》《汉书》《通鉴》都是史书，是史学家根据他看到的史料推想史真而写成的著作。明确了这一点后，就会引发另一个很重要的问题，在史著当中，史家基于什么理念来做编撰。编过书，特别是编过史书的朋友，会比较清楚。编撰史书，必须有一个编撰的主题思想，有一个总体框架，不然的话，你无法选取史料、史实和史释，无法书写史书。这个史书的编撰理念，相当于建筑师的设计蓝图。建筑师的设计蓝图，反映建筑师的设计理念。设计理念不一样，同样的材料可以生成完全不一样的建筑，可以建成鸟巢，也可以建成央视"大裤衩"。

三部曲的书写，基于新的历史理念，是从来没有过的新史书。三部曲所叙述的秦末汉初的历史，《史记》中比较朦胧模糊。《史记》离这个时代比较近，它保留了很多原汁原味的东西。虽然其中的一些看法，也受到汉武帝时代思想意识的影响。不过，因为《史记》是私人著作，司马迁人格比较独立，他受到的影响不大。

两千年来，历代史书对这段历史的叙述，基本上是以《汉书》为范本来书写的。《汉书》，是中国官修史书的鼻祖，中国史书正统的源头。历代正史的编撰，正统史观的形成，都可以追溯到《汉书》。那么，对这段历史，《汉书》是怎么讲述的呢？一套八个字的模式：王朝更替，天命转移。具体而言，秦王朝灭亡以后，汉王朝兴起，天命由秦转移到汉，秦始皇的皇位由汉高祖刘邦来继承。班固运用这个模式来套他见到的历史，他把《史记》对这一段历史的叙述，按照他的模式重新改写了，这样一来，真实的历史就变味了。班固的这个理念、这个模式，两千年以来被历代史书、历代史家继承了下来，从荀悦的《汉纪》到司马光的《通鉴》，延续到今天的各类史书，一直到三部曲出来以前。

前面已经谈到，班固对这段历史的理解，他的理念模式，是完全错误的，是一个极大的误导。两千年以来，由于受到《汉书》的影响，这一段历史一直被误导、误写、误信。今天，我们书写三部曲，就是为了纠正这个持续了两千年的误导。按照新的历史研究得到的新看法，重新书写这段历史，编撰这段历史，得到的会是一部完全不一样的新史书。所以说，就这段历史而言，从历史认识和历史理念来讲，三部曲比《汉书》以来的所有的史书要高明很多，站在了前沿高点。

三张年表　三种理念　三种历史模式

《史记》	秦楚之际月表	发现了楚
《汉书》	异姓诸侯王表	抹消了楚
《秦崩》	秦末七国大事月表	发现了六国
《楚亡》	楚汉之际列国大事月表	发现了列国

叙述历史，编撰史书，有一个方法上的规范，一定要先编年表，有了年表以后，所叙述的事情才有挂靠点。时间，是历史学的树干；事情，是历史学的枝叶。按照时间的顺序叙述事情，是历史叙事的基本，中国史学传统中的编年纪事，最是清楚的体现。

比如《史记》，它的大事纪年是在本纪里面，列传里面也有很多事情，但都不纪年。读列传时，你并不知道这些事情具体发生在什么时间，所以你除了对照本纪，还要查看年表。年表，是《史记》中极为重要的东西，它是编年纪事的原始标杆，是叙事拼图的底图。没有年表，叙事没有挂靠，历史无法拼接，元叙事都做不了。但是，如果有了重新编撰的年表，就可以将事情重新排比，发现一些以前注意不到的事，发现从前位置不对的拼图

辑三　实践与回响

错误。

《史记》写秦末汉初的这段历史，依据的第一张年表是《秦楚之际月表》，从二世元年到高帝五年，也就是从秦二世继位到刘邦称帝期间，一共八年。这个表的标题有意思，不是秦汉之际，而是秦楚之际，是用秦与楚的关系来界定这个时段的。两千年来，都没有引起史家的重视。前面讲过，田余庆先生关注到了，他由此发现了主导这一段历史的楚的存在，进而指出，这个主导历史的楚——包含陈胜的张楚，楚怀王的楚和项羽的西楚。秦帝国是被他们灭亡的，他们继承了秦帝国，成了天下局势的主导和主宰。

但是，你看《汉书》，这张表没有了。《汉书》的第一张表是《异姓诸侯王表》，纪事从汉元年开始，将楚国放在汉属下的众多异姓诸侯王中。这样一来，楚国的主导性存在就被完全抹消了，由主导变成从属。班固之所以这样做，是因为他想要掩盖一个重大的事实，就是刘邦及其属下，长期是楚军楚臣的一部分，是从属于楚国的。刘邦起兵时是楚国的一个县令，后来被提升为楚国的砀郡长，然后被项羽封为汉王，是西楚分封的十九个诸侯王中的一个。这件事情，对于夺取了天下的刘邦集团来说，有下克上、臣弑君的嫌疑。

所以，到了班固一家编写《汉书》的时候，觉得不能承认这件事，得把楚国的主导性存在抹掉。于是，他们按照当时的政治正确改写了历史：秦亡以后，大汉兴起，汉高祖刘邦，受天命继承了皇帝的位置，皇帝之下，有多个异姓诸侯王，他们都是附属。这就和《史记》有很大的差异，与历史的真相距离更大。

有鉴于此，我写《秦崩》的时候，基于后战国时代的新理念，编撰了《秦末七国大事月表》，以秦末的五年时间为纵轴，以复活的七个国家为横栏，重新编年纪事。《秦崩》的叙事，就是按照这个年表，重新书写、重新编撰、重新叙述的。这是两千年来从没有过的，是我很自豪，很满意，也很自信的地方。

《楚亡》的年表，叫《楚汉之际列国大事月表》。这个表的时间轴，从汉元年二月到高帝五年正月。事件栏，在复活的七国的框架下，将项羽分封的十九国纳入其中。七国和十九国的关系，又分别统率在以汉为首的多国反楚联盟，与以楚为首的多国反汉联盟间的争斗中。一定要注意，这张表，不论标题还是内容，强调的是列国，是以楚和汉为首的两大国家联盟间的对决，而不是我们以前所理解的，刘邦和项羽之争，汉国和楚国之争。两个阵营间的对决，聚散分合，关系非常复杂。《楚亡》按照这个表，详细地叙述了两大阵营间的起伏兴亡，是不同于其他史书的。

《汉兴》的表，叫《西汉初年汉与列国大事年月表》，依然是在复活了的战国七国的视野下，展开汉与多个王国的关系。值得注意的是，这个表中第一次收入了匈奴和百越，这是一个重要的变化。我在考察秦王朝的历史时，注意到一个有趣的特点：秦始皇灭六国统一天下，北逐匈奴，南灭百越，自以为征服了全世界。在他和秦人的知识和认知视野中，天底下只有一个国家，就是秦国，他们不知道世界上还有其他文明、其他国家。所以说，秦王朝是一个没有外交、没有外国、没有国际观念的奇葩国家，不仅中国历史上没有过，怕是世界历史上也没有，我称之为无国际无外交的独国世界。

汉完全不一样，是一个帝国内外、外交关系相当复杂的多重世界。中原大地，汉与各王国并存，一百多个侯国自治，统属关系各个不同。中原之外，北方有强大的匈奴帝国，是需要上贡和亲的兄长国。南方有百越诸国，通过外交手段建立起册封关系。《西汉初年汉与列国大事年月表》，反映了这种新的世界观。《汉兴》依照这种新的世界观叙述这一段历史，也是从前没有过的。

所以我们说，三部曲的年表，是我们重新书写这一段历史的一个模式、一个框架。它是一个后战国时代的模式，一个战国复活、列国并立的时代框架。这是两千年以来从来没有过的，是一个崭新的东西，体现了我们新的历史认识和新的历史理念。

所以我们说，三部曲的历史叙事，是基于新的思想指南，在新的时空框架当中进行的，是对这一段历史的重新书写。这个总结，既是我自己的写作心得，也是我想要传达给读者的心得。

打通文史哲，师法司马迁

刚才我们讲到，新史实和新史释的发现，是促使历史再叙事的动力。而新史实和新史释的发现，或者来源于新史料的出现，或者来源于新观念的提出。这是历史再叙事的内在动力。现在，我们来说新形式，就是叙事形式的更新，这是历史再叙事的外在动力。

我在《秦崩》的后记中写到，经过长久的思考和阅读多种书籍以后，我得到一种感悟，要打通文史哲，师法司马迁。打通文史哲，用我们现在的话来说，就是要学术跨界。文史哲这种学科的划分，都是近代以来的事情，既有好处也有弊病。好处是细化专精，弊病是彼此分断。师法司马迁，就是要恢复历史学的叙事传统。叙事，是历史学的本源和基本形式，以司马迁的《史记》为代表的中国史学，以希罗多德的《历史》为代表的西方史学，都是如此。但是，现在中国的历史学，向历史研究一边倒以后，自动放弃了历史叙事，走偏了路，变成一个唯论文至上的"罗刹国"了。这是一个很大的失误，使历史学日益萎缩，路子越走越窄。痛定思痛之余，我提出一个口号，要为历史学收复失地，把丢失的叙事传统重新捡起来，把研究和叙事结合起来。

还是拿《史记》来说，司马迁是我的偶像，我是司马迁的粉丝。《史记》是中国古典史学里的巅峰。我们常常听到一句话，历史在不断地进步，不过，有时候历史在不断倒退。中国的史书，《史记》到了巅峰，以后是越来越差，而不是越来越好。《史记》以后，《汉书》写得不错，《后汉书》和《三国志》也写得好，既求真，也求美，既可以当史书来读，也可以当文学作品来读，这是文史结合，相得益彰。后来的史书，越来越不堪卒读，到了《清史稿》简直没法读，一堆断烂朝报，只能用来当资料查，不是不断进步，而是不断退步。

我们现在想要矫正过来，要把求美的观念、文学艺术的传统重新引入史学中来，讲究书写的形式，尝试历史再叙事。两千多年前，司马迁和他的父亲司马谈写成《史记》，奠定了中国史学的基础。《史记》有精心设计的总体结构，由本纪、世家、列传、书、表和自序组成。两千年前，他们父子俩能弄出这种形式，非常了不起。

放眼世界，古希腊的希罗多德写《历史》，并没有成体系的结构，就是不断地走走歇歇，不断地道听途说，不断地讲故事。像《史记》这种有完整的形式，有精心打造的体系，开创了一个新的知识领域、新的时代范式的事例，整个古代世界文化史上，特别是史学史上怕是找不到第二个的。所以我们说，不仅在中国史学史,即使放眼整个世界的史学史,《史记》都是一个巅峰。《史记》极大地丰富了史书的表现空间,不仅成为中国史学的基本范式,成为包括日本、朝鲜和越南在内的东方史学的基本范式,也是人类文化史上的一个伟大的创造。所以说,司马迁非常了不起,在中国史学里面,他就是一个巅峰式的人物。

我曾经讲过一句话,说我和司马迁站在同一条起跑线上。有朋友说,李老师,我们要谦虚一点,怎么能和司马迁站在同一条起跑线上呢?我回应说,我说这句话有我的想法。我的意思是,司马迁的《史记》是史著,是司马迁依据他所掌握的史料推想史真而写成的著作,《史记》中所叙述的历史,他基本上都没有经历过,都是推想的结果。我写这段历史,同样没有经历过,也只能推想。从事后推想的角度上看,我们的出发点是相同的。

《史记》记叙这一段历史所用的材料,我基本上都看到了,进而对这些材料做了鉴别分析。有一些新的材料,是司马迁没有见过的,比如兵马俑。又比如睡虎地云梦秦简,司马迁也不知道。司马迁在《史记》中比较忌讳谈及律法,他不想多说,因为他受到过严酷刑法的伤害,比较痛恨。从材料掌握上看,我们与司马迁互有短长,也可以说站在同一起跑线上。

再来看书写形式。前面谈到,《史记》创造了一种新的史书的范式,成为古代史学书写形式的巅峰。不过,任何史书都有它不足的地方,《史记》所开创的纪传体史书也是如此。纪传体史书,大事纪年是在本纪里边。比如《秦始皇本纪》,一年二年三年,记载每年的大事。事情的详细情况、相关的人物,多在《世家》《列传》里。比如《李斯列传》,记叙了大量有关秦王朝的事情,但没有确切的时间。至于写在书和表里面的东西,因为比较专门，需要结合纪、传，反复地看，不仅一般读者弄不清楚，专家不去研究也弄不清楚。实际上，这已经是一个专家的功夫，甚至可以写篇学术文章了。

所以，到了荀悦编撰《汉纪》、司马光编撰《通鉴》的时候，他们就把历史上的事情按照年月来编，成为编年纪事体。但这样又出现一个问题，就是事情被割裂。同样一件事情，比如它跨了年月，就要在不同的年月里多次出现，断断续续。为了克服这个缺陷，又有了纪事本末体史书的出现……也就是说，任何形式的史书，都有它的优点和缺点。正因为都有缺点，留下了空白，就给后来的新人提供了一个发展空间。

做了这种考察，有了这种认识以后，我参照了各种不同体例的史书，了解了它们的优点和缺点，包括司马光的《资治通鉴》、袁枢的《通鉴纪事本末》，当然，司马迁的《史记》是原本，是我参考最多的。然后，我又参考了近现代以来中外各种史书的书写方法，特别要提到黄仁宇先生的《万历十五年》，他把小说的手法引入史书的写法里面，我初读时非常震撼，感受到极大的冲击力。还有吉本的《罗马帝国衰亡史》、夏伊勒的《第三帝国的兴亡》、日本作家盐野七生的《罗马人的故事》等。

同时，我也参考了大量的文学作品。刚才讲到，我有过文学梦，读过很多文学作品，特别喜欢读推理小说，吸取了推理小说的写法，还专门写过一本历史推理书《秦谜》，完全用推理小说的写法来写历史。

复活型历史叙事的三个公式

经过不断地尝试，我摸索出一种新的史书的书写形式，写成了三部曲。这种新的历史书写的形式，我称之为复活型历史叙事。

对于这个新的历史书写的形式，也就是复活型历史叙事的特点，我有一个简明的表述：

第一个公式：编年纪事＋纪事本末＋人物传记

三部曲以编年纪事为纲，插入叙事本末和人物传记，将它们融合在一起。翻阅一下就会看出，三部曲所书写的历史，基本上是按照编年纪事来推进的。但是，并不拘泥于编年纪事，有些重大的历史事件，比如决定项羽、刘邦命运的彭城之战和垓下之战，是参照纪事本末的形式，跨年月集中起来写的。三部曲的一个特点，是强调历史是人的故事。同样一个人物，他在编年纪事和纪事本末的书写中会反复出现在不同的章节里面。但是，到了一个可以做总结的时候，比如项羽战死，彭越被杀以后，我会给他做一个人生的概述，给他盖棺论定，就是参照了人物传记的写法。

大致说来，相当于在动态的历史推进过程当中，有中心事件的凝聚，也有历史人物的特写。有一点经验之谈，我写三部曲，最初曾考虑学习黄仁宇先生《万历十五年》的写法，也的确尝试了，但行不通，因为书写的内容不同。《万历十五年》用的是一种静态的小说的笔法，在历史上选取某一年，也就是万历十五年，一刀截出一个横断面，然后围绕这一年，将同时存在的历史人物，用传记的形式填入，在不同人物的传记中，又将不同时间的不同事件延伸开来。但是，我的三部曲，书写的是秦末汉初的七十年，历史推进快速而剧烈，动荡起伏的程度，按年都不行，必须按月来书写，不能用"万历十五年"的形式，必须另外寻找新的形式。

第二个公式：文献＋文物＋考察

　　这三样东西，讲的是三种基本史料。文献，是文献史料。文物，是文物史料。考察，是实地考察。特别要说一下，我将实地考察，提高到与文献和文物并列的高度来加以强调，自有我的体验与考虑。

　　我不久前在北大做了一个讲座，从书斋到田野，把这三部曲里走到的地方大致列了出来。我的理念非常清楚，要到历史现场去。历史，是时间过去了的往事，是不复返的。但是，它在物质上有遗留，比如文物墓葬；在空间上有遗迹，比如古战场、古城址、古道路。这些东西，是连接古今的媒介。为了寻找这些媒介，我采取的方法就是写到哪儿走到哪儿。特别是一些古战场、古道路，你没有去过的话，做叙事的时候，只是纸上谈兵。你去过，在当地走过以后，感觉就完全不一样了。我讲过一句话，复活历史的瞬间，常常就在你一脚踏上历史遗迹的瞬间。很多感触，很多联想，很多以前不明白的事情，在当时当地，可能一下就涌现出来了，这是一种非常重要，也非常有意思的体验，也是一种极大的人生乐趣。

　　写历史叙事以前，我也曾经去历史遗址做考察，走走看看，摄影留念，相当于一个游客。现在不一样，我不是旅游而是旅行，行走历史，是有明确的目的和方向的。比如我去山东考察项羽奇袭彭城的路线，解决他如何用三万精兵击溃刘邦五十六万大军的历史之谜。破解的关键是项羽的奇袭路线史书上都没有记载。我自己先根据文献，推出一条可行的路线，假设项羽是这样走的。然后再沿着自己假设的路线去走，走着走着，就会发现自己猜对了，所有的点都连起来了，豁然开朗，想要放声歌唱。那种乐趣、那种欢乐，比起一般的泛泛而谈，程度不知道要高出多少倍。那些荒郊野岭，那些河川土路，那些风霜雨雪，没有目的地走，你会觉得比较辛苦，而到了这个时候，都变成快乐了，一种发现的快乐，一种属于自己的生活乐趣，独享的生活方式。

有时候，也有朋友问我说，李老师，你写的都是两千年以前的事，那些地方现在都变了吧，再去走你还看得见什么？我说不是那样的，好多东西都还在，比如古城遗址。垓下的古城址在哪里？大体而言，秦汉时代的古城址——至少魏晋南北朝以前的，多还有迹可循，有些就原封原样地留在原地，反而是以后的见不到了。为什么呢？因为魏晋南北朝以来，各地的城址发生了很大的改变，多被迁移了。迁移以后，原来的城址就荒废了，留在了那里。现在各地有很多古城村，多是原来的古城址，保留下来，成了被古城墙围绕的村落，垓下古城就是如此。而搬迁后的新城址，因后来的历朝历代不断在上面反复修建，反而见不到原貌了。

再说古道路。古往今来，交通有固定的道路，顺着山势河道。时间过去，山河的基本形式还在那里。你现在去，走旧道，原貌还在。当然，高铁、高速公路完全不一样，逢山打洞，逢水架桥，已经与历史原貌没有关系了。古代的行军路线，一定要顺着河道走，因为大军要用水，你去走一走，看一看，再结合书上的记载来琢磨就非常清楚。像我们走项羽之死的路，走一路印证一路。不仅一些古地形可以依稀见到，很多古地名也都还在。那时候，你就会感觉自己进入了历史，历史就复活在你的眼前了。

这种进入历史的代入感，就是我用复活型历史叙事这个提法的原因。我是历史的行者，当我行走在历史中时，历史复活在我的心中。我将复活的历史停留于纸上，笔录写成三部曲。

第三个公式：推想＋感怀＋叙事

这是讲表现方式和写作形式。历史叙事，要以史料为依据，做如实的叙事。但是，仅此还不够，因为史料的留存，相对于真实的历史，是极其有限的。特别是古代史，有留存有记载的只有万分之零点零零一，万分之九千九百九十九点九九九都没有留存和记载。换句话说，在有限的史料留存，与无限的史真存在之间，留下了巨大的历史空白。填补这个空白，需要推理性想象力，我称之为推想力。这个推想力，不是天马行空的虚构性想象，那是小说家的看家本领。这个推想力，是基于形式逻辑的合理推想，由已知推出未知。在历史学中，已知是残缺的史料，未知是消失了的史真。史家的工作，就是基于自己所掌握的有限的史料，去推想自己不曾经历的那个无限的史真，然后用史著表现出来。历史学家的工作，类似于侦探破案，也类似于拼图游戏，也类似于几何学中的画辅助线佐证，基于实在的点，用可能的虚线来连接。所以我说，一切历史都是推想。基于可靠史料的合理推想，是历史的本质，也是历史叙事的根基。在这一点上，与推理小说很接近。

感怀是什么，就是书写者个人的感受和感想。以前，我们做历史有一个要求，就是要客观，要站在你所观察的历史之外，要中立，要平和。写论文，每一句话要有根据，主观的意识也要尽可能隐去。有时候，这个要求对我来说是很大的痛苦。我自己在哪里呢？我的感想感受如何安置呢？

常言道，学术是公器，是人类共同的知识财富，这个完全可以理解。但是，作为一个学者，我把一生都投入学术，我的学术成果或者我的学术著作，当然也是我生命的一部分，是我生命的延续。我在学术研究和学术写作中的感受和感想，当然也是我学术生命的一部分，为什么要被排除，为什么无处安身呢？经过长久的思考，我认为还要补充一句，学术，也是学者生命的历程。学术感想感受，作为学者生命之一部分，当然可以写进著作当中。历史叙事这种形式，为学者的感想感受提供了合适的空间。当我在历史叙事中将压抑多年的感想感受，淋漓尽致地宣泄出来时，我感到了心灵的解放。在感到心灵解放的同时，也领悟到，史家的感想感受感觉都是历史学的一部分，历史学叙事的形式，可以将它们完整完美地表现出来。这就是我将感怀放进公式的理由。

书写感怀，司马迁是先驱，《史记》是范本。大家读《史记》，请一定关注一下"太史公曰"。司马迁记录完一段历史，写完一个人物后，常常要"曰"一下，说几句个人感怀。比如他写《韩信列传》，在"太史公曰"中说：我去韩信的故乡淮阴，听当地人讲从前的故事。说早年的韩信，志向与常人不同，母亲去世时，因为贫穷无钱举行葬礼，只能草草埋葬。然而，韩信埋葬母亲，找了一块四周宽广的高敞地，预留了将来扩建千家万户的空间。我去看过了，确实如此。于是心生感慨……

如今，这些史家的感怀，鲜活的历史，都被干巴巴的论文排斥了。我读《史记》，最喜欢的就是"太史公曰"。读"太史公曰"时，你可以感受到一个活生生的作者，亲切地为你讲解从前的故事，他告诉你，他走过什么地方，看到什么事情，有些什么想法。有时候，他还特别提示你，他写这一段历史，根据何在。好些史书中不清楚的事情，都可以在"太史公曰"中找到答案。比如荆轲刺秦王，比如鸿门宴，都是当事人讲述的亲身经历，破解的草蛇灰线都在"太史公曰"中。

司马迁是我的偶像，《史记》是我书写历史的范本。我写三部曲时，自己也不时登场，不时地"曰"一下。我告诉读者，我走到哪里，我看见了什么，我想到了什么；我还加了读书写书的笔记，说我整理历史到这里，有什么感慨云云。有些人批评我说，你自己的感慨也太多了点吧！确实如此，因为我喜欢，喜欢在书里抒发感慨。不过，我明确告诉你这是我的感慨，你可以认同，也可以批评。我走过的地方，你也可以重走，去寻找你自己的感受。

所以说，在历史叙事中，作者完全可以把自己放进去，大大方方地进入历史，没有必要遮遮掩掩。当然，我会明确告诉你这是我的想法，是我的推想、我的经历，请读者批评鉴别。如此走进历史，我和我的著作就更亲切了，因为我自己直接成了我所写的书的一部分；如此走进历史，读者们也会感到更亲切，他们会感受到一位活生生的作者，亲切地把自己的感受和经历写出来共享，正如我读《史记》，读到"太史公曰"的时候一样。

向文学家学习，借用文学手法

古往今来，文学和史学，是关联在一起的。《楚亡》的序言，标题是《文学比史学更真实？》，借用亚里士多德的说法，阐述文学也有比史学更可信的时候。文学家高兴，有些史学家就不开心了，说你贬低我们。实际上，我是想学习苏东坡，学习王世贞，想要用合理的推想来填补历史记载的空白。比如楚汉和谈成功，关键在侯公说服了项羽。但是，侯公如何说服项羽，这件影响历史的大事，史书没有记载。苏东坡不满意，他有理有据地补了一篇。又比如范增之死，史书没有详细的记载，王世贞用文学想象做了一个填补。向他们学习，我不仅活用他们的填补，自己也补。大家都知道，黄老思想是汉初的思想主流，是文景之治的指导思想。黄老思想究竟是什么，如何被导入汉初的政治运行中，史书上都是语焉不详，我在《汉兴》中写了《盖公说黄老之学》，用对话体的形式，把黄老之学的精髓做了一个简明扼要的表述，填补这一历史空白。学理的依据，一是司马谈的《论六家要旨》，一是马王堆出土的《黄帝四经》。

研究和叙事，是承载历史学的两个车轮

时间差不多了，该结束了。做一个总结，今天我以三部曲为例，是想引出一个话题，历史学可以有多种表现形式，这才是正常的状态。近代以来，主要是受到科学主义的影响，历史研究成为历史学的主体；论文论著成为表现历史的主要形式。近年来，在学科规范化的名目之下，论文论著有了固定的格式，已经成了新八股；在量化管理的名目下，历史学大有罗刹国的风情。

我们现在需要反思。首先，历史学不是科学，而是有科学基础的人文学科。历史研究和历史叙事，是承载历史学的两个车轮，缺一不可。其次，历史学有多种表现形式，论文论著只是形式之一。论文论著之外，还有大量的其他表现形式，都值得我们运用，都需要我们探讨。我的复活型历史叙事三部曲，既是扩大历史学边界，为历史学收复失地的一种努力，也是探讨历史学表现形式的一种尝试。

三部曲的写作，是一个研究和叙事反复交替、互促互补的过程

尹涛：一直听到现在，我有一点感受，就是看了李老师这几本书，再听他讲，感觉他是能够思想自己思想的人。对自己的专业反思，对自己的作品反思，然后建构自己的史学理论，上升到历史哲学的高度思考。李老师提出了两个重要的新观念，军功受益阶层和后战国时代，非常有代表性。军功受益阶层这个新观念，应该也是这几部书的另一条线。

李开元：对，另一条线索，另一条基线。

尹涛：这条基线，今天没有来得及展开，我想以后有机会展开的。接下来的时间，我准备了几个技术性一点、轻松一点的问题，要跟李老师请教一下。

第一个技术问题，《汉帝国的建立与刘邦集团：军功受益阶层研究》，是 2000 年出版的，那时候您研究秦汉这一段历史，应该也有二十来年了吧？

李开元：是的。

尹涛：这个三部曲，如果从 2002 年开始写起算，到现在已二十一年了，总共是四十年。这个研究，因为从头开始，又到国外，花了二十年时间，容易理解。后面这三本书，也就是三部曲花了二十一年，就写作来说，为什么时间跨度那么长？

李开元：是这样的。因为这个三部曲是一个新东西，写第一部《秦崩》的时候，自己也不明白在写什么，只是我想做一种新的探索。最初的部分写出来以后，大家都不了解，我自己也糊里糊涂。中华书局给我出了以后，特别是台湾联经版出来后，逐渐引起了关注，我自己的认识也越来越清楚了。

我写的三部曲，前后都有一个研究的基础，这是不同于一般所说的通俗读物的。一般所说的通俗读物，就是把一些专门的东西用通俗的语言表达出来。写三部曲前，我已经对这一段历史做了二十年的深入研究，写了一本专精的研究著作《汉帝国的建立与刘邦集团：军功受益阶层研究》。三部曲的后面，我还有一部考异，与三部曲的关系，类似于《资治通鉴》与《通鉴考异》。也就是说，三部曲有一个完整的研究基础，相关的论文和考证，有已发表的，还有一大批没有发表的。

在三部曲的写作中，碰见绕不开的问题后，我会停下来，写一篇论文，或者写一个简短的考证文章。论文先后发表了些，比如《项羽攻齐和奇袭彭城的路线兼论楚军彭城大胜的原因》，我先推测路线，继而做实地考察，再写成论文，将结果写进书中。我对秦始皇第一次巡游天下去了哪里、韩信反攻关中的路线等问题也是这样处理的。所以说，三部曲的写作，是一个研究和叙事不断地反复交替、不断地互促互补的过程，花费了很多时间。有的时候，我先写叙事，叙事当中发现了问题再写了论文；有的时候，先写论文，写叙事时再把论文成果引进来。中间我还写了一本历史推理书《秦谜》，这些体裁文类不同的东西，是交错在一起的。

其中，大量的考证性文字，因为比较分散和细微，基本上没有发表，将来会在三联书店出版，作为三部曲的研究基础和背景。到时候我再写一个序，将来龙去脉，前因后果交代清楚。

尹涛：叫什么呢，类似《通鉴考异》？

李开元：《〈秦崩〉〈楚亡〉〈汉兴〉考异》，这个比较专门，比较学术，量也相当大，我准备放到下一步来做。

另外，学术研究和叙事写作，不同的学者有不一样的风格和路子。有一种，我称之为巴尔扎克式的，如同他的《人间喜剧》的系列，要求作者有旺盛的精力体力智力，做广博的大量写作，最能适应量化考察。我不行，在国外当过教师的都知道，属于自己的时间非常有限，大量的写作很难，也未必会被认可。我选择的是另一条路子，即精致的写作，把每一部作品做成精品。我称之为梅里美式。梅里美是我非常喜欢的一位法国作家，著作不多，代表作就是《卡门》《高龙巴》《查理九世时代轶事》那么几部，每一部都非常精美。我的老师田余庆先生就是这种风格，三部书《东晋门阀政治》《拓跋史探》《秦汉魏晋史探微》，都是精雕细琢的顶级精品、传世之作。这种方式的写作和研究，不太适合量化考核，但是，在这个知识大爆炸，AI咄咄逼人的时代，也许是一种合适的应对方式？

三部曲是研究和叙事互见的新史书，不在古来的史话传统中

尹涛：我在翻看《汉帝国的建立与刘邦集团》增订版，还有三部曲这几本书的时候，有一个发现，传统上叫互见法吧？增订版里面谈到某一个问题，会说参见《秦崩》《楚亡》《汉兴》，这个我觉得还好理解，就是那个地方可能写得详细一点、具体一点。而在这个三部曲中，写到某一件事时，也会说请参见《汉帝国的建立与刘邦集团》，这一点，就跟我理解的传统不太一致了。这个传统，就是中国史学和文学中的史话、评话或者叫讲史的传

统。比如说刚才你讲到的，《史记》的文学式写法与《三国演义》的关系，大家所熟悉的林汉达写的《东周列国故事新编》《前后汉故事新编》这一类读物。一般的读者，通过这类读物来学习历史知识，甚至在这个基础上展开议论。

我刚才说你的互见法，就是作品间彼此参见的方法，跟我理解的史话传统不太一致，意思是说，史话传统是不与专业研究互见的。这就引出一个问题，你写三部曲，是归属在这个史话的传统当中呢，还是想要区别于这个传统，跳开另做一种创新呢？

李开元：这四本书互相参见，还有一本书《秦谜》，我也会放在一起参见，这是与古来的史话传统不一样的。我的三部曲，不在这个史话传统中。我的这几部作品，是史学领域中的一种新的尝试，对于不同的题材，使用不同的方法处理，然后用不同的形式表现。有的题材，用来做研究，用论著的形式表达出来；有的题材，用来做叙事，用叙述的形式表达出来。我在研究和叙事之间，找到一种内在的联系，可以互补。我的三部曲，和我的论著是结合在一起的。这种做法，特别是三部曲这种叙事的形式，是以前没有过的一种新形式，我称之为复活型历史叙事。

2007年，《复活的历史：秦帝国的崩溃》在中华书局出版时，是没有注释的。2010年，《秦崩》和《楚亡》在台湾联经公司出版，也没有注释。《楚亡》引进大陆来的时候，有好几家出版社找我，其中一家是三联。我最终选择了三联，一个非常重要的理由，就是三联同意我加注释和附录。

当时，多数出版社觉得，书加了注释以后，会影响到读者的接受度，影响销量。因为注释是专业书的特点，一般的读者不熟悉，也难以适应这个东西。不过，当时的我，已经有自己的经验和想法。我在历史叙事的写作中，常常遇见要不要加注的问题。我的复活型历史叙事，是在历史研究基础上的叙事，涉及大量的新史料、新成果和新见解，很多都需要特别说明。然而，历史叙事，讲究的是行云流水，娓娓道来，没办法中途停下来，深入做某一问题的讨论，详细地加以说明，那是论文的专长，在叙事中就成了累赘。这个时候，加注的必要性就出现了，你需要用注释来调和叙事的形式和研究的内容间的张力。

我当时的考虑是，加注释和附录，增加书的学术性和专业性，哪怕放弃一部分原有的读者。结果出乎意料，这个做法不但没有放弃原有的读者，反而赢得了一批有更高水平的读者。因为在那个时候，经过像以央视《百家讲坛》为首的电视节目和各种讲史的书籍的普及以后，听众和读者的水平大大提高了，不再满足于那些轻快的讲史评话，他们在通俗易懂、生动有趣的基础上，开始追求更严谨、更深入的讲解。他们开始质疑不靠谱的"野狐禅"，靠近有根有据的学术圈。我的这三本书，适应了这个需要，提供了这个东西。三联将三部曲与《汉帝国的建立与刘邦集团》这四本书作为一个系列，放在一起，我就觉得做得非常对，因为这四本书是彼此关联的，研究和叙事是连在一起的。

尹涛：李老师这三本书，添加注释，将研究和叙事结合在一起，涉及一个做书的方向问题，向上做还是向下做？至于效果如何，我可以告诉大家，这三本书销量是很好的。我现在不知道，如果我们把这个写得更加通俗，把这些注释全部弄掉会不会更好，影响面会不会更广，这就有一个历史究竟发生了还是没发生，可能性的问题，咱们不考证它了，我们觉得现在的定位很好。

接下来我还有一个问题，三部曲的内容，和你原来所做的研究差不多，大致是一百年，从刘邦出生，然后到……

李开元：汉文帝死。

尹涛：对，从公元前256年，到公元前157年，整整一百年。三部曲完成后，有没有什么遗憾？比如原来想做的，虽然花了二十年，却没有做到。借着这个问题，我想问一问李老师，顺着汉文帝之死再往后写，或者是逆着刘邦出生再往前写，有没有新的这个计划？跟大家交流一下。

李开元：对，尹总善于提问题，他的问题常常能够引导我深入思考。这三本书里面，我觉得《秦崩》《楚亡》遗憾很小，当然也有需要修改的地方，比如《楚亡》里韩信反攻关中的路线，需要修改，昌平君的姓名，也有重新斟酌的必要。《汉兴》出版后，我的遗憾比较大。一是我写得比较匆忙。为什么赶呢，因为怕厌倦。三部曲这个系列，如果用文学来打比方的话，算是长篇，相当于三部连续的长篇小说。有写作经验的朋友都知道，写长篇到最后容易厌倦，一旦对这个东西厌倦了，就会严重影响你的写作。我曾经担心三部曲写不完，成了《红楼梦》，将来还得由别人来给你补齐，所以就急急忙忙赶。

还有一个原因，2019年秋，我在北大文研院做邀访学者，心里有一个愿望，我想在静园二院完成三部曲，写完《汉兴》。我在北大历史学系很多年，静园二院是历史学系的旧址，我对那里有特殊的感情，至今仍将那里视为我的文化家园。文研院是学者的净土，免去了我的一切活动，让我专心写作。我在文研院的经历和心路，都写在《汉兴》的后记中了。

读了这篇后记的读者会知道，我是在文研院驻院邀访结束前一天，也就是 12 月 24 日完成《汉兴》初稿的。完成后，我也不知道写了多少字，交给三联后，编辑来信说你写了 40 万字。三部曲里，《秦崩》大概是 25 万字，《楚亡》也就 20 万字，《汉兴》写了这么长，实在是我始料未及的。在现在这个短平快的时代，40 万字比较犯忌了。

尹涛：可以分成上下篇。

李开元：对。现在看，不仅太长成了遗憾，更大的遗憾是好些想写的内容没有写进去。比如我写韩信之死，觉得韩信谋反是一个极大的冤案，必须重新审理，放在诸位异姓诸侯王一一被谋反的群案中，放在刘邦集团的政治理念从共天下到家天下的转化中重新审理，等等。

同时，《汉兴：从吕后到汉文帝》这个书名也有问题。有读者提意见说，《汉兴》这本书，前三章 20 万字，几乎占全书的一半，都是在讲皇帝刘邦的时代，涉及匈奴南越，各个诸侯王国间的事情，后面三章才是从吕后到汉文帝时代的事情，书名是名实不副。读到这些意见，我觉得非常好，这些促使我反省，我当初咋就没有想到这些呢？此外，《汉兴》还有必须修改的错误。我写踏查汉文帝的陵墓霸陵，搞错地方了。当然，不只是我错了，元代以来的记载都错了。不久前，陕西考古研究院的焦南峰、马永嬴他们找到了，确定江村大墓是霸陵，我去看过，发掘工作还在进行中。马永嬴邀请我去小住几天，将文帝霸陵及其附近的薄太后、窦太后陵园都仔细看看，然后写进书中。

这些意见和不足，给我带来了新的写作的动力。《汉兴》完成后，我不打算再写这个系列了，已经有些厌倦。另外，好多半成品，好多别的写作计划，还等着我完成。可经过这一番反省，现在看起来，这个系列还不得不继续写下去，因为不足，因为不满，因为想要改进，我意外地获得了继续写下去的动力。

我提出的后战国时代理念，时代从秦末到汉武帝继位之初，大致是七十年。在三部曲的基础上，我会将我的后战国时代史书系列完整呈现，即五本历史叙事《秦崩：从秦始皇到刘邦》《楚亡：从项羽到韩信》《汉兴：从冒顿单于到南越王赵佗》《文景之治（上）：从吕后到汉文帝》《文景之治（下）：从窦太后到汉景帝》，配上一本研究论著《汉帝国的建立与刘邦集团：军功受益阶层研究》，交相辉映，将来再配上《考异》，那就完美了。美好的愿景，是我前进的动力；精心打造作品，追求经典之作，是我生命的寄托。

尹涛：我还有一个问题。有关"新"，李老师讲了很多，有新史料、新观念、新写法。

李开元：对。

尹涛：叫作"三新"吧。我们现在看到，在市面上已经有好多，也是在"三新"的鼓舞下，或者说自觉认识下进行的新的历史写作。有的可能偏向于想象，有的可能偏向于研究，时代不只是秦汉之际，不是李老师研究的这一百年，而是各个时代，都出现了这样的写作。我想听一听李老师对这方面的评论或者建议。

李开元：这是一个不太好回答的问题，因为我长期在国外，对于国内的动向不是很了解。我当初写这种东西的时候，因为是新的，大家很难马上接受，需要一个理解的过程，也需要时间的检验。不过，我这次回来，看到接受面越来越广，写作者也越来越多，很多中青年的学者，很多历史爱好者都在做历史叙事，感到很欣慰。现在有一个时髦的词，叫非虚构历史写作，就是这个。

当初，我开始做历史叙事的时候，像是星星之火，或者叫涓涓细流，现在已经比较成气候了，虽然不能说有燎原之势，也可以说已经成为汩汩潮流了。我跟后来的年轻作者开玩笑说，我当初给你们遮风挡雨，现在你们已经不会受到有关写作方式的批评了。罗新写《漫长的余生》，张向荣写《祥瑞》，都是历史叙事，还有在你们三联出版了《南望》的林鹄，也在做历史叙事和历史推理的尝试。这些尝试有一个特点，就是将研究和叙事结合起来。此外，还有一些并没有受过学术训练的爱好者也在做。但是，爱好者在做这个以前，需要了解现在的学界对自己写作内容相关问题的研究已经到哪个程度，需要了解学术的基本规范，不然，很容易出现一些常识性的错误，甚至闹笑话，败坏整个作品。

所以说，作为一种理想的情况，如果你能够在自己独特研究的基础上来做叙事，作品的生命力会更强。因为它兼有两种价值，一种是求真的历史学价值，还有一种就是求美的艺术价值。我是这样理解的。

尹涛：好，非常感谢李老师，我们再次用热烈的掌声感谢李老师带来的精彩讲座。

辑 四

历史与艺术

谁是鸿门宴的真英雄？
——捎给陆川导演的短信

偶然间，我在网上读到电影导演陆川的一篇文章，《借飞机时间进行史实扫盲》。说是为了准备拍摄《鸿门宴》，正在大量看秦汉时期的史料、史籍。坐飞机的时间最是好用。

陆川先生列出的在飞机上读过的书目中，提到了两本我的书，一本是《汉帝国的建立与刘邦集团：军功受益阶层研究》，一本是《秦始皇的秘密》。前一本，是我在东京大学的博士论文，科学主义的史学研究专著，非专业人士读起来相当不易，怕会读得头疼心烦。这本书用日文写成，在东京汲古书院出版。2000年，生活·读书·新知三联书店出了中文版，早就绝了版。[1] 陆川先生能够找到这本书，不但是难得，而且是难为他了，我向敢于读这本书的陆川先生表示敬意。后一本，是我在上海东方卫视的电视讲座的改编作品，一种历史推理的尝试，内容和形式都是新的，比较好读。

不过，我的这两本书都没有写到"鸿门宴"。鸿门宴是我一

---

[1] 该书的增补版，于2023年由生活·读书·新知三联书店出版。

直关注而且做过深入研究的课题，关于鸿门宴及其前后的历史，我在另一本书《复活的历史：秦帝国的崩溃》中做过详细的描述。至于究明鸿门宴真正的英雄是樊哙，《史记·项羽本纪》所载的鸿门宴精彩动人之原因，奥妙藏在当事人樊哙的口述中。对这桩奥秘的解读，我写在一篇学术论文《论〈史记〉叙事中的口述传承》里了（刊载于《周秦汉唐文化研究》第四辑，2006年）。

《复活的历史：秦帝国的崩溃》，是流行易读的历史叙事，陆川先生或许可能看到过；《论〈史记〉叙事中的口述传承》是专业的史学论文，一般人不会关心，也不容易找到，陆川先生大概也关注不到。由此我想到，如果陆川先生能够阅读我叙述和研究鸿门宴的两部著作的话，一定比读前两本书更有利于拍摄《鸿门宴》。特别是后面一篇不易见到的论文，可以说是为审视鸿门宴提供了崭新的看法和独特的视点，对于编导和摄影，或许都会带来意想不到的启示。

我不认识陆川先生，也没有看过陆川先生的电影（实在是惭愧），但是，陆川先生的一句话给我留下了深刻的印象：《南京！南京！》尽管有非议，但是为什么没有一个历史学家跳出来指责我的作品与史实有出入？因为里面每一个情节镜头，我都能给你找到史料依据。那时候，我不知道看了多少史料。通过这句话，我能够感受到陆川先生的编导风格，有一种能够与之对话的共鸣。

所以，我信手写下这篇博文，希望有朋友能够将这封短信转达给陆川先生，希望这篇博文能够有助于《鸿门宴》的拍摄。当然，我更希望有兴趣和有耐心的读者读过这篇文章后，不会再怀疑鸿门宴的真实性，误将鸿门宴当作司马迁创作的虚构故事。

后记：

这篇文章，写于 2010 年 4 月，发在我的网易博客上。因为这篇博客牵线，我应邀成为陆川导演的电影《王的盛宴》的历史顾问，参与到影片的咨询中。

文中提到的《复活的历史：秦帝国的崩溃》一书，初版于 2007 年，由中华书局出版。2010 年，改名为《秦崩：从秦始皇到刘邦》，由台湾联经出版公司出版。2015 年，北京三联书店出版了该书的学术注释版，沿用了联经版的书名。三联版，不仅增添了注释、地图和附录，内容上也做了相当多的增补，成了该书的定版。

在三联版《秦崩》之第八章中第八节，我就鸿门宴一事，做了增补，现摘录如下，供阅读参考：

我读《史记》鸿门宴之篇章，常常有不可思议之感。如此精彩奇绝的文字，究竟是历史还是文学？是司马迁神来之笔的虚构，还是太史公写实的千古绝笔？依稀记得，少年时初读《鸿门宴》，印象最深的是樊哙。他持剑拥盾闯入会场，瞋目怒视与项羽对峙，大桶喝酒，大块吃肉，高声怒斥项羽，特别是他在盾牌上切割生猪肩"啖而食之"的奇特场面，至今不可解。不过，在不可解的诸多懵懂中，始终有一清晰的直感：鸿门宴的真正英雄，不是项羽，不是刘邦，也不是张良、范增、项庄和项伯，而是樊哙。

樊哙是鸿门宴的当事人，鸿门宴救驾是他一生中最光辉的事迹，是他拜爵封侯的主要功勋，也是樊家世代相传的口碑家训。樊他广是樊哙的孙子，他将鸿门宴的故事讲给司马

辑四　历史与艺术　　215

迁听，司马迁据此写进《史记·项羽本纪》。正因为是当事人活生生的口述，所以写得如此栩栩如生，音容笑貌，宛若眼前，真切得使人难以置信。

鸿门宴上，项羽为什么不杀刘邦？
——事理和人情[1]

……

在鸿门宴上，项羽之所以不杀刘邦，有事理上的原因，也有人情上的原因。

先说事理上的原因。这个原因就是：刘邦完全接受了项羽提出的讲和条件，臣服项羽，使项羽失去了火并的理由。

鸿门宴开宴以前，项羽和刘邦已经谈判讲和，讲和的条件相当苛刻，刘邦将咸阳及关中移交项羽，投降刘邦的秦王婴、秦朝的官吏和军队，也全部交由项羽处理；刘邦只领本部人马，暂驻霸上，随同联军各部一样，统一听从项羽的指挥。刘邦接受这样的条件，相当于完全归顺和臣服。在这种形势下，对于当时的联军统帅项羽来说，他已经没有杀掉刘邦的名目和理由了。如果他无端杀掉刘邦，不仅要背上在楚军内部自相残杀的罪名，也将引起诸侯国联军的不满和恐慌。这种得不偿失的政治风险，不值得

---

[1] 这篇文章，发表在我的博客上，时在 2010 年 5 月。作文的起因，是回应江苏电视台导演黄凯的采访。后来，我应邀成为黄凯编导的专题片《西楚霸王》的历史顾问，参与到影片的咨询中。有删改。

他去冒。顺理成章的结果是，经过鸿门宴前后的交涉，项羽和平解决了刘邦问题，掌握了所有军队的指挥权，由戏水鸿门进入秦都咸阳。

再说人情上的原因。这个原因有四重：

1. 项伯保护刘邦，项羽尊重项伯

鸿门宴上，项伯是刘邦的保护者，他自始至终都在护卫刘邦。项羽生于贵族名家，从小失去父母，由伯父项梁抚养长大，从秦时避难江东，到起兵渡江北上，再到定陶军败撤退，每到关键困难处，依靠的都是项氏宗族的和衷共济。项梁战死后，项伯成为项氏宗族之长。

项羽极为尊重项伯，项伯的话，他是不能不侧耳聆听的。在如何处置刘邦的问题上，项伯与范增是对立的。刘邦接受和解的条件臣服后，项羽是认同项伯的。鸿门宴上，项伯与项羽同坐西边的上席，范增坐在北面的次席，不仅是上下尊卑的安排，也是项伯的意向重于范增的象征。

2. 高傲自负的青年贵族项羽，并未视刘邦为对手

鸿门宴上的项羽，刚刚取得巨鹿之战的胜利，接受了秦军主力的投降，被诸侯各国军推举为联军统帅，军功和威望如日中天。此时的项羽，可谓目空一切，在他的眼中，天下已经在自己手中，已经臣服归顺的刘邦，哪里可能是自己争夺天下的对手，更不值得冒天下之大不韪地杀掉他。

3. 刘邦的低姿态辩解，消除了项羽的戒心，唤起了他的战友和兄弟之情

此时的项羽，只有二十七岁。他是天生无敌的将军，勇猛的战士，也是一位受感情左右的青年。刘邦低声下气的辩解，消除

了他的戒心，唤起了他的回忆。同是楚军将士，曾经同生共死的战友之情涌现，使他不能根据政治利益的需要采取非常的行动。他想起就在一年多以前，随同项梁军之东阿援魏救齐，与同为楚军将领的刘邦联合行动。先战城阳，强攻破秦军屠城；再战雍丘，斩杀秦三川太守李由。项梁军败，又一同安全撤回。前前后后，风雨同舟，也是同生死共患难一场。

4. 樊哙的闯入，打破了紧张的杀气

项庄舞剑，意在沛公，是范增救急的阴谋，项羽并不知情。项庄受范增指使舞剑，项伯拔剑对舞时，刺杀刘邦已经不可能，但气氛依然紧张，意外的事情仍然可能出现。紧张的杀气，由于樊哙的闯入而打破，项庄的刺杀行动停止，项羽及与宴者的注意力转向樊哙，范增的阴谋失败，刘邦安全了。

最后，我还想做一点小小的史实更正。司马迁在《史记》中说，鸿门宴前，项羽率领诸侯国联军抵达函谷关时，关门紧闭，他大怒之下派遣英布武力攻破函谷关。而根据陆贾《楚汉春秋》的记载，项羽派遣范增以火烧威胁，函谷关开关，并未发生战斗。

两相权衡，《楚汉春秋》的记事更为原始和合理。合理地推想，如果函谷关是被英布武力攻下的，在项伯来通风报信前，刘邦绝不会对项羽将要火并的事情毫无察觉。他也难以在鸿门宴前对项伯、在鸿门宴上对项羽，做出可以理解和接受的辩解。进而，考虑到项羽的火暴脾气，如果他是以武力攻破函谷关进入关中的，他会在范增的煽风点火之下，一鼓作气攻击刘邦军，一直打到咸阳。如此一来，历史上可能就不会有鸿门宴的种种曲折和精彩了。[1]

---

[1] 关于鸿门宴的详情解读，前因后果，我已写入《刺秦》之外篇《解码鸿门宴》，请参看。

为韩信选妻：女巫，如此美丽迷人[1]

我在报纸上读到一条消息，说陆川要拍《王的盛宴》，为挑选扮演虞姬的女主角而四处奔忙。据说，他将从新人中挑选，要求清纯动人，已经从一百五十名模特中挑选出二人云云。

在北京，我问陆川：谁演项羽？

他回答：刘烨。

从身材、形象和气质，我看好刘烨。紧张感和悲壮感，也可以期待。

我又问：谁演虞姬？

他回答：选新人。

看来，报纸上的消息，并非空穴来风。

也是在北京，我问陆川：要为韩信选一位妻子？

陆川当时愣了一下，问道：合适吗？

我回答说：韩信是有妻子儿女的人，因为被灭了三族，所以

---

[1] 这篇文字，写于2010年9月，发在我的博客上。事后，《王的盛宴》拍摄，虞姬由何杜娟扮演。韩信也没有娶妻，依旧是孤独一人，留待将来……。有删改。

史书上没有记载。

陆川点点头。

……

史书上没有记载的事情,绝不等于没有。迂腐的学究,以为史书就是历史,一辈子糊里糊涂。历史在科学和艺术之间,有时候,文学的构筑比史学的考证更接近历史的真实。

韩信被以谋反的罪名诛灭三族。对于三族的通常解释是父族、母族和妻族。因此之故,有关他的亲族和家庭情况的记录,都被销毁了个干净。司马迁著《史记》,巧妇难为无米之炊,只好留下一段空白。

这段空白,史学受自身学科的限制,无法填补,却给艺术留下了丰富的创作空间。

陆川曾经讲到他的构想:让韩信暗恋虞姬。

我赞赏美妙的构想,说这完全可能。因为韩信做过项羽的郎中,就是警卫战士,他与项羽有长时间的近距离接触,有认识虞姬的机会。

我建议陆川,从剧情着眼,为韩信选妻,最好与虞姬有某种关系。

我进而设想,选取虞姬的姐姐可能是一种好的方案。

虞姬年轻清纯而又刚烈果决,为自己所爱的英雄不惜血染军帐。在楚汉相争的悲壮天地之间,她与项羽匹配。

韩信本是王孙,在古来贵族的流风遗韵上,他与项羽有惺惺相惜之处。韩信暗恋虞姬,虞姬的姐姐看上了这位未来的无双国士。

韩信与项羽都是纯粹的军人,他们的恋爱比较单一投入。这一点，与政治家刘邦如同儿戏的多爱是不一样的。这好像是一个特点，某位哲学家总结过。世界史上，可以看恺撒、安东尼与克利奥帕特拉的不同爱情故事。

我写《楚亡：从项羽到韩信》，认定韩信的年龄应当在刘邦和项羽之间。鸿门宴时，刘邦五十一岁，项羽二十七岁，韩信呢，可能在三十岁左右。他比项羽老练，比刘邦单纯。

项羽从小有项梁的呵护，小鸟依人的虞姬随了项羽，也得到呵护。韩信自幼孤独一人，虞姬的姐姐爱上了韩信，当是有识人慧眼的明白人。她关心体贴人，聪明而能预见，宛若美丽迷人的女巫。虞姬和项羽的悲剧，她一语中的，韩信的未来，她也看得清楚。她何尝不明白，陷于爱中的人，只能随了命运漂流。她眼睁睁地看着项羽和虞姬、自己和韩信一步一步走向毁灭。

……

陆川说，顺利的话，希望十月开拍。如今大概是躲在某处改剧本？

寄语陆川，请问为韩信寻找妻子的事情，可有眉目否？

韩信为什么被杀?
——从"共天下"到"家天下"[1]

……

韩信之死,不能作为单独的事件来看,而是要放在一连串的相关事件中,才能看出眉目和要害。简略说来,杀害韩信,一要放在刘邦逐一迫害和诛灭异姓诸侯王的连续事件中来看,二要放在刘邦迫害和打压以萧何为代表的元老功臣的连续事件中来看,三要放在刘邦借吕后之手杀人,自己在后面"且喜且哀"的心理背景中来看。

至于第四嘛,眼光还要放长一点。西汉建国以后,汉王朝国内政治的动向发生了转化,以功臣将相为代表的军功受益阶层,与以刘邦为代表的新兴皇族势力间关系紧张,不断出现冲突和斗争。这场斗争的实质,是"共天下"与"家天下"政治理念和政

---

[1] 这篇文章,最初发表在我的博客上,时在 2010 年 9 月。韩信以及异姓诸侯王被一一消灭的事情,分别写入《汉兴》第一章《建设汉帝国》、第二章《修枝剪叶》、第三章《群雄的末日》。因为篇幅的关系,对于韩信为何被杀这个问题的深入思考,在《汉兴》中未能展开,成为遗憾和新的课题。其详细内容,可以参见本书辑三之1《〈汉兴〉的遗憾和看点》。本文有删改。

辑四 历史与艺术

治格局间的博弈，这场斗争，从刘邦迫害韩信开始，一直持续到汉景帝囚杀丞相周亚夫，曲折反复，持续了将近六十年，最终以家天下的专制皇权取得胜利告终。这场冲突和斗争，是汉初历史演变的基本线索。

当然，要想将这场冲突和斗争详细地说清楚，过于专门而宏大。我只在放长的视野中，提供观察韩信之死这个问题的新视角，简单谈谈"共天下"和"家天下"的政治理念和政治格局。

西汉王朝的建立，是以刘邦为首的政治军事集团通过长期的战争打下来的，这就是中国历史的基本特点——马上天下的起源和历史。汉高帝五年，刘邦集团取得了垓下之战的胜利，消灭了项羽，刘邦即皇帝位，就是这个格局的起点。

刘邦坐上皇帝宝座，出于七位异姓诸侯王的推举。他们是楚王韩信、韩王信、淮南王英布、梁王彭越、衡山王吴芮、赵王张敖、燕王臧荼。这七位异姓诸侯王，在秦末之乱和楚汉战争中功劳极大，他们在刘邦的领导下，与广大功臣将士一起打下了天下。

战后，在分配胜利果实时，按照一起打天下、一起坐天下的共识，刘邦分得了最大的一块，当了皇帝；韩信等人分得了仅次于皇帝的一块，做了诸侯王。其他的功臣，也都按照不等的功劳，分得了将相列侯、各级爵位官职和土地财富等。这个一起打天下、一起坐天下的共识，史家称作"共天下"原则，是刘邦集团内公认的政治理念，也是刘邦集团战胜项羽集团的最大法宝。

这个情况，可以借用公司的情况来做更深入的说明。刘邦与广大功臣将士是共同创业者，一起从白手起家奋斗到公司上市，按照贡献大小，分得份额不等的股份，都成了原始股东。刘邦呢，因为贡献最大，分得了最大份额的股份，当了董事长；韩信等人呢，分得了仅次于刘邦的股份，都成了董事；其他的各级功臣将士，股份依次递减，成了各级股东。所有这些，都属于所有权上的划分。

所有权的归属清楚以后，紧接着就是经营权的委托了。刘邦被诸侯王推举当皇帝，相当于总公司经营权的委托，基于股东大会（广大功臣将士）的意向，诸位董事一致推举刘邦为总经理（皇帝），全权负责整个公司的经营，包括人事的任免。相对于此，总公司之下分设七个独立的分公司，由总经理发布任命，委托七位董事分别担任分公司总经理，全权负责分公司的经营……

看得出来，在公司刚刚上市的时候，基于共同出资、共同所有、共同创业、共同经营的公认原则，公司的所有权和经营权划分是清楚明确的。董事长只是最大的股东，总经理只是被董事会委任的最高经营者——CEO。同样的道理，通过民众战争打下来的王朝国家刚刚建立的时候，基于共同打天下、共同坐天下的"共天下"原则，王朝的所有权和经营权也是清楚明确的。皇帝只是占有最大份额的所有者之一，同时也是被广大功臣将士所委托的最高经营者。在这个时段，无论是公司还是政权，所有权和经营权都到达了一种和谐的平衡阶段。

不过，历史的发展往往是由对立走向统一，由紧张走向平衡，统一和平衡以后，又走向新的对立和紧张——由于各种不同的原因。汉王朝建立以后，出于体制和个人的双重原因，新的对立和紧张开始显现出来。

刘邦的皇帝称号，是从秦始皇手上继承下来的，政治制度也是从秦王朝继承下来的。不过，秦始皇的天下，是祖上传下来

辑四　历史与艺术

的天下，是依靠血缘代代继承的家天下。在家天下的政治格局之下，世袭皇权是政治权力的本源，皇帝如同家族企业的老板，他任命大臣，如同雇用职工；他对臣下的生杀予夺，如同私营老板对职工的赏罚解雇。所以说，家天下的政治格局和共天下的政治格局，从起源、构造到运作，都有本质的不同。接受了秦王朝旧体制的汉王朝，就像是旧瓶装新酒。共天下政治格局的新酒被勉强装入家天下皇帝制的旧瓶以后，旧体制和新理念的矛盾必然出现。

秦始皇是刘邦终身崇拜的偶像。做了皇帝以后的刘邦，内心深处的隐衷，是要做秦始皇，他想大权独揽，希望完全按照自己的个人愿望，建立稳固的世袭皇权，让自己的子孙，世世代代做天下的主人。也就是说，做了皇帝以后的刘邦，施政中心和人生目标，是建立起一家一姓的家天下的新政治。如此一来，家天下的新政推行与既有的共天下的政治格局之间，势必会紧张和发生冲突。

认清了上述历史背景以后，再来看韩信为何被杀，事情基本上就清楚了。

汉帝国的天下，三分之二是韩信打下来的。韩信是仅次于刘邦的第二大功勋者，共天下政治格局中功臣宿将的最高代表。刘邦做了皇帝，启动家天下的政治运动以后，韩信首当其冲，可以说是必然的事情。

下面，我将韩信等人在这个家天下的政治运动中被迫害致死的过程简单梳理如下：

一、汉高帝五年，韩信指挥六十万联军与项羽决战垓下，大获全胜。胜利后，刘邦的第一个行动，就是突入韩信的军营，夺去韩信的军权。紧接着,他将韩信的封国由齐国迁徙到楚国,防止韩信在一手打下来的地方坐大。

二、汉高帝六年,刘邦听从陈平的诡计,诈称巡游云梦,将前来迎接的楚王韩信逮捕,废为淮阴侯,从此软禁起来。不久,将楚国分为楚国和荆国,封自己的弟弟刘交为楚王,封自己的从兄子刘贾为荆王,又封自己的私生子刘肥为齐王,家天下的步伐,从最高一级诸侯王的兴废开始。

三、韩信先被软禁在洛阳,后被软禁在长安。汉高帝七年,刘邦进攻韩国,韩王信逃入匈奴。刘邦将韩国的土地封与自己的哥哥刘喜,称代王。汉高帝八年,刘邦废赵王张敖,后来,将赵国封给幼子刘如意。

四、汉高帝十一年,韩信被诱骗进入未央宫,以谋反的罪名诛杀,灭三族。不久,刘邦秘密逮捕梁王彭越,以具备造反之形的莫须有罪名判处迁徙,途中被吕后阻拦,改判处死。封儿子刘恢为梁王。

五、汉高帝十二年,淮南王英布因为韩信与彭越被处死而恐惧不安,起兵反叛。刘邦攻灭淮南国,杀死英布。封儿子刘长为淮南王。

通过这个简单的梳理可以看出,汉王朝建立以后,刘邦在有计划、有步骤地推行"家天下"。在推行"家天下"的过程中,刘邦将曾经一起"共天下"的诸侯王一一消灭,取而代之的是自己的亲族。汉高帝十二年,消灭异姓诸侯王的计划实现以后,刘邦"家天下"的运动又有了新的指向,他开始将打压迫害的对象,转向仅次于诸侯王的列侯将相。首当其冲者,就是相国萧何。家天下与共天下的斗争,又进入了新的阶段……

总结而言，韩信被杀的深层历史背景，在于上述"共天下"和"家天下"的冲突。若没有对这个重大历史背景的理解，我们对西汉帝国的历史甚至整个中国历史的理解，都走不出王朝正统史观两千年来散布的迷雾，难免陷于糊涂。

项羽为何不肯过江？[1]

暑假在北京，我与陆川谈及秦末汉初的种种事情，项羽之死自然是缺不了的话题。第一次见面，陆川问我，项羽为什么放弃逃生，拒绝渡江东去，仅仅是无颜见江东父老？

我当时答道，如果是刘邦，一定抢先登船，说一声拜拜，将亲人将士扔下，先逃之夭夭，然后东山再起。这是草根细民顽强而无耻的生命力。

项羽呢，他是古来的贵族，睥睨天下的英雄，勇猛无敌的战士，他那高傲的天性决定了他的行动：宁可战死，绝不逃生。项羽作战从来身先士卒，他视眼下的围困为最后的战斗。乌江岸边，项羽领二十六骑殊死决战，他为成就故人的功德拔剑自刎。他死得悲壮，在他人生的最后时刻，他做出了最佳的选择，他选择了美丽的死。

我的这种回答，有历史分析的背景，更多的也许是一种感受，一种古今交会的历史感。

---

[1] 这篇文章，2010 年 9 月发表在我的博客上。有删改。

陆川正在筹备拍《鸿门宴》,从刘邦归顺项梁一直到韩信之死。我正在写复活型历史叙事三部曲的第二部——《楚亡》,从韩信反攻关中一直到项羽之死。这一段风云起伏的历史,是我们共同关心的话题。

陆川有很好的历史感,我与他常常有意想不到的不谋而合之处,他谦虚地称我为"我的老师",可能是因为我的一些看法对他的创作有些微的启示。实际上,启发是相互的,他的一些问题,也常常给我不少启发,促使我跳出学科划界的樊笼,关注到很多有趣的新东西。

陆川是电影导演,他要用影像来表现古今交会的历史感。我是用文字表现历史的人文学者,我的回答,概括性强,大概是缺少了过程,肯定也缺少画面,我感觉他听后似乎有些茫然。

有关项羽之死的历史,我是做过深入研究的,这也是我《楚亡》的重中之重。事后,我再次审视了这段历史,因为有了新的视点而增添了新的发现和感受,对于项羽不渡乌江的解释,可以重新梳理如下:

一、垓下之战战败,项羽困守垓下城。他与虞姬分别,率领八百骑士夜间溃围南去时,是怀着强烈的求生欲望,打算回到江东,东山再起的。

二、当他渡过淮河,抵达阴陵县(今安徽定远)时,被当地的老农欺骗,走错了路,误入大泽中。这件事情,干扰了项羽逃生的途程,使他被汉军的灌婴骑兵军团追上而难以脱身。现在想来,或许也对项羽放弃求生有相当的心理影响。阴陵是楚国故地,曾经是可靠的老根据地。而今,身为楚王的项羽在楚国的故土,被楚国的旧民欺骗,楚国地区民心的丧失离反,他当然能够刻骨地感受到，而且不会没有强烈的震撼。

项羽是下相人（今江苏宿迁），距离阴陵不远。项羽起兵江东在会稽，地点在今江苏苏州，只是他与项梁避难的客居之地。两地其实相距很远。面对阴陵的民心丧失，项羽对于江东的民心，怕是已经没有信心了。想来，此时此刻的项羽，渡江东去之意已经飘摇。所以说，四面楚歌，瓦解了广大楚军战士的斗志；阴陵被欺，动摇了项羽渡江东去的决心。

三、项羽由阴陵抵达东城（今安徽定远），身边只剩下二十八骑。在东城郊外，项羽率领二十八骑炫耀式地打了一场教科书式的战斗，完全按照预定计划，溃围、斩将、夺旗，斩杀汉军都尉一人，骑士近百人，自己只损失了两人。就在这场战斗开始之前，项羽有一段传颂千古的留言。他对二十八骑说道：我起兵至今八年了，身经七十余战，所当者破，所击者服，没有打过败仗，终于霸有天下。然而，如今终于困顿于此，这是天要亡我，而非战之过失也。吾今日愿与诸君一道快战，定将三战三胜，为诸君演示溃围、斩将、夺旗，使诸君知道"天亡我，非战之罪也"。

仔细体味这段话，在东城之战时，项羽已经断绝了求生的念头，他认定了"亡我"的天命，决心顺从命运的安排，以光辉的战死来结束天生战士的生命。

可以说，从垓下突围的求生再起，到阴陵受骗的丧失民心，再到东城示战的认命求死，项羽的内心经历了三重生死对决。到了乌江岸边，战死的最终选择，已经如同日月天光，明澈透亮；如同江心磐石，坚定不移。

他拒绝乌江亭长的劝告，弃船不渡，不过是水到渠成。无颜见江东父老，只是情感羞愧的托词，真正的理由，或许在于他那伟大战士的人格和灵魂。战士的人生归宿是战死，最美丽的战死，是驰骋于万军丛中，直面上苍天命，以短剑结束自己的生命——如同项羽。

……

意想不到的是，因为整理这一段文字，我回忆起前年追踪项羽之死的踪迹，在东城遗址考察的情景，几多鲜活的画面，一一浮现在脑海中。

民间传说，霸王别姬，虞姬自杀后，项羽割下虞姬的头颅带在身上突围而出，到东城时方才埋葬，当地至今有虞姬墓。这个传说，虽然动人却有些血腥。

更美的想象，是项羽带走了虞姬的秀发，东城快战前，秀发化作白花，化作白鸟，化作白云，引来一场白雪……这场神奇的天变异动，成为项羽认定天命的契机，他决心与虞姬同去，永不分离……

至于在阴陵被欺骗后，迷路的项羽在大泽中看到了什么……或许是躲避战乱的苦难民众，对于楚国楚王的失望和绝望，如同秦末天下苦于秦朝苛政的重演，薛城所见的父老，如今又在大泽中……也许，又是一种可以追求的场面？

塑造战神项羽：评电视专题片《西楚霸王》[1]

看完了三集电视专题片《西楚霸王》后，我曾经写信给导演黄凯说，片子剪裁得体，文辞尤好，有的地方灯光稍暗。另有一点看法，适当的时候会写成博文公开。

如今得空将那些感受写出来，既是还文债，也是了结自己的心愿。

先说文辞尤好。片中的解说词铿锵绚丽，荡气回肠处，不时有韵味深长的转折。比如说鸿门宴，"许多年来，这场其实并不丰盛的晚宴，一直在人们的心中无穷地演绎，直至成为中国历史上最著名的一次宴会"，"只要项羽动动手指头，那这场宴会瞬间就会变成鲜血淋漓的屠宰场"，又说"真正的历史，从来没有远离过我们的生活"。这些美丽的文辞，首先打动了我。

再说剪裁得体。项羽一生，短暂却波澜壮阔，他的胜利，决定了秦帝国的崩溃；他的失败，催生了汉帝国的诞生；他的一

---

[1] 这篇文章，是我为黄凯导演的专题片《西楚霸王》写的评论，也发在我的博客上，时在 2010 年 12 月。有删改。

生，就是他主导下的一部中国历史。片子以巨鹿之战、鸿门宴、彭城之战和垓下之战作为历史长河上高涌的激浪，将这一段跌宕起伏的历史有条不紊地表现出来，其剪裁上的匠心，追求结构的美，也使我多有感慨。

多年以来，历史学走偏了路，过于专注于求真而完全忽略了求美，变得内容枯燥，文辞僵硬，受众越来越少。近年来，我倡导美丽时新的历史学，力图唤醒被历史学遗忘了的对于美的追求，身体力行，打通文史哲，师法司马迁，努力将以《史记》为代表的历史叙事的源头活水，再次引回历史学中来。个人的努力，毕竟是支流细水，放任于主流之外。令人欣慰的是，近年来，不时地在不同类型的媒体中得到殊途同归的共鸣。黄凯先生编导的《西楚霸王》，就是其中之一。

在中国这个有着悠久历史的国家，人们对历史的关心和兴趣，几乎是一种深入人心的国民性。如何更好地继承我们的历史遗产，是一个全民关心的课题。我以为，作为往事遗留的历史，不仅是一种文化遗产，也是一种文化资源，可以称为历史文化资源。历史文化资源至少有四种价值形态：1. 研究资源；2. 教育资源；3. 娱乐资源；4. 观光资源。当我们将历史作为具有不同价值的资源来运用时，得到有不同价值观的结果。经院式史学，主要是在研究和教育的层面上运用历史文化资源；讲坛和影视类，则主要是在教育和娱乐层面上的运用；博物馆和各地的旅游开发，观光资源的运用是其特点，各有各的价值观和运用法，共存于多层次多元化的大史学中。

历史纪录片《西楚霸王》，正是将有关项羽的历史文化资源作为教育、娱乐、观光资源来加以运用的一次综合性尝试，对于制作的苦心和努力，我充分理解；对于片中的问题，我也借此表达一点我的看法。

2010年8月，在咸阳的拍摄现场，黄凯曾经问我，将项羽称为战神是否合适。当时，因为初次听到这样的提法，我没有发表意见。这次看了片子，方才理解了编导的用心，战神项羽，是一条贯穿全片的主线。

项羽是为战争而来到这个世界的，他生于军人之家，高大武勇，天生的军人体魄和气质，他的一生，无论功过，无论生与死，都与战争不可分离。

巨鹿之战，项羽统领数万楚军，破釜沉舟，歼王离军十万，降二十万章邯军，一战成名，不仅决定了秦帝国灭亡的命运，战神之名也由此而生。

彭城之战，项羽以三万奇兵击溃五十六万刘邦联军，不仅再次创造了军事史上的奇迹，也再造了他人生的辉煌，战神的光圈，已经聚定在他的身上。

项羽一生经历七十余战，从未败北。垓下之战，一败而结束军人生涯。他胸怀军人的荣誉和骄傲，愧见江东父老，自刎于乌江。他用自己的生命，殉了军人的天职，完成了战神的升华。

……

在古代中国，曾经有战神蚩尤。蚩尤喜兵好战，与黄帝战于涿鹿，战败身死，被奉为神明。秦末刘邦起兵于沛县，杀牲血涂旗鼓，祭祀蚩尤，就是古代风俗的遗留。两千多年以后，《西楚霸王》重新塑造战神，正是一种新的历史造神的尝试。我欣赏这种努力。

多年以来，我们有一个极大的误解，以为对于神明的敬仰就是迷信。什么是神明？神明是人对自然的敬畏，是人对生存的感谢，是人对自身有限的认知和对无限宇宙的归心低首。心中没有神明的人，是无知狂妄；心中没有神明的人，是没有悟性灵感。在经历过天不怕地不怕的"文革"后，我们又正在经历物质泛滥和环境破坏的冲击，在这个时候，唤醒我们心中久已泯灭的灵性，重新认识人类、生命与自然，刻不容缓。影片《西楚霸王》重新塑造战神的努力，或许能够在呼唤神明回归的空谷中留下一点回音？回音所及的辽远，将远远超出最初的制作意图。

司马迁说，人固有一死，或重于泰山，或轻于鸿毛。毕加索说，死是一种美。我想，美丽的死，是人生的极致。项羽是军人，战死，正是他最美的终结。正是这个最美的终结，成就了他战神的千古英名。

在《西楚霸王》第三集中，我曾就项羽之死说道：对于项羽之死，我们有必要超出世俗的功利，从生命的价值上来认识……

片中插入的只言片语，都是采访时临时的仓促言语。如今我想补充说，死和生未必一致。有人生得光荣，死得丑陋；也有人一生猥琐，却死得轰轰烈烈。

楚汉相争，胜利者是刘邦，这是世俗功利的衡定。从生命的价值着眼，临死前的刘邦，自闭而不愿见人，猜忌而乱杀功臣，病重而拒绝就医，昏乱中死于长乐宫。刘邦之死，虽不能说是轻如鸿毛，确实没有值得怀念称颂之处。

秦始皇消灭六国，是当时天下最大的胜利者。秦始皇晚年贪生求药，病死沙丘。遗体被胡亥赵高做政治利用，腐烂于北上威胁扶苏蒙恬的旅途中，千百年来，被作为丑事提及，可谓死不瞑目。这又是一种评估。

历史是中国人的宗教。中国古代的神明,常常是死去的先祖。殷周革命以后,理性的天道思想兴起,古代的神明早早地死去。到了诸子百家,回避死生的超越,趋向今生的合理,世俗化的中国文化,与超越的宗教渐行渐远。死去的神明所留下的空虚,不得不由历史来填补。

如今,我继续呼唤,愿神明回到我们的心中。

乐府钟与秦国乐舞：对话音乐家谭盾

这是一篇线上对话，时在 2022 年 3 月 6 日下午。当时，谭盾在北京，我在名古屋。

由西安交响乐团发起，联合秦始皇兵马俑博物馆和陕西大剧院，邀请到音乐家谭盾老师，策划一部表现秦文化的交响微电影。初步的方案出来后，有些不尽如人意的地方。制片方希望我能帮忙出出主意，提供一些思路和创意，于是组织了这次对话。

这次对话，由交响微电影的制作方，陕西爱乐剧院管理公司的董事长曹彦女士主持。这篇文章，根据西安交响乐团的品牌经理郭睿女士整理的会议记录稿写成。

谭盾（以下简称谭）：谢谢您的意见。我们这几段音乐，从音乐的层面做完了。其实在我这个层面，也就是音乐这个层面上，我们提供了一个更大的空间，给文学，给导演们。所以，可能给您的文案会比较抽象、比较浪漫。在更具体、更实在的面上，您这边有很多故事的结构和概念，我觉得特别特别好。如果能把这些引入视觉呈现的层面上去，就太好了。

李开元（以下简称李）：谢谢，是这样的。郭睿他们把这个视觉呈现发给我看了，也把你的构思给我看了，我觉得整个都非常好。后来听曹总说，他们给你的，是根据《秦颂》而来的一个文本。因为完成比较早，只有兵马俑。当然，你并没有受到那个局限。不过，我觉得我可以给你提供另外的一点思路，也许能够帮你打开创作的另外一个方向。

谭：我跟您解释两句。最开始，我不是跟张艺谋为大都会歌剧院做了一部叫《秦始皇》的歌剧吗？那个就是根据秦国的故事做的。但是，我们也觉得，在中国做《秦始皇》这部歌剧，现在好像还不大成熟。所以我们有这样一个想法，是不是可以先把博物馆的纪念品，以及文化的纪念，还有我们《秦始皇》歌剧里边已经有的一些跟兵马俑有关的因素抽十几分钟，做一个跟非遗、跟大自然、跟博物馆的纪念有关的内容。等于我们这几段音乐是出自歌剧的，然后略加修改。也是希望曹总这边可以把秦俑，特别是跟博物馆、兵马俑结合起来，做得更加有艺术性、专业性，有一些元宇宙的感觉。但是具体怎么做，可能还是要靠文学、立意、概念和视觉的冲击。

其实这个东西，我倒是觉得不一定要跟秦始皇的故事在一起。一个非常穿越的博物馆的、非遗的、大自然的呈现也是可以的。但是我觉得有一些隐隐约约的文学概念和视觉故事的穿引，可能更容易让大众接受。

李：对，我觉得非常好。你原来那个方案我看了，我非常认可。但是后来看了加上文物影像的整体方案后，我想增加一点内容，看能不能激起你新的灵感。

在最近出土的秦国的文物里，有一个非常有意思的东西，是直接和音乐关联的，叫乐府钟。乐府，是秦国政府的音乐机构，相当于秦国的国家音乐学院。这个东西非常有意思，有意思在哪里呢？我们从前都认为乐府是汉代汉武帝的时候才有的，管理音乐和歌舞，还出了很多有名的音乐家，最有名的是李延年。他是汉武帝李夫人的哥哥，海昏侯刘贺的舅舅。

这件文物出土以后，我们了解到，秦朝的时候就已经有了乐府。这件文物叫乐府钟。钟是乐器，打击乐器。上面刻了"乐府"两个字。这件文物，在我们历史学和考古学界，在中国音乐史、文学史上，都是一个具有划时代意义的东西。它表示在这个时候，秦国已经有一个很完整的政府音乐机构——国家音乐学院了。乐府，它是包括了音乐、舞蹈和诗歌的。

秦国的这个乐府里，已经不限于秦国的本土音乐和乐器，它还在本土音乐的基础上，吸收了各国的音乐。这个特点，我们从李斯的《谏逐客书》中就可以看出来，非常重要。

而且，这件乐器本身很有故事，它是1976年被发现的，1986年被盗，盗卖到香港去了，几经转卖，消失了很多年。大概是1998年，我们又费了很大功夫把它买了回来。这个乐器不大，只有13.3厘米高，7.2厘米宽，非常精美，就收藏在兵马俑博物馆。

这个乐府钟，工艺非常精美，是一件艺术品，现在成了秦国乐府，也就是秦国国家音乐学院的一个标识。还要说明一下，这个乐府钟本身也是一件实用的乐器，它应当是一组乐府钟中的一件。这种组合形式，让我联想到湖北随县曾侯墓出土的那套编钟。如果我们把它，甚至是它的组合，放进视觉艺术里，可能会有些帮助。

这样一来，就可以把百戏俑整个连起来了。因为音乐、舞蹈和百戏，包括诗歌，也就是歌词歌曲，都是在乐府管理之下的。从这个角度，就补充了一种新观念。原来的兵马俑，我们称它是一种比较硬的硬文化。如果将乐府补充进来，就相当于有了一种软性的文化。

不是说要请周深唱吗？周深唱法多，他可以唱一种硬的、阳刚的，也可以唱一种软的、阴柔的，岂不正好？我看了原来的方案，谭老师你用了很多秦腔，秦腔它更倾向于硬一点的。如果还有更软性、更开阔的部分，都可以纳入这个里面来。这样的话，我觉得就比较丰满了。

谭：它现在四段音乐是这样的：第一段音乐是比较强悍、粗犷的，秦国的。词，我自己拟了一些词，就是像咒语，好像"元宇咒"一样的词。

第二段有点像奴隶之歌，非常优美。或者说秦俑之歌，就是睡在地底，思念人间的生活。这是非常写意的。我一直在想，"元宇咒"是什么样的？呈现秦俑活在地下的感觉，呈现地下的世界，不就很有三体的感觉吗？但是音乐，它跟第一段不一样。这一部分音乐是非常优美的，是深层的。

第三段更加写意。这一段我想让周深唱，特别像听到下雪的声音——事实上雪是没有声音的。我觉得雪就是每年一次的大棉被，盖上它，会感到温暖，这样一种感觉。也是一种爱情的，对历来生命、家庭的回顾。

最后一段就是秦腔，正好形成一个起承转合，四段。这四段，每一段也就两三分钟，一条短视频的感觉。现在年轻人忙，太长了没耐心。这四段音乐，其实也是比较大结构的抽象。

您这个思想一进来，马上就可以把我们这四段的结构支撑得有血有肉，更加有意思，而且会更加吸引人。

李：对，是这样的。我讲的这个新意，在文献上，它有一个很重要，也很深入的渊源，就是《吕氏春秋》。《吕氏春秋》是秦国丞相吕不韦编撰的，里边有两章，《仲夏纪》和《季夏纪》，几乎都是谈音乐的，从道家、阴阳家的角度谈，很独特，非常重要。

李斯是吕不韦的门人，后来做了秦国丞相，他有一篇很有名的文章，叫《谏逐客书》。背景很复杂，也很有意思，涉及秦国的人才方针和文化发展。秦国文化，一直在固执本土的保守和吸收外来的开放之间纠结。秦王政亲政不久，曾经发生了一个重大的历史事件：政府下令，要驱逐所有的外来人才，这就是逐客令。

李斯是楚国人，当然也在被驱逐的名单中。他在离开咸阳的途中，给秦王政写了一封信，说这样做不合适，不仅不利于秦国的发展，也与秦国原有的用人方针和文化传统不合。秦王收到信后，当即下令召回李斯，废止逐客令。——这些故事，我想谭老师你也知道，我多说两句也无所谓。

在《谏逐客书》里，李斯也谈到了音乐。他说，敲陶瓮，击瓦缶，弹筝敲腿，呜呜歌唱，是最典型的秦国本土音乐。而今天的秦国音乐，并非只有这些，已经广泛地吸收了古往今来、各国各地、各种各样的音乐，比如郑（国）卫（国）之乐，就是流行的轻音乐；比如昭乐、虞乐、武乐、象乐，就是古来的宫廷雅乐。如此丰富多彩，是为了满足当下的审美需要。所以说，积土成山，积水成渊，只有兼收并蓄，才能汇成泱泱大河，聚成巍巍泰山。

李斯的这篇文章，实际上可以作为秦国如何吸收外来文化，如何开放文化的一个纲领。前面说到的乐府钟和秦国乐府，说它已经不仅仅限于秦国本土的音乐和乐器，而是在本土音乐的基础上吸收了各国的音乐，根据就在这里。更详细、更具体的内容，就在《吕氏春秋》里。《吕氏春秋》是在道家宽容基础上广泛吸收而编撰成的。

以前，我们对秦文化有一种不太全面的理解。想到的都是兵马俑和秦法秦律。这一次，如果能补进丰富的音乐性的话，我们就可以得到一个新的，而且是更完整的秦文化的观念，一种新的风格。

谭：我上次写唱歌的时候，好像有拍打大腿这个，应该就是从李斯的传记里看到的。

李：对，《谏逐客书》里就有。李斯是楚国人，吕不韦是卫国人，在河南濮阳。秦有一个不断的再开放过程。

下面的话，对你也许有一点帮助。秦的老家在山东，最早的秦人生活在山东东部，后来经过山西迁到陕西，然后又从陕西到了陇南，就是甘肃南部，这个时候它才开始建国。建国以后它又开始往东走，回到关中，回到陕西，继承了周，然后再往关东走，统一了天下。

还有一些有意思的东西。秦在陇南的时候，就有很多北方草原的文化，是从西北方过来的，东西很多，有金器、银器、车马、武器……可以说，在很早的时候，连通西域的丝绸之路就已经开通了，这是与从前的看法不一样的。

兵马俑博物馆就有很多，包括很多金首饰，都是从西北方过来的。那个时候，中西交通已经有涓涓细流了。这些东西，可能可以扩展你的思路，不像我们原来想的，完全是兵马俑、打打杀杀。

谭：是的。

曹彦（以下简称曹）：我们上次跟谭老师去兵马俑博物馆的时候，博物馆给我们展示了他们的一些百戏俑，特别有意思，而且还有一些鸟、禽。如同您说的，这些其实都可以在镜头里用。这样的话，镜头呈现会非常丰富，有军队的兵的部分，也有生活的部分。百戏俑，就是生活的部分。也有唯美的部分，那些鸟，包括金银器，还有您说的这些美学的，包括宽容的——就是更博大精深的、宽容的部分。我觉得这些都特别好，这样的话，我们就可以在很短的时间内，给世界看到不一样的兵马俑。他们可能本以为兵马俑就是那些兵士，就是那些陪葬的兵士，但是我们可以让他们看到兵马俑生活的、美的、浪漫的一面。

谭：您说得太对了，我觉得就是这样浪漫的。兵马俑本身就是一个非常浪漫的概念、浪漫的举动。

你想，他把我埋在底下，让我永生永世跟这片土地融在一起，保护这片土地。当时，我们歌剧《秦始皇》里也有一些词是非常浪漫的，非常"秦国主义"。但是在"秦国主义"的同时，又非常浪漫。我觉得浪漫很好。所以这也是我为什么在征求大家的意见，为什么我想用三种语言，用咒语、秦语、英文。我们就是想把这个东西做成一个国际性、元宇宙文化的境界，一种用地球跟宇宙其他星球做比较而得出来的一种感觉。所以，如果是用"咒语＋秦腔"，再加上一点点英文在里面，就显得更加（开放和多元）。您觉得这样可以吗？

李：我觉得完全可以。因为你看兵马俑，它是一个很奇特的事情，它是突然出现的。突然出现这种大型的、写实的人物雕塑。在兵马俑以前，战国的时候，或更早的时代，所有的雕塑中都没有这种东西。后来有一种说法——尽管还不能确定，但是我们觉得有可能——这种雕塑艺术，或许是从西方传过来的。如果你用英语的话，还暗示了一种中西文化交流。

谭：我们当时看百戏俑的时候，他们跟我们解释了兵马俑的一些雕塑，他们的手臂像古希腊的艺术一样，非常粗壮，还有那个肌肉感。

李：你们艺术家如果做一个隐喻在里面，我觉得就留下一个想象的空间了。所以说，你用三种语言，我觉得非常好。咒语，它是隐喻的；中文，本土的；再加上一定程度的英语，就模模糊糊表示一种更广阔的国际视野。我是觉得完全可以。

谭：我们现在的英文歌词也是很写意的。比如说听见雪的声音，风带来雪的问候，就是非常印象的、浪漫的。

曹：我的想法就是浪漫的这种，我想镜头可以从兵马俑抽出来，就是那种鸟、禽、金银器，我觉得这些可以成为另外一种展现，或者是爱情的展现，都挺有意思的。我们正好本来就有四段，这四段岔开，就是软硬对比——李开元老师的软硬对比、强弱对比、爱情跟士兵的对比，正好可以岔开来做，视觉会更丰富。而且我的想法是每一段抽出来都能独立成章，可以独立发YouTube，或者在其他网络平台传播。我们这四段，是一个整体概念，但是每一段又都能抽出来，独立传播。独立传播的时候，不打架。传播这一段的时候，可能是兵马俑的镜头，传播另外一段可能就是百戏俑，是金银器，是乐府的片段。

李：还有就是这个乐府钟，它很小，只有 13 厘米高，可以拿在手上。所以，你要做个假的，让周深拿在手上，是完全可以考虑的，而且它很精美。你也可以再做大的，因为它原来肯定是一组，大大小小都有，从很大，到很小。这个剧组完全可以安排，有很大的运用空间。

谭：这个乐府钟是金做的吗？

李：它是铜做的，黑底镶金，非常漂亮。遗憾的是，卖到香港的时候，"乐府"这两个字被抹掉了。要是做一个小的话，可以加进去。

谭：我们可以马上来研究这个。您还有什么观念上、故事上，或者其他方面的建议吗？

李：我的意思大致就是这些了。我主要是觉得，观念上就是我们以前对秦文化有一种过于强硬的理解。它实际上一直处在纠结当中，要不断地吸收外面的东西，吸收后它又纠结，停一下，排斥一下，然后再吸收再排斥，就这样不断往复。所以我有几个关键词：坚定倔强，开放融合，纠结反复。它本土的东西是很坚定，很倔强的；后来也是很开放，很融合的。它就在本土和外来、保守和开放之间，一直纠结反复。可能这是我的一种想象，是我给它量身定做的。

还有一个就是你说的天书，我觉得你可以把它分成两本，比如上下册，和你的四个乐章相配。

谭：其实这个天书，我是胡思乱想的。我是从李斯的文书里，或者是乐府里，生发出来的。因为搞视觉的人，往往会把书卷变成一种书的概念。书是什么呢？按照我们现在的说法，就是把文字写在本子上，或者把文字放在电脑里。我的概念里，书是人类思想、人类梦幻的一种记载。其实也是沟通人类梦幻、人类思想的一个途径。

所以我想，是不是可以通过书，把元宇宙的感觉构造出来。这是我的一个想法。因为我一直觉得表现元宇宙，一定要有一个非常有说服力的、很强的概念，否则就很牵强。我想了半天，觉得如果用书来做元宇宙的概念，把书做成一种宇宙的页码，做成宇宙的查询薄，可能会蛮有意思。如果这种书，又跟李斯，或者跟我们的秦乐府产生一种关联，这个元宇宙的概念就有点儿意思了。您觉得这样可以吗？

李：我觉得完全可以。我有一个朋友叫徐冰，著名的现代艺术家，他做的书，就是天书。这个天书就像你说的，书本身的概念就是一个基本信息，不论什么形式，能不能看懂都没关系，它可以是音乐，可以是图画，可以是文字，什么都可以。它只要有一个信息载体。

谭：对，我觉得我们也可以不叫天书，因为徐冰的展览就叫天书。

我们可以叫——比如声音咒书、声音咒卷，类似于这种概念。您不是说里边还有一些道家的东西吗？我觉得蛮有意思的。您刚才跟我们讲的，我总结了一下，有四点特别好。

第一，您特别强调，在那个时候，其实就有道的东西进来了。

第二，秦已经有乐府，这个乐府是一个音乐机构，一个艺术机构。

第三，我觉得"乐府钟"这个乐器蛮有意思。

第四，可以从浪漫开放的角度去构想，因为那个时候，浪漫开放的氛围已经有了。

这四点，是我今天跟您对话，最大的收获。我觉得我们可以完全把握，把它容纳到我们的感觉里，非常好。

李：非常高兴能够给你提供一点点意见。

辑 五

文学碎片

我写过诗、散文、小说和戏剧，都不成器，也未曾发表。这次编选随笔集，我一一翻了出来，觉得都还有点儿意思。这点儿意思，不在作品本身，而在这些作品与我人生的联系。

我曾经说：学术，不仅是公器，也是作者生命的历程。文学作品，更是生命历程的记录，处处是作者心境的流露。想起当年写诗时的留言：

"吾非诗人，只是想要歌唱。"

于是，选出诗三首、散文一篇，外加小说、纪实文学和舞台剧剧本大纲各一篇，附上按语解题，作为日记的片段，或是自传的旁白引子。

诗三首

给汤姆

我把一张邮票
贴在你的背上
寄到纽约去
还要挂号

解题：学生生活的点滴

我在北大读书期间，有留学生陪住制度。为了方便外国留学生学习汉语，学校会安排中国学生与外国学生同住一个房间，彼此称为同屋。从1980年11月到1981年10月，我的同屋是一个美国小伙子，名叫汤姆。汤姆来自芝加哥大学，邋邋遢遢，大大咧咧，好酒好烟好色好学习，天生一副天不怕地不怕、无拘无束的老美派头。他回国前，我写了这首诗送他。

汤姆摸着头，嘻嘻哈哈地喊道："啊，我的头被邮戳打坏了！"

远航

星星的清光
心里的忧伤
三角形和内接圆
一条小鱼要远航

不管是大
不管是小
不管是内
不管是外
只要有一个世界

解题：之向何方？

北大的学生生活，欢乐幸福的大一、大二，无忧无虑，阳光灿烂。1981年，大三了，烦恼忧虑，纷至沓来。考研还是就业？留京还是回川？要不要到国外去看看？走自己的路还是顺道随流？年过三十的老学生，迎来苦闷期。

问命

你为什么活？
因为上帝说
我没有别的世界

你为什么活？
因为上帝说
你很快会回来

当我回来的时候
会有一个新的世界？

解题：难归去

毕业临近，诸事不顺心，四顾皆茫然。工作不定，爱情失败，事业坎坷。父亲来信，想我回去。清苦而深爱我的老人啊，一生有欠于你，却又感到难从难归。苦闷中，闪现出直面生命，发问上苍的时刻。

圆明园问：七根残柱

夕阳落下西山，把天边染得绯红。我坐在荒芜的石堆上，望着那一片废墟出神。

你是谁，残柱七根？

诗人说，那是呼唤。仰望着无垠的苍空，发不出声。

画家说，那是独步。强撑着孤单的身体，找不到路。

哲人说，那是苦行。裸身面对大千世界，怀着欲念。

我走进石柱间。

你在望什么呀？我问。

自己看吧，后生。

是落日的余晖？

不，是金字塔的回光。

你在听什么呀？我问。

自己听吧，后生。

是晚风呼呼掠过？

不，是罗马城毁灭的呻吟。

你在抚弄什么呀？
自己捉摸吧，后生。
是虚无的形？
不，是昔日的荣光。

你有痛苦？
我独自支撑得太久。
你有忧愁？
不能倒下，有故人的遗望。
你有哀伤？
众生迷茫啊，昙花一现。
那么，你在希望吗？我大声问道。
你呢？孩子。他们问我。

月亮升起来了，清清凉凉的，像初升的太阳一样红，要在这朗朗的夜空周行到落。也许，明日清晨，将从东方升起？
究竟是什么啊，七根残柱？
而我呢？

解题：
我爱读散文，喜欢这种简练而自由的文体。
我在北大八年，圆明园留下我绵绵的足迹。那时候的圆明园，是一片残破的废墟，是自由进出的荒野，处处是历史的记忆。我散步去圆明园，跑步去圆明园，约会去圆明园……我去圆明园欢歌，去圆明园哭泣，我去圆明园沉思，去圆明园交谈……

这篇散文，记下了我与圆明园交谈的点滴。

去西藏的女人

我曾经是一个漂泊多年的人。现在，我坐在莫名湖畔的柳荫下，心情十分恬静。

六年了，从上大学起，我就常常坐在这张长椅上，伴着湖水望落日没入西山，倚着柳枝听鱼儿拨动水花。大自然真是陶冶灵性啊，心中的那些波涛，早已潜入了平静的湖底，旧日的那些烟尘，也都溶进了落日的金黄。

我住在湖西的教师宿舍，正在撰写《论陶渊明的隐逸》的论文。妻子告诫我早点去取牛奶，女儿娟娟正在草地上捉蛐蛐。紧一阵慢一阵的蝉鸣，像细网一样蒙住了湖面，偶尔有阴影移动，那是飞过的鸟。

整整六年，清风徐来，水波不兴，湖水如同我心。

只有一次，我被搅动了。

那是三年前，我留校后的第一年，也是这些天，有一批学生要分配离校了。晚饭后，我告诉妻子到湖边走走，就牵着娟娟出了门。娟娟自己玩，我坐在长椅上望着湖水，心中牵挂着论文。突然，我觉得有人站在我身边。抬起头，一个陌生的女人望着我。

"请问，是郑老师吗？"

"郑伯阳。"我有些惶然。

"那就是了，可以打扰一下吗？"

"请便。这里谈，或者……我家就在红楼。"

"这里挺好的。"

她在长椅上坐下来，略显不安。右手拿着一束卷起的纸筒，轻轻敲打着左手，小腿有些神经质地抖动。她说，刚去了我家，妻子让她来这里找我，她请我原谅她的冒昧。

"我是法律系的学生，马上毕业。我叫袁方。袁世凯的袁，方正的方。我听我的朋友谈起过你，他是你们中文系的，一个挺有意思的小伙子……"说到这里，她用纸筒敲打了一下自己的头。

"啰唆这些有什么意思，我还是直截了当地说吧。郑老师，听说你以前搞创作，写小说，还出过一本集子。"

"那是上大学前，在西藏的时候。"

"后来为什么不写了呢？"

"进城念了大学，心静了。其实也写啊，写写陶渊明，讲讲杨柳岸，晓风残月，不也挺有意思。"我想轻描淡述。

"毕竟是别人的东西，离自己远了。"

我心下一动，望了她一眼。

"郑老师，你为什么要来念大学？"她又问。

"为什么？……"我很诧异，愣住了。

"是不是厌倦了？那里太荒凉，太苦了。"

我苦笑了一下。

"我妻子受不了。我们结婚五年,一起生活了十二个月,特别是有了孩子以后。"

她点点头,长长送了一口气,把拿在手上的纸筒在腿上展开,用手摊平,纸片飞到了我的脚边,是一张毕业生分配表。我捡起来,递给她。她没有接住,纸片飘飘摇摇掉进湖里。我站起来,她摆摆手,拦住了我。

"由它去吧,我不要了。"

她的语调高昂起来,声音里有一种突如其来的热情和信赖。

"郑老师,请你指点我一下,我可以去西藏吗?我不认识去过那里的人,只有请教你了。"

我望着她,认真打量起来。这是一个并不年轻的学生,换句社会上的话,这是一个年近三十的女人。她穿戴平常,甚至有点儿邋遢,皱巴巴的咖啡色长裤上,玉米糊干后的印迹足以说明一切。不顺心啊,生活。她眼角有细密的皱纹,眼圈也有些浮肿泛青,干巴巴、瘦精精的身子,拖拉着一种为烦恼所苦的憔悴。用男人的眼光看,她毫无魅力;用算命先生的眼光看,她甚至有些克夫相。特别是那双小小的三角眼,嵌在下陷的眼窝里,一会儿黯然无光,突然又会冒出炙人的火来,怪撩人的。

她坦然地承受我的打量。

"我算是老学生了,这你懂的。我已经结了婚,有一个孩子,上学前就有。上学前,我在法院工作,学了四年法律,又要回法院去。在法院我也干不成什么事情,那里能人多,关系复杂,我一辈子抄抄写写罢了。"

她停了一下,继续说:

"我想改行,换个活法,起码不要又回到过去的生活,太没意思了。我读过你的书，我觉得西藏是值得去的地方，那里也要人，什么样的都要，我想去写作。"

如果眼前是一个二十岁的可爱女学生，这番话出自她那稚气的小嘴，我会瞬间心醉，在纯粹美的欣赏之后，赞叹三声。然后，用两根指头捏住她的绣花衣领，笑眯眯地浇上一盆冷水，直到她热退身凉，连打三个喷嚏，再把她推入莫名湖，甜滋滋地逼她游上五圈。那时候，如果她既不感冒，又不喘息的话，再约好明早六点从长计议，并通知她的父母参加。但是，这番话出自一个三十岁的女人，一个孩子的母亲，一个学法律的老学生，我就只有当真了。

"你丈夫同意吗？"

"我没有同他商量。"

"孩子呢？"

"正是我想问你的。你说，孩子在那儿能活吗？只要能，我就去。我听你一句话。"

我沉默了。

我历来讨厌所谓青年导师、命运指导者之流的人物，我自己就吃过指路明灯不少的亏。多年以来，我感到自己在这个世界上生活，已经足够艰苦不易了，从未想过去指导别人的人生。

唯有那天，我感到被一种无形的力控制住了。庄周梦蝶，不知周也，不知蝶也。我突然觉得自己非常理解眼前这个憔悴的女人。我有一种命运感。我感到这个女人的命运是已经决定了的。她之所以找我，不过是寻求一种身外的假托，并非要我为她决定，而是要我为她宣布。

现在想起来还有些脊梁发麻。当时，我竟然用一种连我自己都觉得异样的声音说:"我在那里生活了八年,那里有蓝得发亮的天,强烈得刺眼的阳光,我有时候骑着马沿着湖边走,随便找个草滩歇歇脚。我喝青稞酒,整天整夜地跳过锅庄,藏胞的歌,高敞清亮,就在山谷顶上打转。那时候,我就不想走了,拴住马,枕着石头躺下来,拔棵青草嚼,嘴里苦涩涩的,眼里望着蓝天白云,只想就那样去了……当然,苦啊,累啊,烦人的事多了去。不过,只要你不在乎虱子和羊膻味,你就会得到在这里得不到的东西。"

"你是说,我应当去了?"

我把头转开。

"只请回答我一句话,孩子在那儿能活吗?汉族的孩子,我的孩子,他五岁了。"

"死不了。"

我突然恨起来,几乎是有些狠狠答道。

就这样,她走了。

一连好几天,我心里都不舒服,好像有什么东西顶在心口,隐隐作痛。我怀疑是在高原山被马踢伤的旧创又复发了。

妻子温柔又懂几分医道,为我按摩了几次,就不痛了。她体贴我,那几天也陪我来湖边坐坐。她亲亲娟娟,娟娟亲亲我。娟娟拉起妈妈的手,又拉起我的手,妻子微微一笑,会心地望我一眼。我的心醉了,静了,如同这夏天的湖水。

往事如烟。

六月天,考试时节,湖边几乎寂无人迹。粉红的合欢开了,翘在高枝上,像是要飞。临湖的小山坡上,大丛大丛的玫瑰,编织得娇艳。甜甜的花香，混在闷热的空气里，昏沉沉，迷糊糊，使人想睡。

"归去来兮，田园将芜胡不归，既自以心为形役，奚惆怅而独悲。"湖边的我，颇有些陶翁的情怀，感悟到自然的灵性。今是而昨非，昨非而今是。天地与我共生，万物与我为一，何须去辨析，何苦去求索。恍兮惚兮，觉得有人沿湖岸走来。

"郑老师。"

一声女人的呼唤将我惊醒。我转过身来，还没有想到伸出手去，两只丰润的手已经抓住了我的手，热烈有力。

"你是？"我恍如梦中。

"我是袁方啊，袁方，你忘了吗？袁世凯的袁，方正的方。三年前，郑老师，我们就在这里。"

"三年前？"我摇摇头。

"是你指点我去西藏的，多亏你的指点，我真是感谢你啊！"

啊……

我想起来了。

她的外貌变化太大了，难怪我认不出来。长发剪了，短短的，衬着圆润起来的脸，两颊上带着高原日晒后特有的红晕，水滑凝脂的脸上，满是喜气洋洋。瘦精精的身子丰腴了，薄薄的白棉布衬衣，有点束不住那隆起的胸脯，小有一种新婚少妇初发福的风韵。她站在我面前，我感到一股股撩人的热浪扑面而来。

"过得好吗？"我问道。

"很好，也苦。我什么都熬过来了，什么都不在乎了。郑老师，你说得对，只要不怕虱子和羊膻味，就会得到这里得不到的东西。对我这样一个女人来说，快乐顺心，工作、事业、爱人、受人尊重，我还有什么可说的？山啊，湖啊，青稞酒啊，锅庄啊，你说过的，我全有了。我自己也唱歌，还唱得不错……"

她忍不住笑起来，很动人。

"孩子呢？"我突然想起来了。

她迟疑了一下。

"挺好的，跟他爸爸了。我们算是各得其所。"

说到这里，她突然转过身去，高声喊道："大利，大利，我的提包呢？把提包拿过来。"

这时，我才注意到，离她十来步远的地方，一个男人站在柳荫下。他闻声走过来，手里拿着一个黑色的人造革提包。

这是一个强壮的矮个儿男人，脸上也带着高原日晒后的黑红光彩。他大概不会超过二十五岁，尽管留着连鬓胡，却掩饰不住青春的稚气。他把提包递给袁方，又退开了。

袁方打开提包，深陷的小三角眼闪亮，望了走开的男人一眼。男人用热烈的、迷恋的眼光回应她，好像没有看见我。看得出来，这是一个不在乎旁人怎么想怎么看的人。

袁方从提包里取出一个用牛皮纸包裹的小包，递给我。

"郑老师，这是我送给你的，感谢你指点了我。没有你的指点，不会有我的今天。"

分手的时候，袁方再一次紧紧地握住了我的手说：

"郑老师，我永远感谢你。你使我过得非常快乐。人生我已经过了一半，只有这三年，我才是真正的幸福，用什么也不换，哪怕再给我十年青春。"

他们走后，我打开纸包，是一本散发着油墨味儿的新书。

《高原纪行》，作者袁方。

我捧着书，无心打开。想了想，把书投进了墨绿的湖水，任它沉下去。

对于一颗已经平静下来的心，已经逝去了的岁月，还是不要去翻动的好。

宁静谈不上幸福，起码不痛苦。

1984 年 6 月 3 日
于北大 21 楼 210

解题：一种心境的流露

留校以后，年年毕业生离校，我都有一种惆怅。铁打的营盘流水的兵，河边的垂柳逝去的水。我这个曾经如同流水的兵，如今是安营扎寨，筑起一阕杨柳岸，晓风残月的安康。那些昔日的激情壮怀，那些梦中的雪山草原，那些远方和诗，在送别中泛起，在送别后消散，如同夏日的蛛丝蝉鸣……

法华寺之夜：历史转折时刻的袁世凯

倘若出现这样一个决定命运的历史时刻，这一刻必将影响数十年乃至数百年。

——斯蒂芬·茨威格

一 时势的推动

一八九六年六月，一群锐意改革的青年政治家，聚集在二十六岁的光绪皇帝周围，毅然宣布变法维新。

新法的颁行，如一股新潮注入死水一塘的大清帝国，清新的生气，从帝国的顶端播散下来，和平振兴中国的希望，千载难逢地降临在神州大地上。

新法的颁行，也如飞舞的皮鞭，抽打在守旧派裸露的脊梁上。在列强瓜分中国的枪声炮火中，他们闭目养神，昏昏欲睡。在皇帝挥舞的皮鞭下，他们迅速惊醒。他们先是痛苦不解，继而惊恐不安，终于绝望而怨毒横生。他们前所未有地团结起来，聚集在北洋大臣兼直隶总督荣禄的周围，在天津形成一个反对新法的阴谋中心。

政局的关键人物是慈禧。

此时，这位六十多岁的老太太，正在颐和园中安度晚年。她已经归政于光绪，整日在昆明湖畔的乐寿堂中闭目诵经。她表面上如野鹤闲云，与世无争，实则是一头假寐的猛虎，眯缝着眼遥临在紫禁城上，暗暗操纵着帝国。保守派们清楚地知道，只有她能够管束那位无法无天的皇帝，阻止新政。他们唯一的出路，就是挑起慈禧对光绪和新政的愤怒。

年轻的光绪也清楚地知道，只有慈禧不加以反对，新政才能推行。在实行新政的一百天里，他十二次往返于紫禁城和颐和园之间，小心翼翼地争取慈禧对新政的认同。

七月，光绪把变法大大地向前推进了一步。他罢免了阻挠新法的礼部六位大臣，任命谭嗣同、林旭、杨锐、刘光第等四人在军机章京上行走，参与新政。

保守派们终于忍受不住了，他们一致认为皇帝是发了疯。他们频繁往来于北京和天津之间，将指控新政的上书，如雪片一般送到慈禧手中。他们跟跟跄跄，拖儿带女地奔赴颐和园，向慈禧哭诉皇帝的荒唐和新政的危害。他们恳请慈禧重新垂帘听政，拯救大清三百年江山不至毁于一旦。

从颐和园到紫禁城，京城内外，京津之间，各种谣言骤然蜂起，各种阴谋显露端倪。有消息说，皇帝服用了康有为进献的丹丸，乱了天性，要剪辫子换洋装，不再认太后是自己的母亲。有消息说，太后因皇帝的胡作非为，准备废黜光绪。有消息说，日本前首相伊藤博文已经抵达中国，不久将入军机主持大清国政……

从内到外，从此到彼，到处是谣言，到处是阴谋，生生灭灭，来去无踪。究竟是阴谋者在制造谣言，还是谣言在暗示阴谋者，直到今天依然是一个谜。从庶民到大臣，从皇帝到太后，人人危不自安，到处是野兽，到处是猎人，究竟是猎人在捕捉野兽，还是野兽在窥视猎人，全都模糊不清。

不过，一个不祥的传闻却经久不散，日甚一日。太后和皇帝，将于九月到天津阅兵。届时，皇帝将被废黜。

光绪察觉到了危险。为了应对可能出现的政变，他接受了谭嗣同的建议，决定起用新军首领袁世凯。

七月二十六日，皇帝下诏，传袁世凯进京陛见。

从这一时刻起，袁世凯，这个本来微不足道的小人物，进入中国历史旋涡的核心。历史，将因他而改观。

二　袁世凯

袁世凯，是一位慷慨激昂的新派人物，一位有胆略有权谋、有实战经验的青年军官。在清末腐朽的官场中，他是一位正在崛起的新秀。

袁世凯出身于世代官宦之家，在战乱中长大，二十三岁投笔从戎，随清军到达朝鲜，开始在风云突变的政治军事活动中崭露头角，显示了应付事变的才干。

二十六岁那年，袁世凯独当大任，出任清朝"驻扎朝鲜总理交涉通商事务"大臣，深入各国在朝鲜的争夺，通晓洋务。甲午战争前，他认清日本决心一战的真意，坚决主张调陆海军入朝参战。由于李鸿章的妥协，他在朝鲜受到日本人的侮辱，几乎被武装押解出境。甲午战争中，中国军队的失败，特别是他所发迹的湘军和淮军的惨败，使他思想上受到了极大的震动，禁不住仰天长叹："天也！命也！痛愤也无可说……京堂之大国束手为小丑所困，讵非天乎？然也由谋之不臧，平时不绸缪也。"

正是在甲午战败的刺激下，袁世凯和当时很多有为之士一样，参加了强学会，加入了维新派的行列。他与康有为交往甚密，饮酒高论，纵谈变法练兵，强国雪耻。当他得到督办新军的任命时，维新派们都认为这是同志掌兵，寄予了殷切的希望。

光绪决定召见袁世凯时，袁世凯正在天津小站训练新军。以此时袁世凯的职务和地位而论，他在清朝政局中无足轻重，不过一区区直隶按察使。然而，由于种种历史因素的因缘际会，他所统率的新军，在当时错综复杂的政局中地位陡然突起。

袁世凯的这支新军，数量仅七千人，并不足以进行大的战争。但是，这支军队，是按照德国陆军的编制、装备组成，是由德国军官训练的现代化军队。这支军队的精锐和机动，最适合作为一支应付突发事变的突击队。更要紧的是，这支新军驻扎在京津腹心地区，可以在三小时内从小站驻地开进北京。

人以物显。正是这支小站新军，让袁世凯受到皇帝的瞩目。时势，偶然地将袁世凯推举到历史舞台上来，尽管暂时还在后台候补听用，但前台的光亮已经闪现。

三 皇帝的暗示

七月二十九日，袁世凯乘坐第一班火车从天津到达北京。时势正在造就他，那深不可测的最高权力核心，向他打开了一线细缝。不过，对于命运的神秘微笑，袁世凯本人毫无察觉。

袁世凯的心情是愉快的，那是加官晋爵的希望所滋生的愉悦。他也有些忐忑，那是人臣叩见天子时的惶恐。他怀着乞讨者即将得到施舍的心情下了火车，以一副极为平庸的形象步入了历史的后台。

八月初一早上，光绪在颐和园玉澜堂接见了袁世凯，详细垂询了新军的训练情况和他对新政的意见。袁世凯一一做了回答。当天下午，光绪破格提拔袁世凯为候补侍郎，继续专办练兵事项。

短暂的兴奋之余，袁世凯感到一种不安。他是政治嗅觉非常敏锐的人，他清楚新旧两派的争斗。他体会到陛见和提升，都是帝党对自己的拉拢。他自感非分受禄，吉凶难测。

八月初二，袁世凯入宫谢恩，流露出自己的不安。光绪笑着对他说："人人都说你练的兵、办的学堂甚好，此后可与荣禄各办各的事。"在赞扬和鼓励外，明显地给了袁世凯以暗示：今后不受荣禄节制，独立遵旨行事。

袁世凯领受了皇帝的暗示。他力图弄明白这个暗示更明确的含义，结果是徒然，因为在皇帝的意识中，这个暗示的意义也不具体。

命运仅仅显示了倾向，离成形还有一段距离。天将降大任于斯人也，必先苦其心志。一种不能自明的精神重负的苦，越来越沉地压在了袁世凯的肩上。

他汗流浃背了。

四　危　机

历史加快了运转，紫禁城上空阴云密布，危险的征兆一个接着一个地出现。

慈禧一直对新政采取默许的态度。她是一个机警干练的老人，知道旧的章法已经不能应付洋人横行的今天，昏庸的老臣们常常误了国事。但毕竟她年事已高，时时想到要有一个安静的晚年，自己的晚年，大清帝国的晚年。罢免礼部六大臣一事，她认为光绪做过了头，帝国的根基受到了震动，她严厉地指责了光绪。她说：

"九列重臣，非有大故不可弃；今以远间亲，新间旧，徇一人而乱家法，祖宗其谓我何？"

光绪顶住了，他辩解说：

"祖宗而在今日，其法必不若是，儿宁忍坏祖宗之法，不忍弃祖宗之民，失祖宗之地，为天下后世笑。"

他们不欢而散，帝后裂隙表面化了。

光绪是中国历史上一大奇人。他从小在慈禧的严厉监护下长大，未经任何操劳争斗执掌了大权，他还没有发展出应付权力角逐的经验和手段，这是他的弱点，也是他失败的要因。但是，正因为旧思想旧经验的尘垢还没有闭塞他的心灵，他才能在人主的高位上听到康有为变法的呼声，唤起内心深处的共鸣，对新法产生一种不顾一切的热忱。他不是历史舞台上的强者，而是先行者，一个在冷酷无情的战场上放歌的诗人。他对帝后关系恶化视而不见，反而用急切的举动加剧了裂隙。

七月二十九日，光绪到颐和园，请求慈禧同意他开懋勤殿，延聘外国政治家一同讨论制定振兴中国的大计。这真是中国几千年政治生活中的大胆举动，也是光绪久藏于心的政治理想。他要做彼得大帝，他想学明治天皇，他比他们走得更远，几乎是用诗人的激情来处理政事。

光绪没有想到，他这种举动的冲击力，已经远远超出了传统所允许的限度，也超出了他个人的能力和权力。他太天真了，当他满怀热情地向慈禧吐露这个计划时，他的心因一种献身的向往而颤动。他没有想到，慈禧听完他的话后，当即神色异常，闭上双目不发一言。

光绪一下子惊呆了，仿佛一瓢凉水从头浇到脚，一种彻骨的寒意沿着脊梁爬上来。他的血开始凉了，他从天上跌到了地面。就在与慈禧无言的对峙中，他产生了一种不祥的预感，他觉得一切可怕的传闻都会应验，他有些疑神疑鬼了。

事态继续恶化。

八月初三，李鸿章的儿女亲家、反对新政最活跃的人物，御史杨崇伊秘密前往天津见荣禄。与荣禄密谈后，杨崇伊回到北京，到颐和园上封事于慈禧，请求太后"训政"。慈禧依然一言不发。

光绪沉不住气了，他感到危险迫在眉睫。他连续发出两道密诏，要康有为策划解救危机的办法。

光绪在第一道密诏中写道："朕惟时局艰难，非变法不足以救中国，非去守旧衰谬之大臣，而用通达英勇之士，不能变法。而皇太后不以为然，朕屡次几谏，太后更怒。今朕位几不保。汝康有为、杨锐、林旭、谭嗣同、刘光第等，可妥速密筹，设法相救。朕十分焦灼，不胜企望之至。特谕。"

光绪在第二道密诏中写道："朕今命汝督办官报，实有不得已之苦衷，非楮墨所能罄也。汝可速出外，不可迟延。汝一片忠爱热肠，朕所深悉。其爱惜身体，善自调摄，将来更效驰驱，朕有厚望焉。特谕。"

初三早上，康有为等人接到了密诏。跪读以后，深重的悲愤之情注满了每个人的心。他们深深地体会到了皇帝的艰难处境和新政所面临的危机，他们痛哭失声。悲愤之余，这一批热血的青年改革者擦干眼泪，迅速做出两项决定：一、康有为马上遵旨离开北京到上海，堵住守旧派的口，缓和光绪和慈禧间的紧张关系。二、实行兵谏，调袁世凯的新军入京，囚禁慈禧，保护光绪，彻底扫除新政推行的障碍。

五　法华寺的会见

法华寺，是京西的一座佛寺，坐落在紫禁城和颐和园之间。袁世凯进京以来，一直住在这里。

初三的夜晚，袁世凯正秉烛伏案，草拟给荣禄的回信。他的心情很是烦躁不安。傍晚，他接到小站军营的来电，说是数艘英国军舰突然开到大沽口，荣禄已经传令各营整装待命，要他迅速回营。他还没有来得及回电，荣禄的一名专使从天津赶来，带来了荣禄的亲笔指令，说英俄两国即将开战，要袁世凯马上回营设防。并通知他，已经调动聂士成的毅军驻扎天津，以防意外。

袁世凯是机警的军人，英俄开战的消息，他不敢妄作评议，但是，毅军调动的消息，马上使他联想到小站和北京之间的交通已经被控制，荣禄在戒备自己了。一种不祥的预感在袁世凯心中越聚越浓，仿佛有某种灾难在逼近，有什么事情要发生。他的心，渐渐沉重起来。

袁世凯实在写不下去了。就在这时，门外传来一阵车马的吆喝声，仆人拿着一张名片走进来，低声说道：

"小军机谭嗣同老爷。"

有关这次具有历史意义的会见，诸家的记载略有不同，但基本内容是清楚的。谭嗣同向袁世凯说明了新旧两党的斗争及光绪的危险处境，特别是天津阅兵废黜皇帝的阴谋及荣禄的关键作用。他要袁世凯迅速回小站，率领新军到天津，诛杀荣禄，代理直隶总督，封锁电报局和铁路，然后领军进入北京，围住颐和园，不许任何人出入。

袁世凯当即魂飞天外，宛如被当头猛击了一棍。这一可怕的行动，无异于把皇帝和太后的命运交到自己手里，要自己在帝后之间做断然的选择，做一把斩龙杀凤的利刀。袁世凯惶恐地推辞说：

"此事干系重大，关两宫安危，恕小臣不敢与闻。"

谭嗣同深知此行是孤注一掷，关系着新政和皇帝的命运，绝无退路可言，当即凛然说道：

"君谓皇上何如人也？"

"旷代之圣主也。"袁世凯肃然答道。

"上方有大难，今日可以救我圣主者，惟在足下。足下欲救则救之，苟不欲救，请至颐和园首仆而杀仆，可以得富贵也。"

谭嗣同一针见血了。

袁世凯正色厉声说：

"君以袁某为何如人哉？圣主乃吾辈所共事之主，仆与足下，同受非常之遇，救护之责，非独足下。"

谭嗣同上前一步，取出光绪的密诏说：

"上意甚急，我有朱谕在手，必须即刻定准一个办法，方可复命。"

袁世凯踌躇了一下，手奉密诏说道：

"容我考虑一下。"

六　决定命运的历史时刻

袁世凯考虑了两分钟。这两分钟，决定了袁世凯一生的命运，中国历史的进程，也因这两分钟而改变。

第一分钟，袁世凯的目光，停留在谭嗣同身上。这位湖北巡抚的公子，年轻的新贵，正用期待的目光望着自己，一种不去估量后果的献身热情，从这目光中迸射出来。袁世凯不能不感染到那夺人的力，他觉得自己的心在怦怦跳动。当年投笔从戎的洒脱，在朝鲜与日军战斗的豪放，甲午战争中的屈辱，加入强学会的慷慨，一并涌上心来。

一种挥刀斩杀的渴望，一种纵情使性，以及冲决一切腐朽的向往，使他的心猛然膨胀，他体内那青年的热血，最后一次汹涌来归。痛痛快快地干吧，做中国的西乡隆盛，与皇帝共命运，做推行新政的名臣，为中国的强盛死而后已。

就在这一瞬间，袁世凯感到一种明显的振动出现在安静的夜空中，仿佛在那遥远的昊天深处，有一双巨大的羽翼在扑动，掀起的气浪，正将自己向上托举。就在这一瞬间，他仿佛听到了一声隐约的呼唤："热血啊热血！"来自远方天际。他浑身如同被火点着一般发热，一股热流涌上脑门。他猛然推开了窗户，仰望星空，想把那声音捕捉住。

世界静息了，星星月亮凝神屏息，天地万物期待着，准备迎接一位英雄的诞生。历史车轮的运转戛然而止，它停止在一个转折点，等待一个拨动的力，一个四两拨千斤的力。不可捉摸的命运，准备委身于伸出手的人。

然而，一棵高大的古松笼罩了窗外小小的庭院，将袁世凯投向空中的视线挡了回来。几声亲切的耳语响起，声音是那样的亲近，仿佛就从古松的根处飘散过来："灼灼园中花，早发还早萎。迟迟涧底松，郁郁含晚翠。"

听啊听出来了，这是祖宗在天之灵的告诫。他想起叔父袁宝龄对自己的谆谆教诲："你少年贵幸，早得重名，以后只患不稳，不患不富贵。灼灼鲜花，艳极一时，却转瞬即逝。郁郁古松，龙钟老态，却千年长久。我历宦途二十年，观事观人，诀窍只在一句话，要稳，唯有稳，能长久。"

袁世凯渐渐平静下来，他不再去寻求那渺茫的呼喊。急行慢行，前程只有许多路。他有些豁然了，他跌回坚实的地面上来，对自己刚才的冲动暗暗发笑。心中的迷雾消散了，他觉得自己头脑清晰，眼光犀利。

"既不接受,也不拒绝,慢慢来,走着瞧。"

后一分钟里,他决定了。

袁世凯从容关上了窗户,他又仔仔细细地把光绪的密诏读了一遍。读罢,他平静地对谭嗣同说:

"我乃不敢惜死,恐或泄露,必将累及皇上,臣子死有余辜。请公先回,容我熟思,布置半月二十日方可复告你如何办法。"

谭嗣同不放心地说:

"荣禄固(曹)操、(王)莽之才,绝世之雄,待之恐不易易。"

袁世凯怒目而视,激昂地说:

"若皇上在仆营,则诛荣禄如杀一狗耳。"

谭嗣同相信了,坦然驱车离去。

一切又恢复了正常,星星诡谲地闪着清光,车轮嘎嘎转动,空中响起一声低沉的叹息,也许只是一只野鸟飞过。

法华寺的夜啊!

七　最后一班车

袁世凯允诺保驾的消息,第二天就为光绪所知,他的紧张不安平缓了,心中用新政拯救大清,使中国富强起来的希望再一次升起。他想到应当缓和同慈禧的关系,耐心等待那关键的时刻。直到这个时候,他才开始发展出应付宫闱阴谋的能力,他感到成熟而自信了。

紫禁城上,希望之光闪烁。

由于康有为离开了北京，慈禧的眼中钉被拔除了。初五，光绪请慈禧一起会见来访的日本首相伊藤博文，慈禧对光绪勾结洋人谋害自己的疑虑冰释了。她甚至怀疑自己是否太多疑，那些可恨的流言传闻，简直是一天天把自己逼到要发疯的地步。世上人事虽然不可尽信，光绪毕竟是自己从小养大的，在这个世界上关系最亲的人。新政若能救国，又何乐而不为呢？只要祖宗牌位不烧，我便不管。她感到一阵疲乏，又回到昆明湖畔去颐养。剩下的时光不多了，她想安安静静地休息。

与此同时，袁世凯结束了他在北京的活动。初五早上，他再一次觐见了光绪，告辞回天津。

十一点三十分，袁世凯登上了从北京开往天津的火车，踏上了决定他一生命运的旅程。

两天以来，袁世凯经历了最复杂纠结的人生。他用拖延的办法赢得了权衡利害的时间。他走访了在京的各位大臣，从李鸿章、刚毅、裕禄到庆王、端王。他小心翼翼地试探他们对时局的态度和对政情的了解，他收集一切可能得到的消息，倾听一切意见，甚至街谈巷议也不放过。他闭门沉思，运筹帷幄，他要从对时局的分析中寻求自己的对策。

毫无疑问，他在政见上是倾向新政的，但在利害上又认为新政太激烈，难免失败。他同情皇帝和维新派的勇气，但也畏惧太后和守旧派的力量。他希望帝后双方、新旧两派调和。但是，形势已经逼迫双方走到了决一死战的地步，最可怕的是，第一枪要由自己来放，刀要由自己来举，牌要由自己来摊出，他陷入了极大的苦恼和矛盾中。

他在初五早上的召见中，恳切谏劝皇上引进老成持重、明达事务的大臣辅佐新政，调理各方关系，切忌操之过急，用人不当。他极力推荐德高望重、开明干练的湖广总督张之洞。光绪点头会意，并无具体表示。

他有些怀疑围园兵谏的事光绪并不知情，而是谭嗣同的妄举。他对谭嗣同这个人是又敬又怕，敬的是他那种置生死于度外的豪放之情，怕的是他那种不计后果的鲁莽险躁。谭嗣同是危险的，像火一样危险，不仅要毁灭自己，还将焚毁与他接近的一切。

就在这两天里，袁世凯什么都想到了，什么都估量了，种种盘算之余，他把一切考虑简洁明了地归结到一点上：此事的成败，会给自己带来什么后果。

事败身死家灭，泉下还得蒙上谋反的弥天罪名，此昭昭然也。事成也是刀山险途，袁家世受国恩，自己身为大清臣子，皇帝是父亲，太后是祖母，帝后之争是皇室内的家事，母子间的龃龉，外人不得过问，特别是汉人，更是绝对不可染指。

侍君如侍虎，君要臣死，就容不得辩解分说了。皇上周围簇拥着谭嗣同一帮操切之臣，一旦谢罪天下，不孝弑母的罪名，岂不要由自己承担？诛晁错，清君侧；刘家安，晁氏危。成败皆是祸，此事万万干不得。

列车在华北平原上疾驰，扑面而来的凉风，使袁世凯的头脑异常清醒。就在这列火车上，袁世凯做出了一生中最精明的决定，做出了一位官员在当时的形势下所能做出的最优选择：把实情向荣禄披露，把交到自己手中的牌，推给荣禄去打。让荣禄直接面对帝后的不合，让谭嗣同去承担欺君弑后的罪名。在帝、后、己三者之间，他找到了一个危害最小的中点。

下午三点，列车抵达天津车站。

袁世凯下火车后，直奔荣禄住所，到吃晚饭时方才出来。

当晚，从天津开往北京的最后一班火车，增挂了一辆专车，专车上坐着北洋大臣直隶总督荣禄，他焦急不安地望着窗外的沉沉夜色，恨不能插翅飞到颐和园。他即将引动一场震撼中国的政治大爆炸，引爆的雷管，就是袁世凯。

八　逆　转

初六清晨，戊戌政变发动。

慈禧得到荣禄的报告后，当即发出一声撕心裂肺的怒吼："这禽兽不如的孽障，我要叫你不得好死！"

慈禧，这位中国最有权势的刚愎女人，她的这一声怒吼，决定了新政的命运，也决定了她对光绪至死不渝的仇恨。

晚年的慈禧，贪奢自好，对生命怀着坚执的依恋。用人施政，天下大事，皆可以从容计议，一旦有事危及自身性命，她就会像受伤的老虎一样不顾一切，扑向可能的敌人，将他撕碎吞食，哪怕是自己的亲人。

当晚，慈禧以迅雷不及掩耳之势从颐和园赶回紫禁城，囚禁了光绪，宣布再次垂帘听政。她废除了新政的一切举措，把谭嗣同等六人送上了刑场。

古老的中国又一次取得了胜利，垂死老人的脸上返回了一丝血色，大清终于求得了一个安静的葬礼，可以留着辫子安然入土了。青年们又用热血祭奠了祖先，他们奔放的热情，再一次被扼杀。和平振兴中国的机会失去了，中国不得不再次以传统的暴力方式，改换自己的门庭。

袁世凯是在初七晚上得到政变消息的，在天津荣禄的督署。当他从荣禄手上接过太后训政的电报时，心上曾掠过一阵不安，但他马上就平静下来了。当他走出督署大门时，已经心平如镜。他认为自己已经安然度过了一生中最大的政治危机，他坚信自己在人生的关键时刻做出了恰当的应对。他充满了自信，坚实的短腿拖动壮实的身躯，一步一步走向远处。他的全部心思，已经投向那即将到来的新的争斗。

就在八月初三法华寺的夜晚，袁世凯平息前一分钟的冲动之后，他的政治风格和处事方式有了显著的变化，开始发展出一种审时度势、量力而行的特点，不信守任何原则，不执着任何信念。利益所在，就是行动的指南；力量所在，就是行动的方向。尽可能避开可能失败的输点，在赢的可能性最大的地方投下赌注。

在这种本领的庇佑之下，袁世凯的仕途一帆风顺。从直隶按察使、山东巡抚到北洋大臣直隶总督，从内阁总理大臣、临时大总统、大总统一直到洪宪皇帝，他春风得意，踌躇满志，几乎开创了一个新的朝代。

可悲的是，到他生命垂危的时刻，在他从皇帝的宝座上跌落下来，在众叛亲离，举国声讨的凄凉气氛中咽气前，他才发现自己的一生最终是一场悲剧。而这场悲剧的开端，就在一八九八年八月初三的晚上，他在法华寺平息冲动后的那一分钟。那一时刻以后，他永远地失去了忘怀的激情，不再有沉醉的欢乐，他不得不时时刻刻在算计谋划中殚精竭虑，耗尽心血。

机关算尽太聪明，反误了卿卿性命。也许，在临终的时刻，他才喃喃自语了一句，我是否算计错了？还没有来得及做出回答，死神就把他带到另一个世界去接受审判。

公正地讲，当时，袁世凯的算计并没有错，无论在利害得失的权衡上，还是在成功失败的估量上，他都无懈可击。不幸的是，他当时面临的是一个特殊的历史时刻，是一个新旧交替、牵一动万的历史转折关头。在这种时刻，历史的新潮不是用力量的轻重，而是用蓬勃的生机来显形的。这种新潮显形，绝非凭借审时度势、算计谋划所能把握，只能凭借一种直觉，一种超出自我、超出计虑的激情。这就是创造性，这就是一个伟大的历史人物的根本素质，也是人生至福的闪现。

袁世凯，他因蒙尘太深而与转动历史的使命失之交臂。中国的命运，也因为托付失人而蹉跎困顿。

一八九八年八月初三，那法华寺的夜晚啊！

1983 年 7 月 13 日于北大
2022 年 4 月 23 日定稿

解题：纪念高贤均兄

这篇文章，当年受高贤均兄指引，读茨威格写成，时在 1983 年，我在北大历史学系做助教。

贤均兄是中文系 78 级，与我同年考入北大的成都同乡，是我引以为师长的挚友。贤均兄毕业后进入人民文学出版社，曾任《华人世界》《当代》杂志主编，是《白鹿原》和《尘埃落定》的发现者和终审者，著有中篇小说《成熟的夏天》、话剧《不速之客》等作品，是一位杰出的编辑兼作家，不幸于2002年因病英年早逝。

80年代初，我已经有将史学和文学打通的意识，开始探索。我的那些不成熟的想法，受到贤均兄的鼓励。他将茨威格介绍给我，一部《茨威格传奇作品集》，我至今爱不释手，成为我写作非虚构历史作品的范本之一。

这篇旧稿是方格稿纸，用钢笔手写。这次整理，用电脑输入时，我读得十分仔细。将近四十年前的旧稿，今日重读，竟然感觉良好。自以为是一篇不错的文章，确是难得。因为四十年来，我的阅历眼力、写作能力已经提升，特别是在历史题材的处理上，不可同日而语。

抚今思昔，我感慨良多。如果没有贤均兄的引导和支持，怕是没有我的今天，没有我的这些打通文史哲的系列叙事作品。

今日整理发表这篇旧稿，为纪念贤均兄。

阿房宫(舞台剧剧本大纲)

序幕

　　时间:现代

　　地点:阿房宫遗址公园

　　事件:历史探秘班招募考场

　　人物:西京大学历史系考古学教授马赞秦

　　同大学物理系教授安西生(以上二人为主考)

　　西京医科大学学生董有(医科生,男应募者)

　　西京艺术大学学生邱妩(画师,女应募者)

　　结果:考试合格,经培训,带着探秘使命(课题)被载上时间列车,送入古代

　　相当于送两名现代特工去秦朝,潜入宫廷。董有成为御医,邱妩成为宫廷画师,二人分别活动在朝廷和后宫。

　　游戏规则:刺探情况,破解疑案,报告给教授(公开给观众)。

　　参加历史活动,不能做改变历史进程的贸然举动。一旦贸然介入,面临不能回到现代的危险。〔剧设其中一人违规(盗窃遗

诏），未能回来〕

剧情一：选妻和大婚

时间：公元前237年（嬴政二十三岁）

地点：秦都咸阳之兴乐宫

亲政第二年，秦王名义上亲政，实际上受制于华阳太后，难以有所作为。闷闷不乐的秦王嬴政，迎来二十三岁生日。按照秦国王室的制度，他将要迎娶王后，完成大婚。

当时，年轻的秦王身边，聚集了一批年轻有为的谋臣武将，如蒙毅、蒙恬兄弟，少年将军李信，车府令赵高，李斯也进入秦王府出任长史，成为重要的谋臣。穿越进入的医学生董有，以高明的医术，进入秦王宫出任御医。

秦孝文王（嬴政的祖父）的王后，嬴政的养祖母华阳太后（镇压了嫪毒之乱，清除了以帝太后为首的赵系外戚集团）扶持嬴政亲政。不过，多年执掌秦国大权的她，依然保持着对政权的影响力（参考慈禧太后）。王室亲贵和老臣们，都团聚在她身边。如丞相熊启、大将王翦等。美术生邱妩，以杰出的化妆和绘图才能，进入太后宫中出任女官。

兴乐宫，太后所居之宫，选妻的舞台。以华阳太后和秦王嬴政为首的王公大臣，分坐在不同席上。

各国使者，陪同各国王女献舞登场。秦王不为所动。赵高引荐赵女（有胡人血统的赵国王女，赵高的远亲，林胡），胡服起舞，妖艳诱惑，华阳夫人面露厌恶之情。年轻的秦王心动，下场一同起舞（建鼓之舞），属意于赵女。

秦王引赵女来到华阳夫人座前，希望选赵女为妻。华阳夫人不悦，丞相熊启耳语华阳夫人，请太祝测算。

太祝以神龟占卜，赵女继续起舞，益发奔放，近于疯狂。天变雷鸣，陨石落下，上书"亡秦者，胡也"，满场皆惊。太祝指赵女有胡人血统，应验天变当为妖孽。华阳夫人下令逮捕赵女，囚禁于掖庭，面临火刑的严惩。

秦王求情，华阳夫人大怒，指责秦王恣心所欲，惑乱于妖妇小人，忘记了祖训传统，损害千秋大业。丞相熊启、大将王翦、长史李斯等纷纷求情。华阳夫人怒气稍息，令秦王去祖庙反省。

剧情二：先王庙与先王先公对话，在后堂与楚夫人相遇

时间：公元前237年（嬴政二十三岁）

地点：祭祀先王先后之祖庙

祖庙四壁，绘制着历代秦公的画像。（画师邱妩在庙中负责绘制）

邱妩引秦王来到四位先王像前：第一代秦公襄公（开国之祖），开创霸业的秦穆公，改革变法的秦献公，奠定统一基业的秦昭王。在与先王先公的对话中，嬴政回顾了秦的历史，感受到先祖托付的重任，明白了自己承前启后、统一天下的使命——天意天命在身。悔恨醒悟，誓言克制私心私欲，为社稷大业献身。

邱妩引领秦王进入王后堂，四壁绘制历代有为的王后像，其中有秦昭王的母亲宣太后，邱妩所绘的华阳夫人画像，尚未完成。华阳太后的侄孙女，丞相熊启的女儿芈婉，正虔敬祭祀先后，随着灯光、音乐缓缓起舞，诉说历代王后辅佐秦王励精图治、体察人心民意、化解危难的往事。已经醒悟的嬴政甚为感动，随芈婉起舞，接受芈婉为妻，是为楚夫人，未来的始皇后。

从此，楚夫人成为人心的象征。

大婚完成，秦国君臣上下，老臣新人，祥和团结，统一大业，顺利推进。

公子扶苏出生。

〔伏笔：掖庭狱中的赵女病重，赵高与御医董有秘密探望，赵高释放赵女，将其保护起来，隐藏于望夷宫〕

〔场间过渡：御医董有与宫廷画师邱妩第一次会面，结合电子书阴阳本查询，解读史书不曾记载的历史之谜：始皇后和公子扶苏的母亲是谁？发出第一份报告书，同时接受第二项探秘指示〕

剧情三：私会赵女，筹划阿房宫

时间：公元前230年（嬴政三十岁）

地点：咸阳城望夷宫

公元前230年，华阳太后去世，执政八年的秦王，不再受外戚势力的掣肘，专权独行，做出加快统一天下、彻底消灭六国的决定。同年，攻破韩国都城新郑，俘虏韩王韩安，韩国灭亡。秦王举行献俘仪式，韩王安及其后宫王族大臣，俯首在秦王脚下。秦王动了修建天下第一宫室的念头。

秦王再接再厉，谋划进攻赵国。他北眺东望，怀念赵女。赵高告知秦王，赵女还在，秦王惊喜。

赵高引领秦王来到望夷宫私会赵女，旧情复燃。立赵女为赵夫人。

赵夫人再次激发秦王，增强了他彻底消灭六国的决心。野心和欲望膨胀的秦王，与赵夫人一道，筹划阿房宫，打算每灭一国，拆毁其祖庙，将其宫室仿建于阿房宫内，将其王族贵妇，献俘于宫中为奴婢。

秦王命画师邱妍按此设想绘制阿房宫蓝图。邱妍预知如此行为，将会激发六国的仇恨和反抗；无尽的徭役和无尽的工程，将会耗尽国力，导致未来秦帝国的崩溃。通过楚夫人劝谏秦王，迷恋于赵夫人的秦王，没有接受。

秦王与赵夫人的儿子胡亥出生。赵夫人难产身亡。〔预知未来的董有，不敢违背游戏规则，救赵女杀胡亥？〕

临终前的赵夫人，不愿让秦王见自己的病容（用汉武帝李夫人故事），掩面托付胡亥与秦王。秦王悲痛，爱屋及乌，钟爱胡亥，交给楚夫人抚养。

剧情四：楚夫人之死

时间：公元前224年（嬴政三十六岁）

地点：楚国旧都之淮阳城（郢陈）

大将王翦统领秦军围攻淮阳城。淮阳城内的楚军统帅，是叛秦的丞相熊启和楚军大将项燕。两军激战。

秦王与楚夫人来到淮阳。

楚夫人与邱妍微服前往淮阳城。（邱妍已成楚夫人亲随）

途中遇楚国民间诗人，宛若屈原《哀郢》的爱国诗篇，诉说着楚国的民意乡情。

楚夫人入城面见父亲熊启，称统一的天意不可阻挡，希望父亲顾及苍生百姓，开城投降。熊启出于乡情国情、亲情军情，自知不可为而为之。提出保留楚国，以扶苏为楚王的投降条件。

秦王微服巡行，与秦军士兵（如同黑夫和惊）相遇。二人原本是楚人，多年前家乡被秦军攻占后，成为新秦人。他们不关心王室姓嬴还是姓熊，时时牵挂的是父母妻子儿女，更在意自己的升迁。秦王由此坚信统一天下的祖业天命，不仅是解救苍生于连绵战火最好的路，也是排除一切贵族传统社会之干扰的手段。在李斯的策划下，秦王抛弃亲贤并用的传统，用人唯贤，彻底排斥亲族贵族，预示了秦的毁灭。

楚夫人见秦王，带来父亲的答复。李斯赵高反对，秦王拒绝了熊启的条件。

熊启称楚王，楚夫人自杀，扶苏的地位微妙，失助被疏远。秦王属意于胡亥，赵高成为胡亥的老师。

楚夫人自杀前，托付画师邱妩，希望她能够帮助公子扶苏。预知未来的邱妩，面临着干预历史而不能返回现代的困境。

邱妩与董有第二次会面，董有察觉邱妩的心思，劝告邱妩。〔董有爱上邱妩〕

由两人发回的报告书宣告：前223年，熊启兵败战死，楚国灭亡。前221年，齐国投降，天下统一。秦帝国建立，秦始皇下令销毁各国史书，抹消六国遗留的一切痕迹。王后后宫的记录，由此消失。

剧情五：真假遗诏

时间：公元前210年（嬴政五十岁）

地点：沙丘平台

事件：第五次巡游，沙丘之谋（伪造遗诏，盗取遗诏）

巡游的车马，经过阿房宫工地，有刘邦身影。过吴（苏州），项羽出现。到琅琊，再次与徐福会。〔在此安排二世胡作

非为？〕

董有将二世胡亥会危害秦的消息透露给徐福，暗示徐福梦告秦始皇。〔另一种选择：由邱妵施法制作梦幻〕

徐福施法，秦始皇入梦，回忆一生往事，见到先王先公、父母、华阳太后、丞相熊启，特别是楚夫人与赵女，心生种种悔恨，醒悟"亡秦者，胡也"的谶言，将应验在胡亥身上。

至沙丘，突然病重不起。紧急改变继承人的安排，放弃胡亥，召还扶苏。口授遗诏，赵高扣留遗诏，与胡亥、李斯密谋，伪造遗诏送上地杀扶苏。

御医董有察觉，告知邱妵，邱妵决定盗遗诏救扶苏。

邱妵潜入内室，盗取遗诏真本，紧急上路，要赶在使者之前抵达北地，通知扶苏，挽救秦帝国。天意难以违抗，邱妵中途迷路，耽误了时间。

携带伪造遗诏的使者抵达北地，扶苏自杀。迟到的邱妵，悲痛绝望，服毒自杀，将手绘阿房宫蓝图和遗诏真本，托付给御医董有。

尾声

御医董有一人来到未完工的阿房宫工地，工地一片狼藉混乱。此时，六国联军已经进入咸阳，火烧咸阳城的熊熊大火中，大秦的旗帜脱落，大汉的旗帜升起，长安新城的画面出现。诸位历史人物的画像显现。

董有回到现代，回到阿房宫遗址公园，历史探秘班办公室，与马赞秦教授和安西生教授见谈，做最后的报告。他带回邱妵亲手绘制的阿房宫蓝图和盗取的遗诏真本。

两张桌子中的墙面，邱妩所绘的阿房宫蓝图取代明朝的阿房宫想象图。

马赞秦、安西生和董有，一起宣读遗诏真本，邱妩的画像，再次在阿房宫蓝图中出现。

2019年2月5日再改定
2022年4月23日定稿

解题：

我与舞台，稍有一点儿缘。"文革"中参加宣传队，在芭蕾舞《白毛女》中出演过群众甲，背着粮袋在皮鞭下经过舞台。从此，我对舞台演出，多了些关注。2018年，我受邀出任阿房宫文旅演出项目的历史文学顾问，参与了大型舞台剧的工作。这篇剧本大纲，是为舞台剧临时应急写的。因为种种原因，舞台剧依照别的思路进行，此剧本就没有展开完成。

写这篇大纲时，设定的形式是舞剧和话剧的综合，以舞蹈为主，做一个有台词、有剧情的混合舞台，设想用穿越的形式，将过去和现在、历史和现实打通。如今看来，五场戏加上序幕和尾声，思路是完整的，剧情也首尾一贯，如果有新的动力推进，花些时间增补打磨，可以成为一种完本。该舞剧已于2024年10月在西安开始公演，剧名为《赳赳大秦》，由周莉亚、韩真导演，编剧为李洵、孙恒海、徐珺蕊、杨生伦、茜吉尔、罂星。